Laura Lee Guhrke

Laura Lee Guhrke a exercé plusieurs métiers avant de se consacrer entièrement à l'écriture. Aujourd'hui auteure de quinze romans, elle est devenue une figure essentielle de la romance historique. Son écriture fluide et rythmée, ses personnages très travaillés et son talent pour restituer l'atmosphère victorienne lui ont permis de gagner le RITA Award de la meilleure nouvelle historique en 2007. *Et il l'embrassa...* est le premier tome de sa série des *Jeunes filles en fleurs*.

Et il l'embrassa...

LAURA LEE
GUHRKE

JEUNES FILLES EN FLEURS - 1
Et il l'embrassa...

ROMAN

*Traduit de l'américain
par Catherine Berthet*

Titre original
AND THEN HE KISSED HER

Avon Books, an imprint of HarperCollins Publishers, New York

© Laura Lee Guhrke, 2007

Pour la traduction française
© Éditions J'ai lu, 2010

1

« Le fait de travailler pour un bel homme présente
toutes sortes de difficultés. Il est recommandé, pour
les jeunes filles dans cette situation, d'avoir
un caractère imperturbable, un cœur à toute épreuve,
et une grande quantité de mouchoirs. »
Mme Bartleby, *Conseils aux jeunes filles*, 1893

— Mais pourquoi ?

La belle créature exotique, aux cheveux de jais et
vêtue de soie mandarine, se mit à pleurer.

— Pourquoi m'a-t-il fait cela ?

Mlle Emmaline Dove ne se risqua pas à lui donner
de réponse. Avec son pragmatisme habituel, elle sortit un mouchoir et le tendit à la jeune femme assise
de l'autre côté de son bureau.

Juliette Bordeaux, désormais ex-maîtresse de
l'employeur d'Emma, le vicomte Marlowe, lui arra-
cha des mains le carré de batiste.

— Six mois de rêve, nous avons vécus ! Et quand
le valet me remet cette jolie petite boîte, je suis heureuse ! Mais je trouve avec le cadeau une lettre qui
met fin à notre *amour*. Mon Dieu ! Il croit avec des
bijoux adoucir le coup qui réduit mon cœur en
miettes ! Cruel !

Elle pencha la tête et se mit à sangloter avec un
abandon très français et un brin théâtral.

— Oh, Harry !

Emma changea de position dans son fauteuil, et lança un regard inquiet à la pendulette en similor posée sur son bureau. Six heures et demie. Marlowe allait rentrer d'une minute à l'autre, et elle voulait lui parler de son nouveau manuscrit avant qu'il ne se rende à la fête d'anniversaire de sa sœur.

Elle était certaine qu'il repasserait au bureau dans la soirée. Le cadeau qu'il lui avait demandé d'acheter pour lady Phoebe l'attendait là, soigneusement empaqueté. À moins qu'il n'ait carrément oublié la réception – ce qui, il fallait bien l'admettre, n'était pas impossible –, il serait obligé de passer chercher le cadeau.

C'était le moment ou jamais d'avoir une conversation avec lui, car il partirait dès le lendemain matin pour passer la semaine dans son domaine du Berkshire. Libéré de sa course incessante entre rendez-vous et signatures de contrats, il serait seul, sans même sa famille pour le déranger, et pourrait enfin se détendre à Marlowe Park. Emma espérait que l'atmosphère paisible de la campagne le mettrait dans de bonnes dispositions et lui permettrait de considérer son travail d'un œil neuf. De toute façon, cela valait la peine d'essayer.

Le regard d'Emma se porta sur la machine à écrire, et sur la pile de feuillets à côté d'elle. Son propre anniversaire tombait dans huit jours, et si Marlowe acceptait enfin de publier son manuscrit, quel merveilleux cadeau ce serait !

Soudain, une vague inquiétude la troubla, une sensation si éloignée de la délicieuse anticipation qu'elle savourait un instant plus tôt, qu'Emma en fut déstabilisée. Le sentiment était difficile à définir, mais il contenait un curieux mélange d'insatisfaction et d'impatience.

Elle tenta de le chasser. Sans doute craignait-elle un nouveau refus. Après tout, Marlowe avait refusé ses quatre précédentes productions littéraires. Il prétendait que les manuels de savoir-vivre étaient peu rentables, mais ce qui le rebutait en réalité c'était que les conseils prodigués dans la plupart de ces livres étaient désespérément vieux jeu, pas du tout adaptés à l'époque moderne. Sachant cela, elle s'était efforcée d'écrire son nouveau manuscrit dans un esprit neuf et actuel. Si elle pouvait exposer à Marlowe les qualités de ce manuel, il serait sans doute mieux disposé à son égard. Surtout s'il avait la possibilité de le lire tranquillement, dans l'atmosphère sereine de sa maison de campagne.

Cependant, Mlle Bordeaux ne se décidait pas à partir. Emma observa la jeune femme éplorée, tout en cherchant un moyen de lui faire passer rapidement la porte. Si Marlowe trouvait son ancienne maîtresse ici à son retour, ils se querelleraient à coup sûr. Et Emma perdrait une occasion unique d'avoir une conversation avec son employeur au sujet du livre qu'elle désirait lui faire publier.

À voir le peu d'attention qu'elle accordait à la femme assise en face d'elle, on aurait pu croire qu'elle avait le cœur dur. Mais ce n'était pas le cas. En fait, depuis cinq ans qu'elle était la secrétaire de Marlowe et qu'elle voyait les maîtresses du vicomte se succéder, elle avait fini par comprendre que l'amour n'avait pas grand-chose à voir avec ces arrangements. Mlle Bordeaux était danseuse de french cancan dans un music-hall, et elle acceptait l'argent que lui donnaient les messieurs en échange de ses faveurs. Elle pouvait donc difficilement espérer que l'amour naisse de telles liaisons.

Mais peut-être cette remarque était-elle injuste, songea Emma. Marlowe exerçait sur certaines femmes un charme puissant. Ce charme était sans nul doute en grande partie dû au fait qu'il appartenait à un groupe extrêmement restreint : les pairs britanniques riches et célibataires. Mais ce n'était pas tout. Chaque fois que Harrison Robert Marlowe entrait dans une pièce où se trouvaient des femmes, il y avait soudain parmi elles beaucoup d'agitation et de soupirs.

Accoudée à son bureau, le menton dans la main, Emma continua de penser à son employeur, tandis que Mlle Bordeaux pleurait avec toujours autant de ferveur.

Il était beau. Il aurait fallu être aveugle pour ne pas le remarquer. Ses yeux d'un bleu profond étaient d'autant plus extraordinaires qu'ils étaient soulignés par des cheveux brun foncé. C'était un homme bien bâti, très grand, avec de larges épaules. Il avait de l'esprit, et son charme un peu enfantin était rehaussé par un sourire ravageur.

Emma évoqua ce sourire sans que les battements de son cœur s'accélèrent pour autant, mais elle n'avait pas toujours été aussi insensible. À une époque, dans les premiers temps où elle occupait cet emploi auprès du vicomte, elle avait éprouvé un trouble fugace et très féminin à la vue de ce sourire. Au début, elle avait même poussé un soupir ou deux, en rajustant sa coiffure du bout des doigts. Mais elle s'était vite rendu compte que de tels sentiments ne menaient à rien. Non seulement leurs statuts dans la société étaient complètement différents, mais Marlowe était un coquin de la pire espèce. Ses relations avec les femmes n'avaient rien d'honorable. En tant que secrétaire, elle considérait que sa vie dépravée ne la regardait pas. Mais, en tant que femme vertueuse, il y avait longtemps qu'elle s'était résolue à n'avoir aucune faiblesse sentimentale à son égard.

Toute femme douée d'un brin de jugeote devait être capable de voir aussi bien qu'elle les défauts de sa personnalité. Il avait obtenu le divorce d'avec sa femme pour adultère et abandon du domicile conjugal. Une démarche scandaleuse, qui avait pris cinq ans pour aboutir et avait choqué toute la société. À l'heure actuelle, sa famille en éprouvait encore les stigmates. Que l'infidélité de sa femme ait provoqué son mépris pour le mariage, ou qu'elle ait simplement servi à le dévoiler, cela restait à déterminer. Mais tous ceux qui lisaient, dans le périodique hebdomadaire de Marlowe Publishing, le feuilleton écrit de la main du vicomte et intitulé *Le Guide du célibataire*, savaient qu'il avait à peu près autant d'estime pour l'institution du mariage que pour celle de l'esclavage, et qu'il proclamait que la première n'était qu'une manifestation de la seconde.

Son passé et son cynisme auraient dû inciter les femmes à le considérer avec méfiance et à l'éviter. Comment aurait-il pu les rendre heureuses ? Mais aussi étrange que cela parût, c'était l'inverse qui se produisait. Son intention avouée de ne jamais se remarier semblait le rendre plus attirant, et faire de lui un défi irrésistible. Des femmes issues de toutes les classes sociales rêvaient d'être celle qui parviendrait à capturer le cœur insensible de Marlowe. Emma était bien trop sensée pour en faire partie. Les coureurs de jupons n'avaient jamais trouvé grâce à ses yeux.

Elle observa la jeune femme en pleurs, songea au sourire séduisant de Marlowe, et éprouva un léger remords. Toutes les femmes n'avaient pas autant de bon sens qu'elle-même. La danseuse avait peut-être été assez naïve pour tomber amoureuse de lui, et espérer que son amour serait payé de retour. Peut-être avait-elle été profondément blessée par cet abandon. L'expérience d'Emma en matière de relations amoureuses n'était pas très vaste… elle n'avait aimé qu'une seule fois, une dizaine d'années auparavant. Mais elle se rappelait encore combien il était douloureux d'avoir le cœur brisé.

Elle ouvrit un tiroir de son bureau et en sortit une boîte de carton à rayures roses et blanches.

— Cette affaire vous a bouleversée, murmura-t-elle en soulevant le couvercle de la boîte. Aimeriez-vous un chocolat ? Je trouve ces friandises très réconfortantes dans ce genre de situation.

La jeune femme face à elle ne parut pas sensible à sa bonté. Elle leva la tête, renifla, et considéra la boîte avec dédain.

— Je ne mange jamais de chocolats, déclara-t-elle en s'essuyant les joues à l'aide de son mouchoir. C'est mortel pour la silhouette.

Elle marqua une pause, et engloba Emma d'un regard critique.

— Quoique, vous devriez en manger davantage, *ma chérie.* Ça ne vous ferait pas de mal d'être un peu plus rembourrée. Mais ça n'a pas vraiment d'importance. Une vieille fille n'a pas à se soucier de sa silhouette, je suppose?

Emma se raidit, piquée au vif. *Une vieille fille.*

Son étrange sentiment d'insatisfaction refit surface, avec un peu plus de force cette fois. Elle se dit que ce devait être à cause de la date de son anniversaire qui approchait.

Elle rangea la boîte de chocolats, et s'efforça de considérer la situation avec philosophie. Elle allait avoir trente ans. Cela arrivait à tout le monde. Elle n'y pouvait rien. Bon, d'accord, le nombre « trente » faisait... vieux. Mais ce n'était qu'un anniversaire de plus. Il n'y avait pas de quoi fouetter un chat.

Et sa silhouette n'avait rien à voir avec le fait qu'elle soit célibataire. Lançant à la poitrine opulente de Mlle Bordeaux un regard plein de ressentiment, elle s'efforça de se persuader que l'opinion d'une danseuse de cancan n'avait aucune importance.

— Alors, c'est vous, Mlle Dove, dit la Française en l'examinant avec une insistance très impolie. Sa secrétaire...

Ces derniers mots furent prononcés d'un ton appuyé, ce qui mit Emma sur ses gardes. S'attendant à d'autres remarques méchantes, elle répondit :

— En effet, je suis Mlle Dove.

La danseuse laissa fuser un petit rire sec et sans humour.

— C'est bien Marlowe, de prendre une femme comme secrétaire. Ça lui ressemble. Dites-moi, que vous a-t-il donné : un appartement ou une maison ?

Emma se hérissa. Ce n'était pas la première fois qu'elle essuyait des allusions calomnieuses. Elle occupait un poste généralement réservé aux hommes, et son employeur était un coureur de jupons notoire. Mais cela ne voulait pas dire qu'elle devait laisser passer sans réagir des commentaires déplacés sur sa vertu.

— Vous vous trompez. Je ne suis pas…

— Cela n'a pas d'importance, coupa Mlle Bordeaux avec un geste de la main. Maintenant que je vous ai vue, je sais que vous ne représentez pas une menace pour moi. Marlowe n'aime pas les femmes qui n'ont pas de poitrine.

Emma étouffa une exclamation indignée. Elle aurait aimé rétorquer par une remarque cinglante, mais cela aurait été stupide. Il y avait encore une possibilité que lord Marlowe se réconcilie avec sa danseuse, et elle ne pouvait prendre le risque de perdre sa situation pour un instant d'emportement, qui ne lui apporterait qu'une fugace satisfaction. Bien que bouillant de rage, elle tint donc sa langue, comme elle l'avait fait si souvent dans sa vie.

D'autre part, reconnut-elle intérieurement avec une ironie désabusée, sa colère n'avait rien de très vertueux. Ce qui l'avait mise hors d'elle, c'était que la danseuse la trouve trop vieille et trop maigre pour intéresser un homme, et non qu'elle puisse supposer qu'elle était une femme entretenue.

— Non, poursuivit Mlle Bordeaux, interrompant le fil de ses pensées, ce n'est pas pour vous que Marlowe m'a plaquée.

La jeune femme se pencha en avant, étrécissant ses jolis yeux noirs d'un air soupçonneux.

— Qui est-ce ?

Emma songea un instant à inventer l'existence d'une maîtresse à *petite poitrine*, puis se ravisa et déclara d'une manière guindée :

— Ce sont les affaires du vicomte, mademoiselle, non les miennes.

— Cela n'a pas d'importance, je finirai bien par le savoir.

Mlle Bordeaux serra dans son poing le petit mouchoir de batiste trempé de larmes, et son visage prit un air dur qui la vieillit considérablement. Au moins de dix ans, décida Emma. Mais pas question de s'abaisser à être rosse, bien sûr.

— Mademoiselle Dove, continua la danseuse, puisque vous êtes la secrétaire de lord Marlowe, vous lui livrerez un message de ma part.

Elle ouvrit son réticule et en sortit une chaîne de topazes et de diamants sertis d'or.

— Dites-lui que je considère ce semblant de collier comme une insulte insupportable, et que je n'en veux pas !

Elle jeta dédaigneusement la chaîne sur le bureau.

— Je ne me laisserai pas acheter avec des objets aussi dérisoires !

La semaine précédente, Emma s'était lancée dans une expédition dans un grand nombre de boutiques londoniennes. Cela n'était d'ailleurs pas rare, car Marlowe était vraiment lamentable pour choisir des cadeaux, ou même se rappeler les dates d'anniversaire, et il y avait longtemps qu'Emma se chargeait de cette corvée à sa place. Non seulement elle avait acheté un cadeau pour l'anniversaire de lady Phoebe, mais elle avait aussi choisi le collier que Mlle Bordeaux trouvait aussi peu attrayant.

Si elle ne voyait pas d'inconvénient à choisir des cadeaux pour sa famille, en revanche elle avait toujours détesté acheter les bijoux que Marlowe offrait à ses nombreuses maîtresses. Il n'était pas convenable que ce soit elle qui s'en charge. Si tante Lydia avait encore été en vie, elle aurait été horrifiée. Celle-ci s'était toujours efforcée d'inculquer à sa nièce un respect scrupuleux des convenances. Malgré tout, Emma se sentait un peu vexée par la réaction de la danseuse. Elle avait beaucoup réfléchi avant de faire cet achat, passant près d'une heure chez le bijoutier de Bond Street pour faire son choix. Cependant, il fallait avouer en toute franchise qu'elle avait passé une partie de cette heure à admirer les émeraudes, s'autorisant à rêver un peu.

Finalement, elle s'était décidée pour un collier qui semblait convenir parfaitement. L'objet était assez cher, sans être d'un prix extravagant. Après tout, c'était censé être un cadeau d'adieu. Il était aussi assez gros et voyant pour être exhibé à l'opéra, et admiré par les autres à travers leurs jumelles de théâtre. En outre, si un jour la jeune femme avait besoin d'argent, elle le vendrait facilement.

Mlle Bordeaux ne semblait pas partager son opinion.

— Des topazes ? s'écria-t-elle. Je ne vaux donc pas mieux que des topazes ? Ce collier est une babiole, une fanfreluche de rien du tout !

Cette babiole aurait suffi à faire vivre Emma pendant une douzaine d'années mais, de toute évidence, Mlle Bordeaux n'était pas aussi économe qu'elle.

— Il abandonne Juliette comme une vieille paire de bottes usées, et il croit qu'un collier de topazes apporté par un domestique suffira à l'apaiser ? *Non !*

Mlle Bordeaux bondit sur ses pieds. Haletante, les yeux emplis de larmes de rage, elle se pencha au-dessus du bureau.

— Cette offrande pathétique ne représente rien pour moi !

Emma demeura impassible.

— Je transmettrai votre message au vicomte, dit-elle, imperturbable. Et je l'informerai que vous lui avez rendu son cadeau.

Espérant être arrivée au bout de cette scène désagréable, elle fit mine de reprendre le collier sur le bureau. Mlle Bordeaux la devança, et agrippa le rang de pierreries avant même qu'Emma ait pu poser la main dessus.

— Le lui rendre ? *Non !* C'est hors de question. Je n'ai rien dit de tel. Comment pourrais-je renoncer à un cadeau, même insignifiant, de l'homme que j'aime ? L'homme qui a été mon compagnon chéri ? À qui j'ai donné toute mon affection ?

Elle pressa le collier contre sa poitrine.

— Je l'aime encore, bien qu'il m'ait brisé le cœur. Mais je n'ai pas d'autre choix que d'accepter mon sort et souffrir.

Emma espéra de tout cœur que la danseuse capricieuse allait se décider à aller souffrir ailleurs.

Cependant, Mlle Bordeaux se laissa retomber dans le fauteuil et se remit à sangloter.

— Il m'a abandonnée, gémit-elle. Je me retrouve seule, sans amour. Comme vous.

Emma fut submergée par une vague d'amertume. Toutefois, elle en voulait moins à la danseuse qu'à Marlowe. Car c'était lui qui l'avait mise dans cette position intenable. Une secrétaire n'avait pas à supporter les crises de rage des maîtresses de son patron.

Elle songea toutefois que le vicomte lui payait un salaire fort généreux. Autant que si elle avait été un homme. C'était beaucoup plus qu'elle ne l'avait espéré. Elle aurait dû éprouver de la reconnaissance. Mais, au lieu de cela, elle était très fâchée.

Que lui arrivait-il, aujourd'hui ? Elle en voulait à Marlowe parce qu'il avait des maîtresses épouvantables, et qu'il avait refusé quatre de ses livres. Elle en voulait au monde entier parce qu'elle ne pouvait pas s'offrir des émeraudes, parce que tous les chocolats de la Terre ne feraient pas augmenter la taille de sa poitrine, parce qu'elle n'était plus jeune et n'avait jamais été belle. Tout cela était absurde.

À trente ans, on n'était pas vieille.

Pour une femme dans sa situation, elle avait beaucoup de chance. Une jeune fille célibataire, sans famille, et d'une morale à toute épreuve, n'avait pas le choix. Contrairement aux filles pauvres qui trimaient comme des esclaves dans les usines ou les magasins, ses fonctions étaient à la fois intéressantes et stimulantes. Elles lui permettaient d'utiliser son intelligence et son ingéniosité. Et surtout, en tant qu'écrivain, elle désirait être publiée. Or, comme son patron était éditeur, elle pouvait caresser le rêve de voir ses manuscrits imprimés un jour.

Comme l'aurait dit Mme Bartleby, le personnage qu'elle avait créé, une femme de bonne naissance endure avec grâce les épreuves inévitables.

Avec un soupir résigné, Emma tendit un nouveau mouchoir à Mlle Bordeaux.

Harry était en retard. Cela arrivait rarement désormais, bien qu'il n'ait jamais été très ponctuel. En fait, il avait même la réputation d'être l'homme le plus distrait du monde, oubliant régulièrement les dates et les heures de ses rendez-vous. En revanche, il avait la chance d'avoir la secrétaire la plus efficace de Londres. En temps normal, Mlle Dove organisait son emploi du temps avec autant de précision que les horaires des Chemins de fer britanniques. Mais aujourd'hui était une exception.

Non qu'on ait pu faire le moindre reproche à Mlle Dove. Harry avait rencontré le comte de Barringer devant chez Lloyd's dans l'après-midi, et il avait saisi cette occasion pour relancer le sujet d'un éventuel rachat de *La Gazette sociale*, qui appartenait à Barringer. Harry savait que le comte traversait une mauvaise passe, et que sa situation financière était en péril. Malgré cela, Barringer était peu disposé à vendre. Il considérait ses propres publications bien supérieures à celles de Harry. Et il considérait qu'il était lui-même très supérieur à Harry. Il s'était également opposé au divorce de Harry à la Chambre des lords, prononçant un discours aussi assommant qu'interminable sur le caractère sacré du mariage.

En dépit de leur antipathie mutuelle, les deux hommes étaient parvenus à rester assez polis pour passer l'après-midi à discuter de la possibilité d'une vente. Mais, en fin de compte, ils n'avaient pas réussi à se mettre d'accord.

Harry aimait faire des affaires et gagner de l'argent. C'était comme un jeu pour lui. Il trouvait cela drôle, stimulant, et bien plus profitable que de vivre sur un titre ou un domaine, ces deux derniers ne rapportant plus un shilling de nos jours aux pairs du royaume. Son but était de persuader Barringer de lui vendre la *Gazette* pour une somme inférieure à cent mille livres. Pris dans le feu de l'action, il avait complètement oublié les autres considérations. Si le comte n'avait pas coupé court à la discussion en annonçant qu'il devait se rendre à l'opéra ce soir-là, Harry aurait sans doute oublié la fête donnée pour les vingt et un ans de Phoebe, et il y aurait eu du grabuge.

Il sauta du cab avant même que celui-ci se fût arrêté devant les bureaux de Marlowe Publishing.

— Attendez ici, lança-t-il au cocher par-dessus son épaule, tout en se précipitant vers la porte du bâtiment sombre.

Il prit sa clé dans sa poche, ouvrit et entra. Les lieux lui étaient si familiers qu'il gagna rapidement l'escalier malgré l'obscurité et grimpa les marches quatre à quatre.

En approchant du palier, il vit que les lumières étaient allumées dans ses bureaux et il entendit le staccato caractéristique de la machine à écrire.

Mlle Dove était encore là, ce qui n'étonna pas du tout Harry. Il avait compris depuis longtemps que Mlle Dove n'avait pas de vie en dehors de ce bâtiment.

La secrétaire interrompit son travail et leva la tête à son entrée. N'importe quel autre de ses employés aurait été surpris de le voir là, à une heure aussi tardive, mais rien ne surprenait jamais la placide Mlle Dove. Celle-ci ne haussa même pas un sourcil.

— Bonsoir monsieur, dit-elle en se levant.

— Mademoiselle Dove, répondit-il en traversant la pièce à grandes enjambées. Les contrats concernant l'achat du *Halliday Paper* sont arrivés ?

— Non, monsieur.

Harry s'était attendu à une réponse affirmative. Déconcerté, il marqua une pause près du bureau de la jeune femme.

— Pourquoi ?

— J'ai téléphoné à Ledbetter & Ghent, les hommes de loi de M. Halliday, pour m'informer. Apparemment, il y a eu une confusion.

— Une confusion ? répéta Harry en haussant les sourcils. Auriez-vous commis une erreur, mademoiselle Dove ? Ce serait extraordinaire.

— Non, monsieur, je n'y suis pour rien, rétorqua-t-elle d'un ton offensé.

Harry regretta de ne pas avoir tenu sa langue. Mlle Dove ne faisait jamais d'erreur.

— Non, bien sûr. Pardonnez-moi. Que s'est-il passé ?

— M. Ledbetter n'a pas voulu me le dire. Mais j'ai obtenu l'assurance que les contrats seront livrés ici dans huit jours. Je les relirai pendant le week-end pour être sûre que tout est en ordre, et vous les signerez le lundi suivant. Ce jour-là, vous devez assister avec votre famille à la réception donnée par le comte de Rathbourne dans son bateau. Il faudra simplement que vous passiez ici avant de vous y rendre. Voulez-vous que je le note dans votre carnet de rendez-vous, monsieur ?

Elle tendit la main. Harry sortit de sa poche le carnet relié de cuir, et le lui donna. Après avoir inscrit un mot à la page appropriée, elle le lui rendit.

— Quand vous aurez signé les contrats, un garçon de courses de Ledbetter & Ghent viendra les chercher. Cela vous laissera amplement le temps de vous rendre à Adelphi Pier pour embarquer sur le yacht de lord Rathbourne.

Elle ramassa une petite pile de feuillets, et ajouta :

— Voilà tous les autres messages.

— Vous êtes d'une efficacité sans faille, mademoiselle Dove, murmura-t-il en prenant le paquet de missives.

— Merci, monsieur.

Emma prit une inspiration, et désigna la pile de papiers à côté de sa machine à écrire.

— Je viens de terminer un nouveau manuscrit. Si vous avez une minute…

— Je crains de ne pas avoir le temps, répondit-il, soulagé d'avoir une excuse toute prête.

Il se dirigea vers son bureau, en feuilletant son courrier.

— Je suis censé aller à l'opéra ce soir, vous savez, et je suis déjà en retard. Grand-mère sera ravie de me tirer dessus à coups de pistolet si je manque l'ouverture. Surtout le jour de l'anniversaire de Phoebe. Qu'est-ce que c'est que ça ?

Il se figea sur le seuil du bureau, les yeux fixés sur une lettre.

— Juliette est venue ici ? Pourquoi diable ?

Comme c'était Emma elle-même qui avait inscrit les détails de la visite de Juliette sur le feuillet qu'il regardait, elle s'abstint de répondre, supposant avec raison que la question était purement rhétorique.

— Hum, marmonna-t-il, tout en continuant de lire. Son cadeau ne lui a pas plus, c'est cela ?

— Je suis vraiment désolée, monsieur. J'ai cru qu'un collier de topazes et de diamants conviendrait, mais apparemment elle n'est pas de cet avis.

— Je n'ai pas de temps à accorder à de telles sottises, et je me moque que ce maudit collier lui ait plu ou non.

Il froissa le papier et le jeta sur le sol. Dorénavant, Juliette devrait poser ses petites mains avides sur l'argent d'un autre, et lui extorquer les bijoux qu'elle pourrait. Les seules femmes dont l'opinion lui importait réellement étaient celles de sa famille.

— Téléphonez chez moi, mademoiselle Dove, et dites à ma mère que je n'aurai pas le temps de passer les chercher à Hanover Square. Elles n'ont qu'à prendre la voiture, je les rejoindrai à Covent Garden.

— J'ai déjà téléphoné, monsieur.

Emma contourna son bureau, ramassa le message qu'il avait jeté, et le déposa dans la corbeille à papiers avant de retourner s'asseoir.

— J'ai appelé pour savoir si vous étiez arrivé chez vous, car vous n'étiez pas revenu ici chercher le cadeau de lady Phoebe, et j'ai pensé que vous aviez peut-être été retenu. Le majordome m'a prévenue que votre mère, votre grand-mère et vos sœurs étaient déjà parties sans vous à Covent Garden.

— Elles ont conclu que je m'étais perdu en route ?

Mlle Dove avait trop de tact pour acquiescer. Elle se remit à taper à la machine, et Harry entra dans son bureau. Celui-ci, autrefois spartiate, avait été décoré par Mlle Dove deux ans auparavant. Harry approuvait le goût de sa secrétaire, mais il ne restait jamais assez longtemps dans son bureau pour apprécier à leur juste valeur les efforts de la jeune femme. Il savait mieux que personne qu'on ne gagnait pas d'argent en restant assis derrière un bureau, même si celui-ci était sculpté dans le plus bel acajou.

Il lança les messages sur son fauteuil, et alla ouvrir la porte du dressing. Comme son domicile se trouvait de l'autre côté de la ville, son valet et sa secrétaire veillaient à ce que cette pièce contienne toujours plusieurs costumes et chemises propres. Il versa de l'eau dans la bassine posée sur la table de toilette, et enduisit son blaireau de savon à barbe.

Quinze minutes plus tard, il s'était rasé, et avait échangé son costume de laine rayé contre un costume de soirée noir. Il ferma les poignets à l'aide de boutons de manchettes en argent, noua une cravate de soie noire autour du col de sa chemise, accrocha sa montre dans le gousset de son gilet, enfila des gants blancs, puis prit un haut-de-forme noir, avant de gagner la porte.

Mlle Dove cessa de taper et leva la tête lorsqu'il s'arrêta à côté d'elle.

— Le cadeau de Phoebe ? demanda-t-il.

— Dans votre poche, monsieur.

Harry posa son chapeau et tâta les poches de sa veste. Sentant un léger renflement dans l'une d'elles, il en sortit une boîte minuscule, enveloppée de papier jaune pâle et garnie d'un ruban de soie bleu lavande. Une carte de bristol ivoire, pas plus grande que la boîte, était accrochée à une extrémité du ruban.

— Pour l'amour du Ciel, que lui ai-je donc acheté ? Un petit-four ?

— Une boîte en porcelaine de Limoges. Votre sœur en fait la collection. Celle-ci date de 1740. Elle est décorée de petits anges absolument ravissants, si je peux me permettre de donner mon opinion. Or, si je ne me trompe, vous appelez toujours votre sœur « mon ange », n'est-ce pas ?

Mlle Dove savait un nombre de choses inimaginable. Cela ne cessait de l'émerveiller.

— Une bague ornée d'un saphir se trouve à l'intérieur de la boîte, précisa-t-elle.

Harry fronça les sourcils, vaguement inquiet.

— Il me semble que les autres années je lui offrais une perle, ou quelque chose comme ça ?

— Son collier de perles a été complété l'année dernière. En outre, lady Phoebe a maintenant vingt et un ans, ce qui est un âge convenable pour porter des bijoux. J'ai pensé qu'un saphir d'un demi-carat monté sur un anneau de platine était l'idéal.

— Je n'en doute pas.

Mlle Dove saisit une plume, la trempa dans l'encrier et la lui tendit.

— Puis-je vous suggérer de signer la carte, monsieur ?

Harry contempla le minuscule bristol couleur crème d'un air perplexe.

— Heureusement que mon prénom n'a que cinq lettres.

Il ôta son gant et griffonna son nom comme il pouvait dans le petit espace disponible. Puis il rendit la plume à Mlle Dove, souffla sur l'encre pour la faire sécher plus vite, et glissa le paquet dans sa poche. Après quoi il remit son gant et son chapeau, et tourna les talons. La voix de la secrétaire l'arrêta net dans son élan.

— Monsieur, votre cravate.

— Diable !

Posant son chapeau une fois de plus, il porta les mains à son cou et arrangea le nœud de sa cravate.

— C'est mieux ainsi ?

Elle secoua négativement la tête.

— Désolée, il est de travers.

Avec un soupir d'impatience, il tira sur les extrémités, et recommença.

— Monsieur, en ce qui concerne mon nouveau manuscrit, reprit-elle tandis que ses doigts gantés se débattaient avec les rubans de soie. J'espérais que vous consentiriez à le lire et…

— Au diable cette maudite cravate !

Harry abandonna la partie, et fit signe à sa secrétaire de se lever.

— Mademoiselle Dove, s'il vous plaît.

Emma contourna son bureau et entreprit de réparer les dégâts qu'il venait de faire.

— Pour en revenir à mon manuscrit, il est différent des premiers.

Harry éprouva le besoin irrésistible de s'échapper. Même une représentation à l'opéra lui paraissait préférable aux manuels de savoir-vivre de Mlle Dove. Manque de chance, elle tenait fermement les pans de sa cravate.

— Différent… comment ? s'enquit-il.

— C'est encore un livre sur les bonnes manières, mais il s'adresse directement aux jeunes filles comme moi. C'est-à-dire aux jeunes personnes qui ne sont pas mariées.

Oh, mon Dieu. Non seulement il était question de savoir-vivre, mais aussi de jeunes femmes célibataires. Harry réprima un grognement.

— Oui, poursuivit-elle en essayant de défaire le nœud de cravate. C'est un genre de… de guide pour les jeunes filles. Dans la même ligne que votre *Guide du célibataire*, voyez-vous. Sauf qu'il s'adresse aux femmes. Comment trouver un logement dans une maison respectable, avec un loyer raisonnable. Comment se nourrir avec quatre guinées par mois. Ce genre de choses.

Harry jeta un coup d'œil à la jeune femme de stature frêle qui se tenait face à lui, les bras levés. Selon lui, Mlle Dove aurait dû augmenter son budget repas d'une guinée ou deux. Il devrait peut-être lui proposer une augmentation de salaire, à condition qu'elle utilise la différence pour s'acheter des gâteaux.

Quant à son livre… Eh bien, Harry aurait préféré aller se faire arracher une ou deux dents chez le dentiste, plutôt que de lire un guide pour des vieilles filles qui portaient des chemises de batiste et vivaient dans des maisons respectables ! Et il était sûr que tout le monde était de son avis.

Il publiait des livres et des journaux pour gagner de l'argent, pas pour apprendre aux gens à bien se conduire.

— Mademoiselle Dove, nous avons déjà abordé ce sujet, lui rappela-t-il gentiment. Les guides de convenances ne rapportent pas assez, cela ne vaut pas la peine de les publier. Il y en a trop aujourd'hui pour que l'un d'entre eux se détache de la masse.

Emma approuva d'un signe de tête.

— C'est pourquoi j'ai tenté une approche beaucoup plus moderne du sujet. Étant donné le succès de votre *Guide du célibataire*, et considérant votre point de vue selon lequel les femmes devraient être autorisées à exercer n'importe quelle profession, j'espère que vous verrez l'intérêt de mon idée. Les jeunes femmes célibataires représentent une partie de plus en plus importante de la population britannique. D'après les statistiques…

Harry sentit la migraine pointer, tandis qu'Emma calculait le nombre de femmes célibataires vivant actuellement à Londres. Il se moquait des statistiques. Il ne se fiait qu'à son instinct. Et son instinct lui disait que, quelle que soit l'orientation que Mlle Dove donnerait à ses manuscrits, elle ne pourrait jamais écrire quelque chose qui sorte vraiment de l'ordinaire. Elle avait l'air tellement innocente. Cela allait bien avec son nom, puisque *dove* signifiait « colombe ». Avec ses cheveux bruns, ses yeux noisette et sa voix suave, Mlle Dove était la douceur personnifiée.

Il l'avait engagée sur un coup de tête, pensant qu'il tenait là une chance de prouver la justesse de sa théorie, selon laquelle les femmes étaient parfaitement capables de gagner leur vie. Comme les hommes. Et Mlle Dove avait dépassé toutes ses espérances. Elle exerçait son métier de façon exemplaire, et se montrait bien supérieure à tous les secrétaires masculins qu'il avait eus. Elle n'était jamais en retard, jamais malade, et toujours efficace.

Et surtout, elle avait une qualité souvent attribuée à tort aux femmes : Mlle Dove était docile. Si Harry lui avait ordonné de prendre un bateau et de partir au Kenya pour lui ramener une livre de café, elle serait sortie tranquillement du bureau et se serait rendue chez Thomas Cook & Son pour réserver son billet.

Bien que très utile pour lui, cette docilité faisait de Mlle Dove une créature un peu irréelle. Totalement différente de toutes les femmes en chair et en os qu'il avait connues jusqu'ici. Ayant eu une mère envahissante, une grand-mère qui se mêlait de tout, trois sœurs qui non contentes de mettre leur grain de sel dans ses affaires étaient aussi terriblement désobéissantes, ainsi qu'un faible regrettable pour les maîtresses au caractère passionné – ce qui était aussi le cas, hélas, de son ex-femme –, Harry savait par expérience que, dans la vraie vie, les femmes étaient tout sauf dociles.

C'était probablement le manque de passion dans la personnalité de Mlle Dove, plus que son physique effacé, qui rendait leur collaboration aussi facile. Face à une secrétaire séduisante, voire provocante, la situation aurait été intenable. Cela aurait certes été beaucoup plus drôle, mais n'aurait pas duré longtemps. Non, puisqu'il lui fallait une secrétaire, c'était Mlle Dove qu'il voulait. Et il s'était promis, dès le début, de ne pas tomber amoureux d'elle. Par chance, elle lui avait toujours rendu la tâche facile de ce côté-là.

— Voilà, annonça-t-elle en reculant d'un pas.

Elle l'examina un instant, puis hocha la tête.

— J'espère que vous serez satisfait, monsieur.

Harry ne prit pas la peine de vérifier le nœud dans un miroir. Il ne doutait pas que sa cravate était à présent parfaitement nouée, et à la dernière mode par-dessus le marché.

— Mademoiselle Dove, vous êtes un trésor.

Il rabattit le col de sa chemise, ramassa son chapeau, et se dirigea derechef vers la porte.

— Je ne sais pas ce que je ferais sans vous.

— Et pour mon nouveau manuscrit ? Ferez-vous…

Harry accéléra involontairement le pas.

— Faites-le porter chez moi demain matin avant mon départ, répliqua-t-il vivement, avant qu'elle ait pu citer de nouvelles statistiques. J'y jetterai un coup d'œil pendant mon séjour à la campagne.

— Merci, monsieur.

Harry sortit, en proie à un immense soulagement. Dommage qu'il ne puisse esquiver l'opéra aussi facilement que les manuscrits de Mlle Dove.

2

« Les sœurs sont de vrais diables. Enfants, elles vous
torturent et vous tourmentent. Devenues grandes,
elles veulent à tout prix vous trouver une épouse,
ce qui revient au même. »
Lord Marlowe, *Le Guide du célibataire*, 1893

— Lord Dillmouth et ses filles viennent d'arriver
en ville. Leurs cousines, les filles Abernathy, les
accompagnent.

Il suffit que sa sœur Diana eût prononcé ces mots
pour que Harry devine ce qui allait suivre. Il fit
signe au serveur de remplir son verre de vin, car
il allait en avoir besoin.

— Quelle nouvelle palpitante. Faut-il que je l'im-
prime dans l'un de mes journaux ?

— Maman et moi les avons vues à l'entracte ce
soir.

Diana, l'aînée de ses sœurs, qui avait six ans de
moins que lui, était belle et intelligente. Elle était
aussi étonnamment entêtée. Nullement découragée par le manque d'enthousiasme qu'il manifes-
tait pour le sujet, elle repoussa une mèche brune
derrière son oreille, avala une gorgée de vin, et
reprit :

— Elles sont tellement charmantes. Surtout lady
Florence. Tout le monde admire sa beauté.

— En effet, elle est très belle, reconnut volontiers Harry. Mais c'est curieux, peu de gens admirent son esprit.

— Juliette Bordeaux est la preuve éclatante de l'importance que tu attaches à l'intelligence féminine, rétorqua Diana du tac au tac.

Harry décida de ne pas révéler sa rupture avec Juliette. Cela ne ferait qu'encourager sa sœur à vouloir le remarier.

— Elle est plus fine que lady Florence, se contenta-t-il de faire remarquer. Bien que ça ne soit pas très difficile, je te l'accorde.

Phoebe, la plus jeune des trois sœurs, se mêla alors à la conversation.

— Pourquoi t'es-tu lié à cette femme?

Elle fit une moue perplexe, fronçant son adorable frimousse. Harry se garda de répondre. Un gentleman ne discutait pas avec sa petite sœur des charmes voluptueux d'une danseuse de cancan.

Sa mère semblait partager son opinion à ce sujet.

— Phoebe, cela suffit, déclara-t-elle, s'efforçant de prendre un ton ferme et autoritaire.

Mais hélas, Louisa était la crème des femmes et n'avait pas la moindre autorité. Ce qui expliquait probablement pourquoi les trois sœurs de Harry étaient aussi impossibles.

— Après tout, enchaîna Louisa sans logique apparente, nous dînons au Savoy.

Viviane, la cadette, se mit à rire.

— Qu'est-ce que ça a à voir avec tout ça, maman?

Elle jeta un regard circulaire au luxueux salon privé dans lequel ils dînaient.

— Ces murs rouges, ces chandeliers de cristal et ces draperies de brocart me paraissent bien assez luxueux pour une danseuse de music-hall.

— Viviane!

Antonia, sa grand-mère, eut un regard désapprobateur.

— Je ne veux plus entendre parler de cette Bordeaux, ordonna-t-elle d'une voix bien plus ferme et solennelle que celle de Louisa. Ce sujet contrarie ma digestion.

Grand-mère approchait des quatre-vingts ans, et ses ordres, tout comme sa digestion, étaient considérés avec respect. À la grande satisfaction de Harry, la conversation sur Juliette fut donc abandonnée. Malheureusement, il n'en alla pas de même concernant les spéculations au sujet de sa future épouse, un sujet qui fascinait inlassablement les femmes de sa famille, et particulièrement ses sœurs.

— Lady Florence est un peu obtuse, Di, déclara Viviane, revenant à la précédente conversation sur l'intelligence de la plus jeune des filles Dillmouth. Nous pourrions sûrement trouver mieux.

— Je sais que mes préférences n'ont pas vraiment d'importance, dit Harry d'un ton humble, mais l'idée d'épouser Florence Dillmouth me fait frémir.

— C'est l'idée de te marier tout court qui te fait frémir, rétorqua sèchement Diana. C'est cela, le problème.

— Ce n'est pas un problème, Di, c'est une bénédiction. Phoebe, fais-moi passer le plat de jambon.

Phoebe lui tendit le plat.

— Et que penses-tu de Mélanie, la sœur de Florence ? suggéra-t-elle tandis qu'il se servait. Je l'aime bien. Elle est gentille, mais pas trop gnangnan.

— Excellent ! approuva Harry en mâchant une bouchée de jambon. Tu devrais l'épouser, qu'en penses-tu ?

— Harrison, ne parle pas la bouche pleine, ordonna Antonia comme s'il avait encore sept ans, et non trente-six. Et vous les filles, cessez de vouloir à tout prix trouver une femme à votre frère. Cela ne fait que renforcer sa détermination à ne pas se marier. Je suppose que c'est compréhensible, enchaîna-t-elle à contrecœur. Il est devenu circonspect, après cette indescriptible Américaine !

Sa grand-mère ne faisait référence à son ex-femme qu'en ces termes. Cette indescriptible Américaine. Harry n'y voyait pas vraiment d'inconvénient. Il préférait lui aussi ne plus parler de Consuelo.

— Cette mauvaise expérience ne devrait pas te dissuader de te remarier, lui dit Phoebe.

— Tu es la voix de la sagesse, répondit-il avec légèreté, tentant d'esquiver ce sujet déplaisant en taquinant sa petite sœur.

— Tout ce que nous voulons, c'est que tu sois heureux.

— Je sais, mon petit ange, et je t'adore.

Il se pencha et l'embrassa affectueusement sur la joue.

— Mais ce n'est pas en me remariant que je trouverai le bonheur. Tu peux me croire.

— Ce n'est pas très délicat de ta part de parler ainsi, Harry, énonça Diana d'une voix amusée. Mon mariage doit avoir lieu dans dix mois. Et, contrairement à toi, je suis enchantée de m'embarquer une seconde fois dans l'aventure matrimoniale. Edmond est l'homme le plus merveilleux que je connaisse.

Le premier mariage de Diana avait été malheureux. Mais, bien que son époux lui ait causé d'immenses chagrins par ses infidélités répétées, il avait finalement eu le bon goût de disparaître dans un accident de train. Malgré les souffrances qu'elle avait endurées, Diana n'avait jamais renoncé à croire que l'amour et le mariage allaient de pair. Six ans après la mort de son premier mari, elle s'apprêtait à une nouvelle union. Peut-être cette fois sa croyance se trouverait-elle confirmée. Harry l'espérait de tout cœur, mais il n'avait pas pour autant l'intention de suivre son exemple.

— Tu es une sentimentale, Diana. Tu l'as toujours été.

— Et mon fiancé ? Edmond a eu la même expérience que toi du mariage, tu sais. Il est tombé amoureux d'une Américaine, lui aussi, et il l'a épousée. Son divorce a été aussi difficile et doulou-reux que le tien mais, contrairement à toi, ça ne l'a pas rendu cynique.

Cynique? Une douleur sourde lui traversa la poi-trine, tel un infime écho de ce qu'il avait ressenti le soir où il avait fini par accepter la vérité sur sa femme et sur leur avenir. Le soir où elle l'avait quitté et où il avait renoncé à ses idées sur l'amour éternel, qui avaient survécu Dieu sait comment aux quatre années d'enfer de leur vie commune.

— Je ne suis pas cynique, déclara-t-il, mentant effrontément. Mais je ne vois simplement pas de raison de me marier une deuxième fois.

— Pas de raison?

Sa grand-mère leva les yeux de son assiette et le considéra avec stupeur.

— Il faut pourtant un héritier pour le domaine.

— Mais j'ai un héritier. Cousin Gérald.

Antonia émit une petite exclamation de mépris.

— Mais, grand-mère, il veut cette place, il l'attend même avec impatience. Chaque fois qu'il visite Mar-lowe Park, il compte l'argenterie, se renseigne sur les canalisations et passe des heures à interroger mon intendant. Ce serait dommage de gaspiller de si beaux efforts.

Antonia, dont la ressemblance avec la reine Victoria était assez frappante, ne fut pas amusée.

— Cesse de dire des sottises, Harry. Tu fais tou-jours la même chose, quand tu veux éviter d'abor-der un sujet déplaisant. Tu es vicomte. Ton principal devoir est de te marier et d'avoir des fils.

Grand-mère ne vivait pas avec son temps. Elle ne voulait pas admettre que l'aristocratie terrienne était désormais fauchée comme les blés. Harry avait senti le vent souffler depuis des années. S'il y avait une chose pour laquelle il pouvait remercier Consuelo, c'était de lui avoir fait connaître son père. Ce que le vieux M. Estravados lui avait enseigné n'avait pas de prix. C'étaient les capitaines d'industrie, disait-il, et non les aristocrates, qui détiendraient l'argent et le pouvoir à l'avenir. Harry avait tenu compte de ces paroles, et il s'en était trouvé récompensé au cours des quatorze dernières années. Il n'était plus aussi crucial qu'autrefois de posséder des biens inaliénables pour les léguer à ses enfants.

Mais sa mère estima qu'elle avait aussi son mot à dire sur le sujet.

— Harry, il faut que tu te maries et que tu aies des fils. Tu dois le faire, c'est évident. Le temps passe. Tu as déjà trente-six ans et, dans quelques années, ce sera trop tard. Tu auras quarante ans, et nous savons tous ce qui arrive aux hommes à cet âge-là, les pauvres chéris.

Harry avala son vin de travers. Louisa ne sembla pas s'en apercevoir.

— Il faut que tu trouves une femme immédiatement.

Décidément, sa mère ne savait pas ce qu'elle disait.

— Pourquoi devrais-je me donner la peine de chercher une femme, maman, alors que mes sœurs déploient tant d'efforts pour le faire à ma place ?

— Qu'arrive-t-il aux hommes à quarante ans ? s'enquit Phoebe.

— Ce n'est pas important, lui dit Diana.

Et avant que sa petite sœur ait eu le temps de poser une autre question, elle ramena la conversation sur les filles Dillmouth.

— Tu sais, Phoebe, je crois que tu as raison. Lady Mélanie serait beaucoup mieux. Bien sûr, il y aura des gens pour dire qu'à vingt-huit ans elle est déjà âgée, et puis elle n'est pas aussi jolie que Florence. Mais elle a les cheveux noirs, et Harry a une préférence pour cette couleur de cheveux. Mélanie est aussi la plus intelligente des deux.

— Intelligente ? répéta Harry avec un soupir à fendre l'âme. Mélanie Dillmouth est incapable de tenir une conversation. De fait, elle est tellement muette que je me demande bien comment vous pouvez vous faire une idée de son intelligence.

— Elle est muette *avec toi*, expliqua Diana. C'est compréhensible, je suppose, étant donné ses sentiments. Quoique… il n'est pas certain que ces sentiments feraient d'elle une bonne épouse.

— Mais de quoi parles-tu ?

Sa sœur émit un grognement sourd.

— Oh, Harry ! Ce que tu peux être obtus, parfois !

— Certainement, admit-il. Je ne suis qu'un homme, après tout. Mais qu'ai-je donc de particulier pour que la langue de Mélanie Dillmouth cesse de fonctionner quand elle me voit ?

— Elle est amoureuse de toi, voyons !

— Quoi ? Ne dis pas de bêtises.

— C'est vrai, reprit Diana avec insistance. Elle l'a toujours été. Depuis le jour où tu as sauvé son chat.

Harry marqua une pause, et fit le tour de la table du regard. Il avait complètement oublié cet incident, et cela dut se voir à son expression. Son regard perplexe fut accueilli par quatre soupirs exaspérés, et un grommellement agacé de la part de sa grand-mère. Le tout glissa sur lui, comme l'eau sur les plumes d'un canard. Le père de Harry étant mort depuis vingt ans, ce dernier vivait entouré uniquement de femmes, sans même la présence d'un frère pour le soutenir. Il savait par conséquent depuis longtemps qu'il est impossible de répondre aux espérances de la gent féminine.

— Je n'aurais jamais l'idée saugrenue de sauver un chat. Je déteste les chats.

— Je ne peux croire que tu aies oublié, lança Diana d'un ton de reproche. C'était l'année où les sœurs Dillmouth ont passé l'été avec nous, à Marlowe Park. Tu venais de quitter Cambridge. Le chat de Mélanie s'est fait prendre dans un piège à souris, et tu l'en as sorti.

Un vague souvenir refit surface dans la mémoire de Harry.

— Pour l'amour du Ciel, c'était il y a des siècles ! Au moins quinze ans.

— Elle n'a jamais oublié, dit Diana. Elle a même pleuré quand tu t'es marié avec Consuelo.

— Si j'avais su ce qui m'attendait, j'aurais pleuré aussi.

Aucune des femmes qui l'entouraient ne parut trouver cette remarque drôle. Harry se demanda comment elles pouvaient croire que l'image de Mélanie Dillmouth, les yeux rougis de larmes, pouvait susciter un intérêt de sa part. Quand un homme éprouvait de la pitié pour une femme, son seul désir était de fuir à toutes jambes, et le plus loin possible.

— Et Elizabeth Darbury ? suggéra Phoebe. Elle a les cheveux noirs.

Antonia eut un hochement de tête approbateur.

— De bonnes reproductrices, les femmes de cette famille. Les Darbury ont toujours eu au moins deux fils à chaque génération.

— Non, Lizzie Darbury ne fera pas l'affaire, décréta Viviane. Elle ne comprend jamais quand Harry fait des plaisanteries. Elle le regarde comme s'il était tombé sur la tête, et ça ne la fait pas rire.

— Ah, ça c'est important, dit Louisa. Les hommes détestent qu'on ne les trouve pas amusants. Surtout Harry. Ça le contrarie beaucoup.

— Cela ne me contrarie pas. Et je ne comprends pas pourquoi mes sœurs veulent absolument me dénicher une épouse.

— Parce que tu ne sais pas le faire toi-même, répliqua aussitôt Viviane, provoquant une série de hochements de tête chez les autres femmes.

C'était incontestablement la vérité, et elles marquaient un point. Et comme Harry était trop charitable pour leur rappeler que le choix de Diana n'avait pas été meilleur que le sien, il décida de garder le silence. Ce qui découragerait peut-être ses sœurs. Il ne lui fallut que trois secondes pour constater que cette stratégie n'était pas gagnante.

— Il y aurait bien Mary Netherfield, dit Viviane. Elle a une certaine élégance. Toujours si bien mise.

Pour Viviane, qui adorait les vêtements et était très attentive à la mode, c'était le compliment suprême.

Phoebe secoua la tête.

— Elle n'a pas la moindre chance. Elle est blonde aux yeux bleus. Et de plus, c'est une fille stable et intelligente.

— C'est justement le genre de personne qu'il lui faut, fit observer Viviane. Il est tellement fantasque qu'il a besoin d'une fille stable et intelligente.

— Mais Harry déteste ce genre de femmes.

Ce que Harry détestait par-dessus tout, c'était qu'elles parlent de lui comme s'il n'était pas là.

— Cette conversation est inutile, trancha-t-il, irrité. Je ne me remarierai jamais. Combien de fois faudra-t-il que je vous le dise ?

— Oh, Harry, gémit sa mère, en proie à une profonde déception. Tu deviens désespérant dès qu'on essaye d'aborder les sujets importants.

Comme si l'argent qu'il gagnait, et qui leur permettait d'avoir des robes de chez Worth, d'aller à l'opéra et de dîner dans un salon privé du Savoy, n'était pas important ! Mais il aurait été vain de rappeler à Louisa d'où venait la fortune dont elle disposait. Avec sa mère la logique ne servait à rien, surtout quand il s'agissait d'argent. Il avait essayé une fois de lui expliquer le fonctionnement de la Bourse. Tout ce qu'il avait réussi à faire, c'était leur donner la migraine à tous les deux.

— Tu dois te marier pour avoir un fils, continua-t-elle. Tu comprends, il est devenu si difficile de trouver des cottages convenables, de nos jours.

Qu'est-ce que les cottages avaient à voir avec un fils ? Cela le dépassait. Mais c'était toujours comme ça, avec Louisa. Elle avait l'art de dire des choses dont il ne parvenait pas à saisir l'enchaînement logique.

Comprenant la raison de sa perplexité, Phoebe expliqua :

— Si tu mourais et que Gérald devenait vicomte, il ne nous laisserait jamais vivre à Marlowe Park. Nous serions obligées de louer une maison quelque part.

— Ah.

Harry s'abstint de faire remarquer que le million de livres sterling placé chez Lloyd's était plus que suffisant pour garantir l'avenir de sa famille. Il préféra faire mine de réfléchir.

— Je suppose que vous pourriez partir en Amérique, après ma mort. Ils ont beaucoup de cottages, là-bas. Le village de Newport est charmant.

Sa mère ne s'apercevait jamais qu'il les taquinait.

— C'est bien joli, dit-elle d'une voix tremblotante, mais que ferons-nous si tu meurs sans héritier ?

Pour une raison mystérieuse, Harry trouvait sa propre mort plus difficile à envisager que l'absence d'héritier. Néanmoins, il semblait être le seul à voir les choses sous cet angle.

Diana toussota discrètement.

— Comme je le disais, les Dillmouth ont amené leurs cousines, Nan et Félicité. Et je me disais...

— Assez !

À bout de patience, Harry déposa brusquement son couvert dans son assiette, le faisant tinter contre la porcelaine.

— Allez-vous cesser ? Aucune femme au monde ne pourra me persuader de me marier une seconde fois. Je ne me remarierai jamais. Jamais ! C'est clair ?

À la suite de cet éclat, les cinq femmes qu'il aimait le plus au monde posèrent sur lui des regards piteux de chatons blessés. Il détestait qu'elles le regardent comme ça.

Il repoussa son assiette et, comme tout le monde avait fini, fit signe au serveur de débarrasser.

— D'ailleurs, je ne sais pas pourquoi nous parlons de moi. C'est l'anniversaire de Phoebe, il faut qu'elle ouvre ses cadeaux. Et à ce propos…

Il glissa une main dans sa poche, en sortit le minuscule paquet et le présenta à sa jeune sœur.

— Voilà, mon petit ange. Joyeux anniversaire.

Elle leva vers lui des yeux bleus pétillants de joie.

— C'est une boîte en porcelaine de Limoges, n'est-ce pas ? C'est sûrement cela. C'est trop petit pour être autre chose. J'ai deviné ?

— Ouvre, tu verras bien.

Elle défit le ruban et repoussa le papier. Quand elle ouvrit la petite boîte d'emballage en carton, elle se mit à rire.

— Il y a des visages d'anges peints sur le couvercle !

— Alors, c'est bien de la porcelaine de Limoges ? s'enquit Viviane, en se tordant le cou pour essayer d'apercevoir le coffret.

— Oui. Regarde.

Phoebe leva le petit objet devant elle pour le faire admirer.

Les paroles de Mlle Dove revinrent en mémoire à Harry, et il se pencha par-dessus l'épaule de sa sœur.

— Je crois que ces petites boîtes s'ouvrent, n'est-ce pas ? demanda-t-il avec une feinte innocence.

Phoebe tomba dans le panneau.

— Oui, oui, elles s'ouvrent, dit-elle en repoussant le minuscule couvercle. Regardez comme c'est… Oh ! Ça alors !

Elle fit rouler la bague au creux de sa main.

— Un saphir ! Regardez, c'est un saphir !

Posant la boîte sur la table, elle brandit la bague pour la montrer à ses sœurs, puis la glissa à un doigt de sa main droite. La bague lui allait parfaitement. Bien sûr. Mlle Dove, Dieu la bénisse, n'aurait pas permis qu'il en soit autrement.

— Tu as vingt et un ans, dit Harry. Tu es en âge de porter des saphirs. Cela va bien avec tes yeux. Elle te plaît ?

— Si elle me plaît ? s'exclama Phoebe en lui entourant le cou de ses bras. Je l'adore.

Elle déposa un baiser sonore sur la joue de son frère.

— Elle est parfaite ! Et la boîte en porcelaine est parfaite aussi ! Tu nous fais toujours de si beaux cadeaux !

— C'est très bien, répondit-il en embrassant la jeune fille sur le front.

Sa mère, sa grand-mère et Viviane entourèrent Phoebe pour admirer le bijou, mais Diana resta à l'écart et murmura à Harry :

— Cette Mlle Dove est étonnante. Elle parvient toujours à dénicher le cadeau parfait.

— Je ne comprends pas de quoi tu veux parler.

— Ne t'inquiète pas, mon cher frère. Je suis la seule à avoir deviné ton secret, et je n'en dirai pas un mot.

— Tu es une chic fille, Di.

— Tu ne diras peut-être plus cela quand tu sauras ce que j'ai fait.

Il se tourna vers elle, et elle le lui révéla.

— Quoi ? !

Le rugissement de Harry provoqua le silence, et les quatre autres femmes se tournèrent vers lui, alarmées. Diana grimaça en voyant l'expression de son frère.

— Je me suis laissé entraîner par un sentiment de compassion, expliqua-t-elle en se mordant les lèvres.

Elle essaya, mais en vain, d'afficher un air contrit.

— Compassion, mon œil !

— Pour l'amour du Ciel ! s'exclama Louisa. Que se passe-t-il donc ?

— Je lui ai parlé de l'invitation, répondit Diana.

Louisa eut un froncement de sourcils et observa son fils.

— Oh, mon Dieu. Et ça ne lui plaît pas, n'est-ce pas ?

— Comment avez-vous pu penser que ça me plairait ? répliqua Harry.

— Eh bien, trop tard, c'est fait maintenant, dit Diana.

Le visage de Louisa s'éclaira.

— Oui, et c'était bien la chose à faire, en fin de compte.

— La chose à faire ?

— Harry, mon chéri, ne crie pas. Ces pauvres petites sont venues à Londres, et elles n'ont que ce vieux grincheux de Dillmouth pour veiller sur elles. Vraiment, c'est affreux de les amener ici pour la saison sans un vrai chaperon !

— Non, rétorqua Harry en secouant la tête. Je refuse.

Il aurait aussi bien pu parler à un mur.

— Tout ce que je peux dire, c'est que la mort de sa femme, il y a des années, a fini par lui faire perdre l'esprit, poursuivit Louisa. Doux Jésus, ces pauvres petites n'auraient pas pu sortir du tout. Cela aurait été si triste pour elles.

Elle contempla son fils d'un air de défi, et assena :

— Dieu merci, Diana a fait exactement ce qu'il fallait.

L'idée de loger chez lui, au cours des six semaines suivantes, quatre femmes qui représentaient toutes, dans la tête de ses sœurs, une épouse possible pour lui, l'emplit de désarroi. Il songea aux larmes de lady Mélanie, et son désarroi se mua en terreur.

— Qu'on aille chercher un fusil, marmonna-t-il. Abrégez mes souffrances sur l'heure.

— De quoi est-il question ? s'enquit Antonia. Explique-toi, Diana.

— Pendant l'entracte à l'opéra, maman et moi avons rencontré Dillmouth, ses filles et leurs deux cousines Abernathy. Elles n'ont que Dillmouth comme chaperon, et quand j'ai compris la situation, j'ai invité les quatre jeunes filles à séjourner chez nous pendant six semaines. Je n'ai pas pensé un instant que cela pourrait contrarier Harry.

— Tu parles, grommela l'intéressé en lui jetant un regard noir.

— J'ai lancé l'invitation devant Dillmouth, enchaîna sereinement Diana, et il a accepté. Je ne peux plus me rétracter à présent.

— Bien sûr que non ! Ce serait terriblement mal élevé ! s'exclama Antonia.

Harry poussa un gémissement. Il était pris au piège. Bien que Dillmouth soit sérieusement endetté, il était tout de même marquis, rang supérieur à celui de Harry, et était très puissant à la Chambre des lords. Pas du tout le genre d'homme à oublier un affront. Et les perspectives sociales de ses sœurs étant déjà réduites à cause de son divorce, ils ne pouvaient se permettre de snober un homme comme Dillmouth. Il ne savait plus s'il devait étrangler Diana ou se taper la tête contre un mur.

— C'est donc entendu, déclara sa sœur en souriant. Elles arriveront dans une semaine, juste au moment de ton retour du Berkshire. Au fait, Harry, tu n'as jamais vu lady Félicité. C'est une très belle jeune fille.

Un sourire se dessina au coin des lèvres de sa sœur, et il devina qu'elle pensait à Félicité Abernathy depuis un bon moment.

— Elle est jolie, n'est-ce pas ? claironna Viviane. Il me semble qu'elle a les cheveux noirs. Et des yeux sombres. Les bijoux ont beaucoup d'éclat sur elle.

— Mais elle est un peu vive de caractère, ajouta prudemment Phoebe. Il y a du sang méditerranéen dans la famille. Du moins, c'est ce qu'on dit.

Elle parlait très sérieusement, mais même de profil Harry put voir le sourire qu'elle essayait en vain de réprimer.

Ses sœurs étaient des diablesses. Harry se demanda un instant s'il ne ferait pas mieux de se réfugier dans un cottage en Amérique.

Au cours de la semaine suivante, Emma ne s'attarda pas trop à penser à son anniversaire. Mais la veille du jour fatidique, elle rêva de soie. Du taffetas riche et chatoyant d'une somptueuse robe de bal, bruissant à chaque mouvement, avec de larges manches, comme c'était la mode en ce moment. Une soie verte, avec des perles bleues et vertes sur la jupe, scintillant à la lueur des lustres en cristal.

Des lustres en cristal ? Oui, car elle était au bal, et l'orchestre jouait une valse. Elle dansait avec un homme. Comme c'était étrange... elle ne voyait pas son visage. Ses traits étaient brouillés mais il la faisait rire, et elle aimait cela. Soudain, elle vit qu'il y avait un éventail dans sa main, un objet exotique fait de plumes de paon. Elle le déploya, et lança à l'inconnu un regard provocant par-dessus l'éventail, dont les plumes lui effleurèrent le nez.

Emma se réveilla brusquement, et se trouva nez à nez avec Monsieur Pigeon, dont les longues moustaches de chat lui chatouillaient les narines. Il la salua d'un miaulement grave, et ce soudain changement de décor lui donna envie de se rendormir. Elle ferma les yeux. Mais quand elle les rouvrit, force lui fut de constater que le gros matou était roulé en boule sur son oreiller.

Elle avait rêvé. Et quel rêve absurde, en vérité ! Du taffetas... c'était une soie scandaleusement chère ! Et comment aurait-elle pu valser avec un homme, tout en maniant cet éventail d'une taille démesurée ? Cependant, elle ne put éviter un petit pincement au cœur mélancolique. Quel dommage que cette belle robe et ce mystérieux inconnu ne soient pas réels.

Quoique... pour l'éventail, c'était différent. Celui-ci était bien réel. Un objet superbe, avec de longues plumes, une poignée en ivoire sculpté et un pompon de soie bleue. Elle l'avait vu dans cette petite boutique de curiosités, dans Regent Street. La boutique où elle avait trouvé la boîte en porcelaine de Limoges pour lady Phoebe. C'était un endroit extraordinaire, où les fausses perles en lapis à trois pence le rang voisinaient avec des tabatières incrustées de pierreries qui valaient des centaines de livres. Exactement le genre de magasin susceptible de posséder un éventail comme celui-ci. Il coûtait deux guinées. Un prix extravagant, pour un objet aussi frivole.

Emma roula sur le dos et contempla le plafond. Tandis qu'elle fixait les murs jaune pâle de son petit appartement de Russell Street, son esprit s'envola vers les avant-postes de l'empire britannique. Elle songea aux *Contes des mille et une nuits,* à des lieux comme Ceylan, ou le Cachemire, emplis par les odeurs d'épices et le son des sitars, aux marchés de tapis persans et de soies colorées en provenance de Chine. Quand elle avait admiré cet éventail, à travers la vitre poussiéreuse de la vitrine, elle s'était sentie l'espace d'un instant aussi belle et exotique que Schéhérazade. Emma poussa un soupir rêveur.

Monsieur Pigeon lui caressa l'oreille en ronronnant bruyamment, et elle abandonna ses rêveries. Dans un élan d'affection, elle frotta sa joue contre le museau doux et soyeux de l'animal. Puis elle se redressa et repoussa la courtepointe.

Le chat émit un miaulement de protestation en la voyant se lever.

— Je sais, je sais, dit-elle avec douceur. Mais il faut que j'aille travailler.

Elle traversa la chambre pieds nus.

— Je ne peux pas passer la journée à paresser et à dormir, comme certaines personnes de ma connaissance.

Nullement impressionné par ce sermon, Monsieur Pigeon bâilla et s'installa confortablement sur l'oreiller. Emma le laissa faire, tandis qu'elle accomplissait comme chaque matin ses petites tâches ménagères. Elle ne faisait son lit qu'au tout dernier moment.

Elle versa dans la bassine l'eau contenue dans la cruche de grès blanc, et prit le pot de savon. Lorsqu'elle eut fait sa toilette, elle enfila une chemise blanche, une jupe bleu foncé, ses bottines de cuir noir boutonnées, puis elle ouvrit les rideaux.

Alors, assise devant sa coiffeuse, elle défit sa longue tresse et se munit de sa brosse à cheveux.

Emma regarda dans le miroir la brosse glisser dans sa chevelure. Le bel objet de nacre lui faisait toujours penser à sa tante.

— Cent coups de brosse tous les matins pour faire briller la chevelure, lui disait tante Lydia quand elle avait quinze ans.

Si papa avait été vivant et avait entendu le conseil de sa belle-sœur, il aurait pensé que passer autant de temps devant un miroir était futile et immoral.

C'était peut-être futile, mais Emma aimait ce moment. La plupart du temps, ses cheveux étaient simplement bruns, de la couleur du pain bien cuit. Mais répandus ainsi sur ses épaules, légèrement ondulés, et éclairés par les rayons du soleil qui filtraient par la fenêtre, ils semblaient cuivrés et non banalement bruns.

Cette robe de soie verte aurait été parfaite…

Emma remonta ses cheveux, forma un chignon à l'arrière de sa tête, l'épingla et ajouta deux peignes pour s'assurer qu'il resterait en place toute la journée. Satisfaite, elle fit mine de se lever, mais se figea en se rappelant soudain quel jour on était.

C'était son anniversaire.

Retombant sur sa chaise, elle contempla son reflet dans le miroir. Elle avait trente ans.

Non, elle ne faisait pas son âge. Les taches de rousseur qui couvraient son nez et ses joues, et qu'aucune quantité de jus de citron n'avait réussi à effacer, la faisaient paraître plus jeune. Des yeux noisette, dans un visage long et ovale, la contemplaient gravement. Des yeux à peine soulignés par des cils qui n'étaient pas assez noirs pour qu'on les remarque, et entourés par de minuscules rides qui n'étaient pas là l'année dernière. Levant une main, elle effleura les trois sillons parallèles et à peine visibles qui barraient son front.

Un sentiment de mécontentement s'abattit sur elle, et elle abaissa brusquement la main. Elle allait finir par se mettre en retard. Elle se leva. Il était déjà huit heures et demie. En se dépêchant un peu, elle aurait le temps de se faire une tasse de thé avant de partir prendre l'omnibus.

Elle ouvrit les tentures de son petit salon, fit chauffer un peu d'eau sur un minuscule réchaud, et grignota un morceau de biscuit en attendant que la bouilloire se mette à siffler. Puis elle prépara le thé. Tandis qu'il infusait, le parfum du jasmin et des zestes d'orange se répandit dans la pièce.

Ceylan. Le Cachemire. La soie verte. Schéhérazade.

Absurde. Elle n'allait tout de même pas dépenser deux guinées pour un éventail qu'elle n'aurait jamais l'occasion d'utiliser ? La moitié d'une semaine de salaire ? C'était ridicule. Même pour son anniversaire.

Toutefois, la pensée de cet éventail ne la quitta pas pendant tout le trajet jusqu'au bureau.

3

« Une vraie dame se comporte toujours avec retenue.
Elle est gaie, compréhensive, et raisonnable.
Elle ne laisse jamais paraître ses émotions,
ne se met pas en colère, et ne fait pas de scène. »
Conseils de Mme Lydia Worthington à sa nièce, 1880

Les journaux ne représentaient pas seulement le gagne-pain de Harry. Ils avaient d'autres fonctions importantes. Ce matin, par exemple, ils constituaient pour lui un refuge.

Il était sans doute terriblement mal élevé de tenir un journal devant soi comme un mur le séparant de ses invités, mais il s'en moquait. Il y avait des limites à ce qu'un homme pouvait endurer. Et, avec quatre femmes supplémentaires assises à sa table, quatre femmes que ses sœurs considéraient comme de bons partis pour lui, il fallait bien qu'il se cache quelque part. Le lendemain de son retour du Berkshire, Harry décida donc de se cacher derrière un exemplaire de *La Gazette sociale* de Barringer.

Par chance pour lui, dans cette maison le petit déjeuner n'était pas un repas conventionnel. Les plats étaient tenus au chaud sur la desserte, et chacun allait se servir à sa convenance. Il devenait de plus en plus courant de servir de cette manière le premier repas de la journée, toutefois il y avait des années que les choses se passaient ainsi chez lui. Sa mère avait renoncé depuis longtemps à lui faire observer des horaires réguliers à la maison. Aujourd'hui, cette atmosphère décontractée permettait à Harry d'ignorer ses invités tout en travaillant un peu.

Il n'y avait vraiment rien d'étonnant à ce que *La Gazette* et son propriétaire soient dans une position financière délicate, songea-t-il en grignotant une bouchée de bacon. Pour trouver des articles aussi ternes et collet monté, on pouvait aussi bien lire le *Times*.

Une voix de femme s'éleva juste assez pour dominer les autres.

— Qu'en pensez-vous, lord Marlowe?

Un silence s'abattit dans la salle, et Harry regarda par-dessus son journal. Il rencontra le regard sombre et troublant de lady Félicité. Elle était belle, on ne pouvait le nier. De fait, Diana connaissait bien ses goûts. Si Félicité n'avait pas été une jeune dame, elle aurait probablement éveillé son intérêt. Mais les jeunes dames étaient de dangereuses créatures. Elles visaient le mariage.

Il lui sourit poliment.

— Je vous prie de m'excuser, mais je n'ai pas suivi la conversation. Je suis absorbé par une tâche très importante.

— Une tâche importante? répéta-t-elle en désignant le journal. Les nouvelles du jour sont donc importantes?

— Elles le sont pour Harry! intervint Viviane en riant. Il lit toujours les journaux de ses concurrents.

— Sauf qu'habituellement il ne le fait pas au petit déjeuner, fit remarquer sa grand-mère d'une voix chargée de désapprobation.

Harry décida d'ignorer l'opinion de sa grand-mère, et jeta un nouveau regard à Félicité par-dessus son journal.

— Voyez-vous, lady Félicité, le fait de lire les journaux concurrents est capital pour ma propre réussite financière. Il faut toujours avoir une longueur d'avance. Je suis un homme d'affaires, et j'aime ça.

— Vous aimez ça ? releva lady Félicité avec un rire incrédule. Vous me taquinez, lord Marlowe.

— Pas du tout. Les affaires m'intéressent beaucoup plus que mon domaine. Encaisser des loyers, c'est d'un ennui mortel. Et pas aussi rentable qu'on le croit. Je préfère les affaires.

La jeune femme comprit qu'elle avait commis une bévue, et elle tenta d'arranger les choses.

— Vous préférez les affaires à votre domaine. Comme c'est…

Elle marqua une pause, et finit par bredouiller :

— Comme c'est moderne.

Harry aperçut la grimace de dépit de Diana, et il masqua un sourire. Ah, elle croyait que lady Félicité serait une épouse parfaite pour lui ?

— Eh bien oui, je suis quelqu'un de très moderne, murmura-t-il avec une désinvolture étudiée.

Ignorant le soupir exaspéré de sa grand-mère, il jeta un coup d'œil à la pendule et s'exclama, en feignant l'étonnement :

— Déjà neuf heures et demie ?

Il replia rapidement son journal et afficha un air navré.

— Pardonnez-moi, mesdames, mais je dois aller gagner ma vie.

— Ne rentre pas trop tard ce soir, mon chéri, lança sa mère en ramassant la pile de journaux et de courrier que le majordome avait déposée à côté de l'assiette de Harry. Nous écouterons un peu de musique après le dîner. Nan veut bien chanter pour nous.

Il accorda un sourire à lady Nan.

— Quelle chance, maman. Je ferai de mon mieux, mais je ne peux vous promettre que je ne serai pas retenu au bureau par une affaire de dernière minute.

Il s'inclina et sortit avant que Louisa ait pu répondre. Il gagna le hall d'entrée en poussant un soupir de soulagement.

— Ma voiture, Jackson. Venez m'appeler dès qu'elle sera arrivée. Je serai dans mon bureau.

— Bien, monsieur.

Le majordome fit signe à un valet, et Harry pénétra dans son bureau. Il jeta aussitôt *La Gazette sociale* dans la corbeille à papiers. Les articles étaient pompeux et prétentieux. La première chose qu'il ferait une fois qu'il l'aurait rachetée, ce serait de l'égayer un peu. Or, il était bien décidé à racheter ce journal. Il était convaincu qu'en lui donnant une tournure d'esprit plus moderne, il en ferait quelque chose de rentable. De plus, les locaux se trouvaient dans un bâtiment de quatre étages face à ses propres bureaux. Ce serait parfait pour le développement de sa maison d'édition.

Naturellement, le fait de surpasser Barringer lui faisait éprouver une vive satisfaction. Tôt ou tard, le comte serait obligé de céder. C'était une question de temps.

Il ouvrit son porte-documents avec l'intention de placer les journaux de ses autres concurrents à l'intérieur, afin de pouvoir les lire pendant le trajet jusqu'au bureau. Mais il se figea à la vue d'un manuscrit entouré d'une ficelle.

Le nouveau livre de Mlle Dove.

Il lui avait promis d'y jeter un coup d'œil pendant son séjour dans le Berkshire mais, à son arrivée là-bas, il l'avait complètement oublié. La pêche était un passe-temps bien plus agréable que l'étude des écrits de Mlle Dove. Il faudrait environ dix minutes à son cocher pour amener la voiture des écuries jusque devant la porte. À en juger par ses expériences précédentes des manuscrits de la jeune femme, cela représentait neuf minutes et demie de plus que le temps nécessaire pour tenir sa promesse et vérifier ce qu'il soupçonnait déjà.

Il sortit donc le manuscrit de sa sacoche, s'assit à son bureau et dénoua la ficelle. Puis il glissa ses doigts entre les feuillets et lut au hasard.

Un appartement, si petit soit-il, qu'il bénéficie ou non du soleil d'après-midi pour l'égayer, peut être transformé à peu de coût en un nid accueillant, à condition que la jeune fille qui l'occupe fasse appel à son bon sens et à son ingéniosité. Et naturellement, il faut qu'elle sache dans quelles boutiques se fournir.

Harry referma le manuscrit. C'était bien ce qu'il pensait. Aussi terne et peu attrayant qu'un chiffon de vaisselle. Cette pauvre Mlle Dove ne comprendrait jamais que personne n'avait envie de lire de telles fadaises.

Il renoua la ficelle, rangea le manuscrit dans son porte-documents, et sortit son carnet de rendez-vous. Celui-ci avait été remis hier à son domicile, en vue de son retour. Tous ses rendez-vous y étaient inscrits de la parfaite écriture ronde de sa secrétaire.

Il grimaça en lisant la première ligne. Une réunion avec ses directeurs. Harry songea un instant à ne pas y aller. Après tout, la société lui appartenait. Mais s'il n'était pas là pour maintenir la discipline, les directeurs de publication se déchaîneraient et décideraient de publier n'importe quoi. Ce n'était pas envisageable. Aussi, quand Jackson vint lui annoncer que sa voiture l'attendait, Harry accepta-t-il son chapeau avec résignation pour se rendre au bureau. Et comme il avait quitté la table du petit déjeuner prématurément, il arriva à ses bureaux de Bouverie Street bien avant l'heure de la réunion.

Mlle Dove se leva à son entrée.

— Bonjour, monsieur. Vous êtes en avance aujourd'hui.

— C'est choquant, je sais. Des problèmes domestiques, mademoiselle Dove.

— Je suis désolée de l'apprendre, monsieur. Je connais plusieurs agences excellentes, si votre gouvernante ou votre majordome manquent de personnel. Je peux…

— Non, je crains que ce genre de problèmes ne puisse être résolu par une agence. À moins que celle-ci puisse trouver un mari à chacune de mes sœurs et leur faire quitter la maison.

Il marqua une pause, comme pour réfléchir à la question.

— Et maintenant que j'y pense, il faudrait s'occuper de ma mère aussi. Elle pourrait se remarier. Avec un pair écossais, de préférence. L'Écosse est très loin d'ici. Il faut au moins deux jours de train pour s'y rendre.

— Une nuit, avec l'express.

Mlle Dove prenait toujours ce qu'il disait au pied de la lettre, et répondait en conséquence. Ce qui avait amené Harry à conclure que sa secrétaire était totalement dépourvue du sens de l'humour.

— Je pense qu'il existe une ou deux agences spécialisées dans la tâche de trouver un époux, poursuivit-elle d'un ton incertain. Mais je n'aurais jamais cru que vos sœurs auraient besoin de leurs services. Et d'ailleurs, l'aînée n'est-elle pas fiancée à lord Rathbourne ?

Harry se pencha sur le bureau en souriant.

— Je vous faisais marcher, mademoiselle Dove.

— Oh. Je vois, répliqua-t-elle d'un ton qui prouvait qu'elle ne voyait pas du tout.

Harry renonça. Inutile de taquiner sa secrétaire, elle ne comprenait jamais ses plaisanteries. De toute façon, il essayait seulement de repousser le plus longtemps possible le moment de lui annoncer la mauvaise nouvelle.

Après avoir pris une profonde inspiration, il posa sa sacoche sur le bureau, défit la boucle de cuivre et l'ouvrit.

— J'ai regardé votre livre, déclara-t-il en sortant le manuscrit. Mais je crains qu'il ne présente le même problème que les autres. Pour qu'un guide de savoir-vivre soit rentable, il faut qu'il soit nouveau, différent. Il doit se détacher du lot.

— Oui, monsieur.

Elle pinça les lèvres, et baissa la tête pour qu'il ne voie pas sa déception.

— Je comprends, mais j'espérais que…

— Oui, je sais, dit-il en lui tendant la pile de feuillets. Je suis désolé.

Elle contempla le manuscrit un instant, avant de le prendre pour le ranger dans un tiroir.

— Voulez-vous votre café, monsieur ?

— Oui, s'il vous plaît.

Elle lui apporta son café. Celui-ci était exactement comme il l'aimait : fort, très chaud, sans sucre ni lait. Ensuite, il lui dicta du courrier jusqu'à ce que les directeurs arrivent pour la réunion.

Trois heures plus tard, il raccompagna les deux hommes dans le corridor. Il agissait avec cordialité, malgré son exaspération. Pourquoi les directeurs de publication ne prenaient-ils jamais en compte l'aspect financier du métier ? Ils laissaient invariablement passer les livres les plus vendables, au profit de ceux qui présentaient le plus de qualités littéraires. Chaque mois, après leur réunion, Harry demeurait dérouté par cette attitude. Si un livre ne présentait pas d'attrait pour la masse des lecteurs, même s'il était subtil, profond, avec de superbes métaphores, Harry refusait de le publier.

Alors qu'il regagnait son bureau, il vit sa secrétaire mettre son chapeau.

— Vous partez, mademoiselle Dove ?

— Oui, monsieur.

Il pencha la tête pour la regarder sous le large rebord de son chapeau de paille.

— Vous ne m'en voulez pas, j'espère ? demanda-t-il en cherchant son regard.

— Pas du tout, répondit-elle avec une gaieté un peu forcée. Je comprends les raisons pour lesquelles vous refusez mon livre, mais je ne suis nullement découragée.

Il n'eut pas le cœur de lui conseiller de renoncer.

— Excellente réaction ! La persévérance est toujours récompensée, à ce qu'on dit.

— Je considère cela comme un refus de plus à balayer, expliqua-t-elle en enfilant ses gants. Quand je serai débarrassée de tous les refus, je finirai bien par obtenir un oui, comme dirait Mme Bartleby.

— Qui ça ?

Elle marqua une pause et lui lança un coup d'œil intrigué.

— Mme Bartleby, répéta-t-elle, comme s'il était censé connaître ce nom.

Harry fronça les sourcils, essayant de se rappeler s'il avait déjà entendu parler d'une Mme Bartleby. Il secoua la tête.

— Désolé, mademoiselle Dove, mais je ne la connais pas.

— Mais...

Elle s'interrompit et le considéra les yeux écarquillés, la bouche entrouverte, visiblement en proie à un immense étonnement.

Cette expression était si inhabituelle, si différente de son attitude généralement imperturbable, qu'il fut désarçonné.

— Mademoiselle Dove, vous vous sentez bien ?

— Vous ne savez pas qui est Mme Bartleby.

Elle prononça ces mots d'une façon étrange, comme si elle essayait d'admettre l'impossible. Harry commençait à se sentir mal à l'aise.

— Je devrais la connaître ? fit-il en souriant. Vous devriez me rafraîchir la mémoire, car je ne me souviens pas d'en avoir entendu parler. Est-elle l'auteur d'un livre publié par un de mes concurrents ?

— Non.

Emma déglutit et garda les yeux fixés devant elle, aussi immobile qu'une statue. Le malaise de Harry se transforma en inquiétude. Allait-elle s'évanouir ? Il ne pouvait imaginer Mlle Dove s'évanouissant.

— Vous êtes pâle comme un linge. Seriez-vous malade ?

— Non.

Elle secoua la tête, et parut sortir d'une transe. Presque aussitôt elle recouvra son assurance habituelle, et Harry se demanda s'il n'avait pas rêvé.

— Merci de m'avoir donné votre avis sur mon manuscrit, dit-elle. Puisque nous sommes samedi et qu'il est largement plus de midi, je vais rentrer chez moi. Vous n'avez plus de travail à me donner, je pense ?

Sans attendre sa réponse, elle se dirigea vers la porte.

— Mademoiselle Dove ?

Elle s'immobilisa et tourna légèrement la tête, mais ne le regarda pas.

— Oui, monsieur ?

— Qui est Mme Bartleby ?

Plusieurs secondes s'écoulèrent avant qu'elle ne donne sa réponse.

— Personne d'important, répliqua-t-elle, avant de sortir et de refermer la porte derrière elle.

Les sourcils froncés, Harry contempla la porte close. Son malaise ne s'était pas encore dissipé. Elle était déçue, c'était certain, mais qu'est-ce que cette Mme Bartleby avait à voir avec tout cela ? Il n'en avait pas la moindre idée.

Il secoua la tête, et chassa de son esprit cette étrange conversation. Mlle Dove se sentait toujours blessée quand il refusait un de ses livres, mais elle se remettrait de cette déception. Elle s'en remettait toujours.

Il n'avait jamais lu ses livres. Emma se répéta cette phrase des dizaines de fois en remontant Chancery Lane, mais elle ne parvenait pas à l'admettre. Il n'avait pas lu une seule ligne de ce qu'elle avait écrit.

L'idée l'effleura qu'elle se trompait peut-être, mais elle savait que ce n'était pas possible. Si Marlowe avait lu son manuscrit, il saurait que Mme Bartleby était le pseudonyme d'Emma, et l'auteur fictif de ses livres. Seigneur, le nom de cette femme était tapé en lettres capitales sur la première page. Comment aurait-il pu ne pas le voir ? Et les allusions à feu M. Bartleby parsemaient le texte. Non, elle ne pouvait pas se tromper.

Malgré tout le temps qu'elle lui consacrait, le travail qu'elle accomplissait pour lui, les devoirs qu'elle remplissait loyalement pour servir les intérêts de sa société, il ne prenait même pas la peine de lire la première page de son livre ?

Le choc céda la place à la colère. Une rage sourde et brûlante l'envahit. Pendant tout ce temps, toutes ces années, il avait fait semblant d'examiner son travail. Il lui avait menti.

Elle voulait le mettre face à son mensonge. Elle aurait dû le faire tout de suite, mais elle avait été trop abasourdie. Quand elle avait compris l'horrible vérité, elle avait été comme paralysée par le choc. Maintenant qu'elle avait quitté le bâtiment depuis un bon moment, le choc commençait de se dissiper et elle sortait de son hébétement. Mais c'était trop tard.

Non, il n'était jamais trop tard. Elle s'arrêta au coin de High Holborn, pivota sur ses talons et retourna vers Bouverie Street. Elle allait le faire. L'affronter, lui lancer ses mensonges au visage, lui dire ce qu'elle pensait de sa duplicité.

À l'instant même où elle imagina la scène, elle sut que ce serait stupide. Il la mettrait à la porte. N'importe quel employeur en ferait autant pour une telle impertinence.

Cela n'en valait pas la peine. Emma s'arrêta de nouveau, s'attirant une exclamation indignée de la part du jeune homme qui marchait juste derrière elle. Un peu hors d'haleine, elle demeura plantée au milieu du trottoir, tandis que le jeune homme la contournait. Elle ne pouvait pas affronter Marlowe. Quelle que soit la satisfaction qu'elle tirerait de cet acte, elle ne pouvait se permettre de sacrifier son emploi.

Contrariée par son propre bon sens, Emma serra le poing et frappa dans la paume de son autre main, en proie à une intense frustration. Elle était furieuse, et elle avait besoin d'un exutoire. Il lui fallait hurler, pleurer, jeter des objets sur le sol… mais tout cela était impensable. Elle se trouvait dans un lieu public, entourée de gens, et une dame ne laissait jamais libre cours à ses émotions.

Elle n'avait plus qu'à rentrer, se dit-elle en revenant sur ses pas. Une fois chez elle, elle pourrait casser quelque chose, pleurer et crier tout son content. Sauf qu'elle casserait probablement un objet qu'elle aimait, et qu'elle le regretterait plus tard. Sa propriétaire entendrait du bruit et croirait qu'un fou était entré dans la maison. Peut-être appellerait-elle la police ? Cette idée la fit frémir.

Comprenant qu'elle n'avait pas d'autre moyen pour évacuer sa frustration, Emma inspira plusieurs fois profondément, et décida de marcher. Elle avança à grands pas dans High Holborn, faisant claquer les talons de ses bottines sur le trottoir à un rythme rapide.

C'était décidé, elle allait démissionner. Dès lundi matin, elle annoncerait la nouvelle avec calme et dignité. Elle donnerait le préavis d'usage, qui était de deux semaines, et ravalerait sa colère afin de demander la lettre de recommandation à laquelle elle avait droit. C'était ce qu'il y avait de plus raisonnable à faire.

Non, ce n'est pas raisonnable, lui souffla une petite voix intérieure. Démissionner n'était pas une bonne idée. Elle gagnait sept livres et six pence par mois. Où diable trouverait-elle un autre patron qui accepte de lui donner une telle somme ? Les hommes comme Marlowe, qui estimaient qu'une femme devait être payée autant qu'un homme, étaient des créatures plus rares que les licornes. Elle avait un joli petit appartement confortable dans un quartier respectable, la sécurité d'un poste qu'elle pourrait occuper encore longtemps, et un bas de laine à la banque qui ne cessait de grossir. Ce qui la garantirait de la misère lorsqu'elle serait trop vieille pour travailler.

Emma s'arrêta de nouveau et s'adossa à la rambarde de fer forgé qui entourait le Royal Music Hall. Elle soupira. Il y avait des moments, comme celui-ci, où le fait d'être raisonnable était terriblement agaçant. Elle demeura là quelques minutes, ne sachant que faire. Ses hésitations auraient sans doute exaspéré son père, un militaire rigide et sévère.

Il ne fallait pas toujours être trop raisonnable. Parfois, il fallait être capable de céder à certaines impulsions, de se laisser emporter par la spontanéité du moment. Mais elle ne parvenait jamais à se laisser aller…

Elle redressa les épaules et s'approcha du bord du trottoir, se préparant à faire signe à l'omnibus. Pour une fois dans sa vie, elle ne serait pas raisonnable. Elle allait se rendre à Mayfair et acheter cet éventail en plumes de paon, quel que soit son prix. Une femme avait bien le droit d'avoir un bel objet exotique pour son anniversaire !

La petite clochette accrochée à la porte de Dobbs's tinta lorsque Emma pénétra dans la boutique, mais M. Dobbs n'y prit pas garde. Il tournait avec une sollicitude anxieuse autour d'un groupe de jeunes femmes rassemblées près du comptoir, au centre de la pièce.

Emma se figea près de la porte. Une des dames, jolie jeune femme aux cheveux blonds vêtue d'une robe rose, tenait l'éventail devant elle. L'éventail d'Emma.

Elle l'agita sous le nez d'une de ses amies.

— Tu penses que ce sera bien, pour le bal de Wallingford ? demanda-t-elle en esquissant une révérence.

Une protestation s'éleva dans le cœur d'Emma. Elle fit un pas en avant, puis s'arrêta. À part arracher l'éventail des mains de la jeune femme, elle ne pouvait pas faire grand-chose.

Les jeunes filles vêtues de leurs charmantes robes aux couleurs pastel semblaient flotter dans la boutique comme de beaux papillons. Elles jouèrent tour à tour avec l'éventail tandis qu'Emma attendait près de la porte, les doigts croisés dans son dos, espérant contre toute vraisemblance qu'elles allaient le remettre à sa place et déguerpir. Elle les écouta parler gaiement du prochain bal, de leurs soupirants, de leur carnet de bal.

— Alors, dois-je le prendre ou non ? s'enquit la jolie blonde, haussant le ton pour dominer les jacassements de ses compagnes.

Toutes reconnurent que les plumes de paon seraient parfaites pour mettre en valeur la soie bleu turquoise de sa robe de bal.

Le cœur lourd, Emma regarda la jeune fille payer son achat. Elle était consciente que son sentiment de tristesse était disproportionné, et elle fit son possible pour accepter cette perte. Ce n'était qu'un éventail, après tout, et cette jeune personne avait sûrement plus de raisons de le posséder qu'elle n'en aurait jamais elle-même. D'ailleurs, si elle l'avait acheté, qu'en aurait-elle fait ? Elle l'aurait probablement accroché au mur, comme un ramasse-poussière.

Cette fille était dans sa prime jeunesse, songeait-elle. À une époque de sa vie où un éventail en plumes de paon pouvait avoir une utilité. Une époque de fêtes, de bals, de flirts, une époque d'espérances et de rêves, de projets d'avenir...

Sa prime jeunesse à elle s'en était allée depuis longtemps… Avait-elle jamais eu de vrai printemps dans sa vie ?

Emma revint en pensée sur les douze dernières années. Elle se revit à dix-huit ans, dix-neuf ans, vingt ans… désespérément amoureuse, et espérant que M. Parker éprouvait les mêmes sentiments. Attendant une déclaration d'amour, une demande en mariage qui n'était jamais venue… jusqu'à ce que M. Parker épouse quelqu'un d'autre.

Puis la chère tante Lydia était tombée malade. Emma avait passé cinq années à la soigner, à attendre que la vieille dame aille mieux. Mais la pauvre était morte.

Et maintenant, il y avait ce lord Marlowe qui n'avait nullement l'intention de publier un de ses livres, qui n'avait même pas pris la peine de les lire. Cinq ans d'espoir et de travail, penchée chaque soir sur sa machine à écrire… et tout cela pour rien.

C'était donc sa destinée. Elle avait passé sa jeunesse à attendre et à espérer des choses qui n'arrivaient jamais. À présent, elle avait trente ans.

Les jeunes filles s'approchèrent de la porte. Emma s'écarta et jeta un dernier regard à cet éventail absurde, extravagant, qui partait avec sa nouvelle propriétaire. Quelque chose en elle se brisa.

Trop tard. Elle avait passé toutes ces années à repousser le but qu'elle s'était fixé, jusqu'à ce qu'il soit trop tard.

À cette pensée, toutes les émotions qu'elle réprimait depuis qu'elle avait quitté la maison d'édition ressurgirent comme une immense vague. Elle pressa sa main gantée contre ses lèvres et essaya de garder son sang-froid. Mais la tentative était vaine.

À sa grande honte, Emma se mit à pleurer.

4

« Les hommes se demandent pourquoi les femmes
ne se conduisent pas d'une façon rationnelle.
Ils ne comprennent pas que c'est exactement
ce que nous faisons. »
Mme Bartleby, *Essais sur la vie de famille*, 1892

Harry se considérait comme un homme tolérant
envers sa famille. Mais, par Dieu, sa patience avait
des limites. Quand il eut entendu pendant quatre
jours ses sœurs louer à tout bout de champ le
charme et les talents de leurs invitées, sa tolérance
se trouva fort compromise. L'adoration désespérée
de Mélanie, les médiocres talents de chanteuse de
Nan, l'obsession du mariage de Félicité et la conversation inepte de Florence menacèrent de détruire
non seulement sa bonne humeur, mais aussi sa
santé mentale.

Le lundi matin, lorsqu'il apprit que leurs invitées
allaient les accompagner sur le yacht de Rathbourne, et qu'il serait coincé une journée entière en
leur compagnie sans un endroit où se réfugier, il sut
qu'il fallait faire quelque chose. Mais quoi ?

Il ne pouvait pas renvoyer ces quatre idiotes chez
Dillmouth. Sa mère fondrait en larmes, ce qui était
une perspective épouvantable. Quant à ses sœurs,
elles se mettraient tout simplement en quête de

nouvelles fiancées possibles, ce qui était encore pire. Sans compter que Dillmouth trouverait un moyen de porter préjudice à sa réputation pour se venger de ce manque d'égards envers ses filles et ses nièces. Bref, ce serait un beau gâchis, et Harry évitait de se mettre dans ce genre de pétrin quand c'était possible.

Malheureusement, les ennuis venaient parfois d'eux-mêmes au-devant de lui. Lorsqu'il passa à son bureau pour signer les contrats Halliday avant de se rendre à la réception de Rathbourne, ses plans tombèrent à l'eau, sa journée fut bouleversée, et Harry se retrouva bel et bien dans le pétrin.

Tout commença avec M. Tremayne. Chargé de la publication des journaux, Tremayne était un homme rubicond, d'humeur joviale, et généralement capable de surmonter n'importe quelle crise avec facilité. Sauf aujourd'hui. Quand Harry arriva, il se tenait près de la porte d'entrée et, à en juger par son expression, quelque chose n'allait pas.

— Mon Dieu, Tremayne, que se passe-t-il? Vous êtes l'image même de la désolation.

— Mlle Dove ne m'a pas remis le programme des opérations pour la journée.

— Elle ne vous l'a pas encore envoyé? s'étonna Harry en traversant le hall.

Il passa dans la salle de rédaction où les employés tapaient à la machine, et s'engagea dans l'escalier. Tremayne lui emboîta le pas.

— Mlle Dove n'est pas là.

— Quoi?

Harry se figea, un pied sur la première marche, et tira sa montre de sa poche.

— C'est impossible. Il est dix heures et demie. Mlle Dove est forcément quelque part dans la maison.

— M. Marsden... il n'a pas quitté le bureau de l'entrée, vous savez, monsieur...

Tremayne désigna le bureau placé à l'autre bout du hall, près de la porte d'entrée.

— Il dit que Mlle Dove n'est pas encore arrivée.

— Il ne l'a sans doute pas vue entrer, c'est tout.

Harry remit sa montre dans la poche de son gilet, et reprit l'ascension de l'escalier.

— Oui monsieur, fit Tremayne en l'escortant jusqu'au troisième étage. C'est aussi ce que j'ai cru. J'ai donc envoyé mon secrétaire aux nouvelles. Mais Carter a constaté que le chapeau et le parapluie de Mlle Dove n'étaient pas accrochés au portemanteau près de la porte de votre bureau. Nous l'avons donc cherchée, mais elle ne se trouve nulle part dans le bâtiment. Elle est peut-être malade.

— Mlle Dove n'est jamais malade. C'est un fait scientifiquement vérifié, Tremayne. Aussi sûr que la loi sur la gravité et aussi régulier que le lever du soleil.

— Elle n'est jamais en retard non plus, monsieur. Cependant elle n'est pas là, et je n'ai pas de programme pour la journée.

Les deux hommes pénétrèrent dans les bureaux de Harry et s'arrêtèrent devant le bureau de Mlle Dove. La table était vide, à l'exception d'un encrier et d'un sous-main placés exactement au centre de la surface de chêne cirée. La machine à écrire était toujours protégée par sa housse de cuir. Le porte-chapeaux était vide.

— Vous voyez bien, monsieur, déclara Tremayne en écartant les bras. Apparemment, elle n'est pas venue ce matin.

— Eh bien, dites à Marsden de lui téléphoner et de lui demander pourquoi elle n'est pas là.

— Je ne pense pas que Mlle Dove ait le téléphone, répliqua Tremayne d'un air incertain. Et si c'était le cas, Marsden ne saurait pas quel numéro demander à la standardiste.

Il marqua une pause et toussota.

— Monsieur, qu'allons-nous faire ? Il me faut absolument cet emploi du temps.

Avant que Harry ait pu réfléchir à la question, la porte s'ouvrit. M. Finch, chargé du service des livres, apparut.

— Bonjour monsieur. Monsieur Tremayne, dit-il, avant de jeter un coup d'œil derrière le bureau. Mlle Dove est allée faire une course ?

— Ma secrétaire n'est pas là ce matin, monsieur Finch.

L'homme sembla consterné.

— Monsieur, Mlle Dove arrive toujours au bureau à la première heure.

— Ce n'est pas le cas aujourd'hui, à ce que je vois. Je suppose que vous avez besoin de quelque chose, vous aussi ?

— Oui, monsieur. Il me faut le planning de l'année. Mlle Dove le met à jour chaque mois. Elle veille à ce que les auteurs respectent leurs délais, vous comprenez.

— Avez-vous vraiment besoin…

La porte s'ouvrit, et M. Marsden entra à son tour.

— Il y a un messager de Ledbetter & Ghent à la réception, monsieur. Il dit qu'il vient chercher des contrats.

— Diable !

Harry jeta un nouveau coup d'œil au bureau de sa secrétaire, mais il n'y avait pas le moindre document sur la table. Mlle Dove était censée lire ces contrats pendant le week-end et les préparer pour les lui faire signer ce matin.

— Attendez ici, ordonna-t-il aux deux hommes en pénétrant dans son bureau personnel.

Comme il l'escomptait, les contrats se trouvaient là, au milieu de sa table de travail. Une enveloppe portant son nom, de l'écriture de Mlle Dove, était posée sur les documents.

Soulagé d'avoir récupéré les fameux contrats, Harry jeta l'enveloppe de côté et feuilleta les documents jusqu'à ce qu'il ait trouvé l'endroit où apposer sa signature. Il signa, et retourna dans l'antichambre. Après en avoir placé un exemplaire sur le bureau de Mlle Dove pour qu'elle le classe, il tendit l'autre à Marsden.

— Donnez ceci à l'employé de Ledbetter, dit-il.

Tremayne reprit la parole.

— Monsieur, il faut que les cinq éditions du soir soient prêtes à être imprimées à trois heures. Je ne peux rien faire sans ce programme.

Harry se passa une main sur le visage, cherchant une solution.

— Il est peut-être quelque part dans son bureau. Fouillez les tiroirs, vous verrez bien.

— Et pour ma liste d'ouvrages ? s'enquit Finch. Si un des auteurs est en retard pour finir son livre, et ils le sont *toujours*, vous savez, il faut absolument que je sois au courant.

— Oui, oui, mais faut-il que vous le sachiez aujourd'hui ? Ça ne peut pas attendre ?

Finch se lança dans une longue explication, dont il ressortit qu'il était impossible de patienter jusqu'au lendemain. Pendant qu'il parlait, la porte s'ouvrit de nouveau et Diana apparut.

— Harry, cela fait des heures que nous attendons dans la voiture. Pourquoi es-tu si long ?

— Ce n'est pas là, annonça Tremayne en refermant un tiroir. J'ai regardé dans tous les tiroirs et tous les casiers.

— Mon Dieu ! s'exclama Finch. J'ai rendez-vous dans un quart d'heure avec l'équipe de la publication.

— Harry, insista Diana, le yacht d'Edmond doit partir à onze heures. Si tu ne te presses pas, nous allons rater la réception.

— Monsieur, il me faut l'emploi du temps de Mlle Dove, se lamenta Tremayne en se redressant. Sans cela, je ne peux pas...

— Assez ! cria Harry pour faire cesser ce flot de paroles. Nous avons longtemps fait fonctionner ce journal sans le concours de Mlle Dove. Tremayne, retournez dans la salle de rédaction et trouvez moyen de faire paraître l'édition du soir à l'heure dite. Débrouillez-vous, je ne veux rien savoir.

Puis il se tourna vers l'autre employé.

— Monsieur Finch, vous n'êtes pas obligé de mettre à jour votre programme de publications aujourd'hui. Aussi, allez-vous remettre votre réunion. Et que l'un de vous envoie quelqu'un à la recherche de Mlle Dove.

Les deux hommes sortirent, et sa sœur demanda :

— Mlle Dove a disparu ?

— Apparemment, oui.

— Comme c'est étrange. Cela ne lui ressemble pas du tout, n'est-ce pas ? J'espère qu'il ne lui est rien arrivé de fâcheux. Elle n'a pas prévenu qu'elle ne viendrait pas ?

— Non. Du moins…

Harry s'interrompit en repensant à l'enveloppe sur son bureau.

— Elle l'a peut-être fait.

Il retourna dans son bureau, ramassa l'enveloppe, brisa le cachet de cire et parcourut la lettre que lui avait laissée Mlle Dove. Le message était clair, concis, et parfaitement incroyable.

— Que diable…

Harry relut la missive, mais il était impossible de s'y tromper. Les cinq lignes étaient tapées à la machine, et la signature de la jeune femme figurait au bas de la page.

— Qu'y a-t-il ?

Harry leva les yeux et regarda sa sœur, qui se tenait sur le seuil.

— Elle a démissionné, dit-il, hébété. Mlle Dove a démissionné.

— Vraiment ? Fais voir.

Diana s'avança, prit la lettre et la lut. Puis elle leva les yeux vers son frère. Celui-ci constata avec irritation qu'elle souriait.

— Tu as l'air choqué, mon cher frère…

— Naturellement. Je ne devrais pas l'être?

— Eh bien, Harry, sans vouloir te critiquer, j'avoue que je n'aimerais pas travailler pour toi.

— Mlle Dove ne s'est jamais plainte.

— Cependant, elle était tellement malheureuse qu'elle a fini par donner sa démission.

— Mais qu'est-ce que ses sentiments viennent faire là-dedans? Je ne la paye pas pour être heureuse, rétorqua-t-il en arrachant la lettre des mains de sa sœur. Quand elle est venue ici, elle a demandé un poste de dactylo. Je lui ai fait une grande faveur en lui donnant le poste de secrétaire. J'ai engagé une femme, et une femme qui par-dessus le marché n'avait aucune expérience dans le domaine du secrétariat. Je lui paye un salaire beaucoup plus élevé que ce qu'elle obtiendrait dans une autre société. Elle pourrait donc se préoccuper de son bonheur en dehors de ses heures de travail!

— Si tu l'as engagée, c'est uniquement pour prouver à la Chambre des lords que tu avais raison. Tu te rappelles? Tu soutenais que la société pouvait résoudre le problème des femmes célibataires en appliquant une de tes idées radicales. C'est-à-dire que les personnes de mon sexe soient autorisées à gagner leur vie, de telle sorte que les hommes n'auraient plus à nous épouser pour nous faire vivre. C'est tellement absurde!

— Ce n'est pas absurde du tout. C'est une idée très sensée, qui...

— Et tout ça pourquoi? poursuivit-elle sans tenir compte de l'interruption. Parce que tu es devenu cynique pour tout ce qui touche au mariage!

— Je ne suis pas cynique!

Il se souvint qu'il n'y avait pas de discussion possible avec Diana sur ce point, et reprit:

— Le fait est que j'ai donné à Mlle Dove une opportunité unique. Je l'ai choisie au hasard, parmi une foule de candidats. Et, après cinq ans, elle démissionne sur un coup de tête. Sans raison, sans avertissement, sans préavis, précisa-t-il, de plus en plus agacé. Comment peut-elle me faire ça, après tout ce que j'ai fait pour elle ? Elle n'a donc aucune loyauté ?

— Je ne vois pas pourquoi cela te pose un tel problème. Trouve un autre secrétaire. Ce ne doit pas être difficile. Tu n'as qu'à appeler une agence, ou quelque chose comme ça.

— Je n'ai pas l'intention de trouver un autre secrétaire. La mienne me donne toute satisfaction.

— Elle te *donnait* satisfaction, rectifia sa sœur. Elle vient de démissionner.

— Je refuse sa démission. Et dès que je l'aurai retrouvée, je le lui dirai. Elle n'a pas le droit de me quitter.

— Tu comptes l'intimider ? Oh oui, cela la fera revenir tout de suite !

Harry lança à sa sœur un regard noir.

— Tu as une meilleure idée ?

— Pour commencer, j'ai du mal à imaginer qu'une femme accepte de travailler pour toi. Et donc, je n'ai pas beaucoup de conseils à te donner. Mais tu pourrais essayer de savoir pourquoi elle a donné sa démission aussi brusquement. Il doit bien y avoir une raison.

— Une raison ? répéta Harry, interloqué.

Il marqua une pause, réfléchit, et suggéra :

— J'ai refusé son nouveau manuscrit.

— Ce n'est pas la première fois, je crois ?

— En effet, mais cette fois elle l'a particulièrement mal pris. Je vais attendre un jour ou deux, puis j'irai la voir. Cela devrait lui laisser le temps de surmonter sa rancune.

— À condition que ce soit bien la raison pour laquelle elle a démissionné.

Harry ne prêta aucune attention à la remarque de sa sœur. Il suivait son propre train de pensées.

— C'est une personne raisonnable, marmonna-t-il en tapotant la paume de sa main avec l'enveloppe.

Pas du tout encline à prendre des décisions irrationnelles sur un coup de tête. D'ici deux jours, elle se rendra compte qu'elle a fait une erreur, et elle sera sans doute soulagée quand j'irai la voir pour lui proposer de reprendre son poste. Elle sera reconnaissante d'avoir l'occasion de réparer son erreur.

— Reconnaissante ?

— Je lui dirai que je ne lui en veux pas, je lui offrirai une augmentation, et tout devrait s'arranger.

Diana éclata de rire, tourna les talons et se dirigea vers la porte.

— Qu'est-ce qui t'amuse autant ? demanda-t-il.

— Tu me feras savoir si tes plans ont réussi, d'accord ? déclara Diana, une main sur la poignée de la porte. J'imagine que tu ne viendras pas à la réception d'Edmond ?

Sans même attendre sa réponse, Diana sortit et ferma la porte derrière elle.

Emma tenta de contrôler sa nervosité. Les mains fermement croisées sur le manuscrit de Mme Bartleby, elle s'efforça de ne pas s'agiter sur sa chaise, et refusa de penser au fait que tout son avenir dépendait de ce qui allait se passer aujourd'hui.

Ce qu'elle faisait n'était pas sans risque. Ce n'était pas raisonnable. Mais elle en avait par-dessus la tête, d'être raisonnable !

Deux jours plus tôt, elle s'était effondrée en sortant du petit magasin d'antiquités de Regent Street. Elle avait passé la soirée de son trentième anniversaire pelotonnée sur son oreiller, à pleurer dans la fourrure de Monsieur Pigeon. Mais elle avait fini par se ressaisir. En se levant le dimanche matin, elle avait pris sa décision. Après être allée à la messe et avoir prié consciencieusement pour obtenir une assistance divine, elle s'était rendue à la maison d'édition où elle avait tapé à la machine sa lettre de démission, qu'elle avait posée sur le bureau de Marlowe.

Elle savait qu'elle avait tort de ne pas respecter son préavis de quinze jours. Mais ces deux semaines lui auraient laissé trop de temps pour réfléchir, et pour se laisser convaincre par Marlowe de revenir sur sa décision. Aujourd'hui lundi, il devait avoir trouvé sa lettre, et elle ne pouvait plus revenir en arrière.

Une nouvelle Emma Dove était née. Plus jamais elle n'accepterait de rester passivement assise tandis que sa vie lui passait sous le nez. Plus jamais elle n'attendrait que le destin lui apporte ce qu'elle désirait. À partir de maintenant elle prenait sa destinée en main, et elle ne laisserait plus ses rêves s'échapper.

Elle n'avait jamais eu aussi peur de sa vie.

— Mademoiselle Dove ?

L'employé de bureau à qui elle s'était adressée en arrivant l'attendait au pied de l'escalier.

— Suivez-moi.

Emma se leva en maîtrisant sa nervosité du mieux possible. Son manuscrit fermement calé sous le bras, elle gravit l'escalier et suivit l'employé dans un bureau de réception où un secrétaire se tenait assis derrière sa table de travail. L'homme se leva et désigna une porte derrière lui.

— Vous pouvez entrer, mademoiselle.

Elle contempla la porte un bref instant, prit une grande inspiration, et pénétra dans un vaste bureau. Celui-ci était aussi luxueusement meublé que celui de Marlowe, mais contenait plus de désordre.

— Mademoiselle Dove ?

Un homme grand et d'une beauté peu commune s'avança vers elle en souriant :

— Quel plaisir de faire enfin votre connaissance !

— *Enfin*, monsieur ? répéta-t-elle, stupéfaite, alors qu'il se penchait pour lui baiser la main.

— Tout le monde à Fleet Street a entendu parler de l'extraordinaire secrétaire de Marlowe. On m'a beaucoup parlé de vous, mademoiselle, ajouta-t-il en retenant sa main. Et toujours en bien.

L'étonnement d'Emma allait croissant.

— J'aimerais pouvoir en dire autant, murmura-t-elle. Mais quoique j'aie beaucoup entendu parler de vous par M. Marlowe, monsieur, ce n'était jamais en bien.

Renversant la tête en arrière, lord Barringer éclata de rire.

— Cela ne me surprend pas du tout.

5

« Avec les femmes, un gentleman doit
apprendre à prévoir l'imprévisible.
Car c'est le plus souvent ce qu'on attendait
le moins qui se produit. »
Lord Marlowe, *Le Guide du célibataire*, 1893

L'appartement de Mlle Dove était situé à Holborn,
dans une rue à l'aspect respectable du nom de Little
Russell Street. Harry s'arrêta devant le numéro 32,
un joli petit immeuble de brique rouge, dont les
fenêtres étaient garnies de rideaux de dentelle. Une
pancarte accrochée à l'une des fenêtres annonçait
qu'il y avait un appartement à louer, mais uniquement pour des femmes de bonne réputation. Des
pots de géraniums rouges étaient disposés de part
et d'autre de la porte d'entrée peinte en vert foncé.
Le heurtoir et la poignée de cuivre luisaient dans les
rayons du soleil de la fin d'après-midi.

Exactement le genre d'endroit où on s'attendait à
trouver un parangon de vertu comme Mlle Dove.

Harry pénétra dans le bâtiment. Le hall lui parut
un peu sombre après la luminosité de la rue, mais
l'agréable odeur de savon au citron lui apprit que
l'intérieur était aussi impeccable que l'extérieur.
Quand ses yeux se furent adaptés à la semi-obscurité, il avisa un salon sur sa gauche. À droite s'élevait

un escalier arrondi, muni d'une rampe de fer forgé. Sous l'escalier, une alcôve abritait un large bureau de chêne. Derrière le bureau était accroché un tableau avec des casiers numérotés dans lesquels était déposé le courrier des locataires.

Il n'y avait pas de propriétaire ou de domestique en vue, mais Harry n'avait pas besoin d'aide. Il trouva le numéro de l'appartement de Mlle Dove en inspectant les casiers, puis monta au quatrième étage. Les portes 11 et 12 se trouvaient face à face, et une autre volée de marches conduisait sur le toit.

Derrière la porte numéro 12, il entendit le clique-tis familier d'une machine à écrire. Il frappa. Le bruit cessa et, un instant plus tard, la porte s'ouvrit.

— Lord Marlowe ?

Elle parut étonnée de le voir. Pourquoi diable était-elle surprise ? Elle devait bien se douter de l'effet qu'avait causé son brusque départ. Et si elle ne mesurait pas le chaos qu'avait provoqué sa décision, Harry, lui, en avait conscience. Tout au long de la journée, des membres du personnel avaient défilé dans son bureau, lui réclamant des programmes, des emplois du temps, des rapports, et toutes sortes de choses que Mlle Dove leur procurait habituellement. Harry ignorait jusqu'à l'existence de ces documents, mais ses employés ne semblaient pas pouvoir fonctionner sans eux. Il avait décidé d'attendre un jour ou deux avant de venir la voir mais, au bout d'à peine huit heures, il était apparu que cette visite ne pouvait être repoussée. Il fallait qu'elle revienne au bureau le lendemain, sinon il devrait affronter une mutinerie de son personnel.

Il ôta son chapeau et s'inclina.

— Mademoiselle Dove.

— Que faites-vous là ? demanda-t-elle en consultant la montre épinglée à son impeccable chemisier blanc. Il est six heures et demie. La réception de lord Rathbourne s'est donc terminée plus tôt que prévu ?

— Je n'y suis pas allé.

Il lui montra la lettre qu'elle avait laissée, et ajouta :

— Ma secrétaire a donné sa démission. Par conséquent, un indescriptible chaos règne dans mes bureaux, les éditions du soir vont sortir en retard, et j'ai pour ainsi dire loupé le train.

— Je suis désolée de l'apprendre.

Elle n'avait pas l'air désolée du tout. En fait, elle semblait... bon sang, elle semblait contente d'elle ! Une fossette au coin de ses lèvres trahissait sa satisfaction. Harry songea à la journée infernale qu'il venait de passer, et il fut loin de partager son amusement.

— Je vois bien que vous êtes flattée que votre absence nous ait causé une telle détresse, mademoiselle Dove.

— Pas du tout, répondit-elle avec une indifférence polie.

Quelle menteuse !

— Vous devriez être contente, dit-il en remettant la lettre dans la poche intérieure de sa veste. Les membres du personnel couraient en tous sens comme des lapins affolés, parce que vous n'étiez pas là.

— Mais pas vous, j'en suis sûre.

— J'étais trop étonné pour céder à la panique. Votre démission était tout à fait inattendue.

— Vraiment ?

La lueur de satisfaction disparut de son regard, remplacée par une sorte de dureté.

— Oui. Puis-je entrer un instant pour en parler avec vous ?

— Il s'agit d'une démission, pure et simple. De quoi souhaitez-vous parler ?

— Après cinq ans de collaboration, la courtoisie ne veut-elle pas que nous ayons au moins une discussion à ce sujet ?

Elle hésita. Son manque d'enthousiasme ne lui disait rien qui vaille. Il avait peut-être agi précipitamment, il ne lui avait pas laissé assez de temps pour réfléchir aux conséquences de son acte. Mais il n'y pouvait plus rien.

— Est-ce que quelqu'un vous a vu monter ? s'enquit-elle en regardant derrière lui. La propriétaire ? Une domestique ?

— Non.

Il songea à la pancarte accrochée à la fenêtre, et devina les implications de sa question. Mais il se moquait de l'impression que pouvait faire sa visite à une propriétaire trop curieuse ou aux autres locataires. Ce n'était rien, comparé à la perspective de perdre sa secrétaire.

— Personne ne m'a vu, mademoiselle Dove. Mais si je m'attarde encore un peu sur le palier, quelqu'un finira par remarquer ma présence.

Elle ouvrit la porte plus largement.

— Très bien. Vous pouvez entrer un moment, mais faites en sorte que personne ne vous voie quand vous sortirez. Je ne veux pas que l'on s'imagine... des choses.

Il fut surpris en découvrant son salon, qui était différent de tout ce qu'il avait vu jusqu'ici. C'était une pièce qui n'avait rien de conventionnel, avec une touche d'exotisme. Des encensoirs de cuivre décoraient le manteau de cheminée, et un gros seau de cuivre également contenait du charbon. Un large panier d'osier rond débordait de coussins multicolores et un tapis persan couvrait le sol. Il y avait deux canapés de velours couleur crème, et entre les deux une ottomane de cuir qui semblait faire office de table, car on y avait posé un service à thé émaillé.

Des tentures de chintz bronze encadraient les hautes fenêtres qui laissaient passer les rayons du soleil d'après-midi. Entre les deux fenêtres se trouvaient une vitrine emplie de livres, et un secrétaire de noyer pourvu d'un nombre incalculable de tiroirs et de casiers. À l'autre bout de la pièce, une porte de chêne sculptée ouvrait sur une autre partie de l'appartement. À côté d'elle se trouvaient une porte-fenêtre donnant sur la sortie de secours, et une table à volets surmontée d'une machine à écrire. Le salon était séparé d'une petite alcôve par un paravent de bois peint. Malgré sa taille réduite, l'appartement donnait l'impression d'un confort presque somptueux. Ce n'était pas du tout le cadre de vie qu'il avait imaginé pour la raisonnable Mlle Dove.

Quelque chose lui effleura la jambe, et il découvrit un énorme chat à ses pieds. Trop gros pour s'insinuer entre ses chevilles, l'animal s'enroula autour de lui, déposant une énorme quantité de poils roux sur son pantalon de laine grise.

— Vous avez un chat, dit Harry, consterné.

— Oui, il s'appelle Monsieur Pigeon.

Elle prit place dans l'un des canapés et lui fit signe de s'asseoir face à elle.

À l'instant où il s'assit en déposant son chapeau à côté de lui, le chat bondit sur ses genoux. Stupéfait de constater qu'un chat aussi gros pouvait encore sauter quelque part, Harry le vit se pelotonner sur lui et se mettre à ronronner bruyamment.

— Vous lui plaisez, déclara Mlle Dove, surprise.

— Oui.

Harry poussa un soupir résigné. Il avait fini par admettre le fait que les chats l'adoraient. Pour la simple raison, bien sûr, que les chats partageaient avec le Bon Dieu un sens de l'humour plutôt pervers. Quand l'animal se mit à lui labourer les jambes de ses griffes en signe d'affection, il serra les mâchoires et supporta son sort avec dignité.

— Monsieur Pigeon... Drôle de nom, pour un chat.

— Je l'ai appelé ainsi parce qu'il traque les pigeons sur le toit. Il le faisait même lorsqu'il n'était qu'un tout petit chaton. Quand il parvient à en attraper un, il me l'apporte.

— Comme c'est mignon.

En réalité, les chats étaient d'horribles créatures assoiffées de sang. Harry s'efforça d'afficher une attitude joviale.

— Il doit en manger beaucoup, à en juger par son poids.

— Vous trouvez que mon chat est trop gros ?

— Pas du tout, s'empressa-t-il d'assurer.

Il était temps de changer de sujet.

— Mademoiselle Dove, reprit-il en chassant cet assassin de pigeons aussi délicatement que possible de ses genoux. Je suis venu pour vous offrir, en quelque sorte, un rameau d'olivier. Je sais que mon refus de publier votre manuscrit vous a bouleversée, mais, comme vous le savez, je dois suivre mon instinct dans ce domaine.

— Naturellement.

— Je ne peux pas publier ce qui selon moi ne sera pas rentable.

Il sourit gentiment, et enchaîna :

— Je serais un très mauvais homme d'affaires si je prenais des décisions aussi peu judicieuses.

— Certainement.

Ces paroles furent suivies d'un long silence. Harry avait un peu l'impression de pousser un rocher au sommet d'une colline, mais il persévéra malgré tout.

— Je comprends que vous soyez bouleversée, peut-être même découragée, par ma réaction à votre manuscrit. Mais cela ne justifie nullement que vous donniez votre démission.

— Je suis stupéfaite que vous ayez une telle connaissance de mes sentiments.

Harry décida de changer de tactique.

— Qu'allez-vous faire, maintenant ? Où irez-vous ? De nos jours, il n'est pas facile de trouver un emploi respectable, surtout pour une femme.

Il désigna le salon d'un ample geste du bras :

— Je suis certain qu'aucun autre patron à Londres ne vous versera un salaire assez conséquent pour vous payer un salon comme celui-ci.

— Monsieur…

— Mais en admettant que vous trouviez un poste, avec un salaire qui ne vous oblige pas à changer de logement, avez-vous pensé que vous risquez de ne pas être heureuse dans votre nouvelle place ? Ou que votre patron ne vous traitera peut-être pas bien ?

Il prit un air soucieux et paternel, avant de poursuivre :

— Le monde est très difficile pour une femme seule, mademoiselle Dove. Que vous arrivera-t-il ? Sans moi, votre avenir est incertain, voyez-vous.

— Vous êtes très bon de vous soucier de mon avenir, répondit-elle avec une trace perceptible de sarcasme.

— Je serai très inquiet pour nous deux si vous ne revenez pas. Je le suis également pour mon personnel. Ils vous apprécient autant que moi.

Mlle Dove eut un sourire suave.

— Marlowe Publishing et vous-même, monsieur, n'avez aucune raison de vous inquiéter pour mon avenir. Car, voyez-vous, j'ai trouvé un nouvel emploi.

Harry se redressa légèrement.

— Quoi ? Déjà ?

— Oui. Je travaille à présent pour lord Barringer.

— Barringer ? répéta-t-il, consterné. Cet espèce d'hypocrite pompeux et content de lui ?

Le sourire de la jeune femme s'élargit.

— Lui-même.

Harry secoua la tête. C'était impossible.

— Barringer aurait engagé une femme comme secrétaire ? Je ne le crois pas.

— Il ne m'a pas engagée comme secrétaire. Il va publier mon manuscrit.

Harry éclata de rire. L'idée était tellement absurde qu'il ne put s'en empêcher.

Naturellement, Mlle Dove ne saisit pas l'humour de la situation. Elle cessa de sourire, ses yeux s'étrécirent, et Harry ravala aussitôt son rire.

— Pardonnez-moi. Je crains que vous n'ayez mal interprété la raison de mon amusement, mademoiselle Dove. C'est l'ironie de la situation qui me fait rire.

— L'ironie ?

— Oui. Je vois qu'il faut que je vous parle de Barringer. Bien qu'il soit comte et qu'il ait la prétention d'être un gentleman, il n'en est pas un. Et bien qu'il se donne des airs nobles, il est d'une immoralité notoire en privé. Voir Barringer publier un livre sur les convenances, ce serait comme voir le diable faire un sermon sur la moralité.

Le visage de Mlle Dove resta de marbre.

— Et votre vie privée étant un tel exemple de moralité, je suppose qu'il n'y aurait aucune ironie dans le fait que vous publiiez ce genre de livres ?

Elle ne lui laissa pas le temps de répondre et enchaîna :

— Quoi qu'il en soit, lord Barringer ne publiera pas mon manuscrit sous forme de livre. Je tiendrai une chronique dans son magazine hebdomadaire, *La Gazette sociale*. Et bien que les questions d'étiquette occupent une importance de premier plan dans mon travail, ce ne sera pas le seul sujet que j'aborderai.

Avant même qu'elle ait fini son explication, Harry avait compris quelle idée Barringer avait en tête.

— Il vous a engagée pour me faire un pied de nez, naturellement. Il me déteste. Et comme il sait à quel point j'ai besoin de vous, il se réjouit de me voler ma secrétaire. Vos articles lui permettront d'étaler chaque semaine dans son journal son triomphe sur moi.

— Il n'est sans doute pas envisageable que sa décision n'ait rien à voir avec vous ? Qu'il ait simplement décidé de publier mon travail parce que celui-ci est intéressant ?

— Barringer ne reconnaîtrait pas un bon livre, même si on le lui présentait sur un plateau. Il est allé à Oxford.

Emma ne trouva pas la remarque amusante.

— Je ne suis pas étonnée que vous fassiez aussi peu de cas des compétences de Barringer. Ce qui me stupéfie en revanche, c'est que vous puissiez dénigrer mon manuscrit alors que vous ne l'avez même pas lu !

Harry eut la sensation de s'enfoncer de seconde en seconde dans un trou profond. Mais il n'allait pas mentir pour se tirer d'affaire !

— J'en ai lu suffisamment pour savoir que je n'avais pas envie de le publier.

Emma se leva, indiquant par là que la conversation était terminée.

— Dans ce cas, le fait que lord Barringer décide de le faire ne devrait pas vous inquiéter le moins du monde.

— Ce n'est pas cela qui m'inquiète, répliqua-t-il en se levant à son tour. Ce qui m'inquiète, c'est de perdre ma secrétaire. Une personne qui n'avait ni expérience, ni références, ni même de lettre de recommandation quand elle est venue me trouver, mais à qui j'ai donné l'opportunité de faire la preuve de ses compétences.

Emma eut un léger haut-le-corps d'indignation.

— Comme c'est généreux de votre part.

— Je pense bien ! Qui d'autre aurait accepté de vous engager ? Qui d'autre vous aurait offert le même salaire qu'un homme ? Qui vous aurait accordé des primes pour Noël, et tous vos samedis après-midi ? Personne. Et certainement pas Barringer.

— Et en échange de votre soi-disant générosité, j'ai accompli mes devoirs de manière exemplaire pendant cinq ans ! Vous ne trouverez strictement rien à reprocher à ma conduite.

— Rien ? Vous avez démissionné sans prévenir, sans laisser prévoir que votre poste ne vous convenait plus, sans m'avoir dit un seul mot de votre mécontentement. Vous acceptez l'offre de mon concurrent le plus acharné, un homme qui me déteste et qui ne cherchera qu'à soutirer des renseignements confidentiels à mon ancienne secrétaire.

— Personne ne me soutirera quoi que ce soit, je peux vous l'assurer !

— Et, continua-t-il sans accorder la moindre attention à sa remarque, vous commettez cet acte déloyal sans même avoir la politesse – le *respect des convenances* – de me donner un préavis de quinze jours avant votre départ.

Pour la première fois, Mlle Dove eut la grâce de paraître contrite.

— Je regrette, les circonstances ne m'ont pas permis d'effectuer un préavis, dit-elle en lui tournant le dos et en s'éloignant de quelques pas.

Elle s'immobilisa près d'une des fenêtres, et lança par-dessus son épaule :

— Tout ce que je peux dire pour ma défense, c'est que je sais que vous n'aurez aucun mal à me remplacer.

— Vous remplacer ? Mais vous n'avez donc pas compris la raison de ma présence ici ? N'est-ce pas assez clair ? Je ne veux pas vous remplacer. Je veux que vous renonciez à écrire ces stupides articles pour Barringer et que vous reveniez travailler pour moi. Votre place est chez moi !

— Ce que j'écris n'est pas stupide ! s'écria-t-elle en tournoyant sur elle-même.

Elle leva le menton, et le soleil fit scintiller ses cheveux.

— Puisque vous parlez sans détour, je vais faire de même. Ce que j'écris est important, utile, et je ne vous permets pas de déprécier mes ouvrages. Quant à ma place, j'ai décidé qu'elle n'était pas chez vous. Et qui songerait à me le reprocher ? J'ai été une employée modèle, efficace, faisant tout ce qui m'était demandé, et même plus. Et qu'ai-je reçu en retour ? Rien, sinon toujours plus de travail !

— Ainsi qu'un salaire généreux.

Emma ignora cette intervention.

— Vous m'avez accablée de besogne, mais vous n'avez jamais pris un moment pour me parler de mes manuscrits. Vous avez profité de moi chaque fois que c'était possible, allant jusqu'à me demander d'acheter les cadeaux destinés à vos maîtresses !

— Si vous pensiez que cela ne faisait pas partie de votre travail, vous auriez dû le dire.

— Vous ne m'avez jamais appréciée, et n'avez jamais accordé de valeur à ce que je faisais pour vous et pour Marlowe Publishing, continua-t-elle comme si elle ne l'avait pas entendu. Vous trouviez naturel que je sois là pour le faire. Eh bien, j'en ai assez !

L'irritation de Harry se transforma en consternation devant ce torrent de critiques. Jamais encore Mlle Dove n'avait manifesté la moindre colère. Ni d'ailleurs une quelconque émotion. Cette Mlle Dove n'était pas celle qu'il connaissait. Ce n'était pas la secrétaire docile qui passait quinze fois par jour dans son champ de vision depuis cinq ans sans jamais causer un brin de désordre. Celle qui prenait ses instructions avec une constante bonne humeur, sans poser de question et sans jamais se plaindre. Ce n'était plus la Mlle Dove qui se comportait avec efficacité, ponctualité et correction. C'était quelqu'un d'autre… une femme qu'il ne connaissait pas.

Il l'observa, dans le rayon de soleil qui enveloppait sa silhouette.

— Mademoiselle Dove, dit-il d'un ton de surprise. Vous avez les cheveux roux.

— Quoi ? Je vous demande pardon ?

— Vos cheveux sont roux. Je ne m'en étais encore jamais aperçu. J'ai toujours cru qu'ils étaient bruns, mais au soleil ils sont roux.

Elle fronça les sourcils.

— Je connais la couleur de mes cheveux, merci. Qu'est-ce que cela vient faire dans la discussion ?

Allons bon. Il avait encore trouvé le moyen de l'offenser sans le vouloir.

— Il ne faut pas vous vexer pour ça. Certaines personnes n'aiment pas avoir les cheveux roux, je sais, mais vous n'avez pas besoin de vous inquiéter. Vous n'êtes pas rouquine. Vos cheveux sont bruns, mais au soleil ils deviennent cuivrés, et scintillants. C'est...

Il marqua une pause, comme s'il venait de découvrir quelque chose d'extraordinaire.

— C'est très joli.

Non seulement le compliment ne parut pas lui plaire, mais elle réagit comme s'il l'avait insultée.

— Oh! cria-t-elle en serrant les poings. Vous êtes l'homme le plus manipulateur que je connaisse! Et le plus hypocrite.

— Hypocrite? Quoi, vous ne me croyez pas?

— Bien sûr que non! Le compliment est trop facile pour être sincère. En plus, vous n'aimez que les femmes aux cheveux noirs. Je vous connais, lord Marlowe. Les cinq ans que j'ai passés à votre service m'ont permis d'acquérir une parfaite connaissance de votre personnalité. Je vous connais comme ma poche, aussi n'essayez pas de m'amadouer avec vos compliments. Vous distribuez les flatteries comme vous donneriez des bonbons aux enfants. Tout cela pour séduire, endormir la méfiance et obtenir ce que vous voulez. Ou encore, pour vous sortir de situations désagréables. Pourquoi les gens, et particulièrement les femmes, se laissent-ils avoir par ces tactiques, cela me dépasse. Mais je ne suis pas assez stupide pour tomber dans le panneau.

Les cheveux roux, et un satané caractère, songea Harry, sidéré.

— Je n'ai jamais cru que vous étiez stupide.

— «Vous êtes un trésor, mademoiselle Dove», singea-t-elle avec mépris. «Je ne sais pas ce que je ferais sans vous, mademoiselle Dove.» Vous pensez vraiment que ce genre de flatteries me donnait l'impression d'être importante, ou appréciée? Jamais! reprit-elle, répondant à sa propre question avant

81

qu'il ait pu le faire. Mais maintenant vous voulez que je revienne, aussi sortez-vous vos flatteries. Comme si un compliment sur mes cheveux pouvait m'impressionner assez pour me faire revenir sur ma décision !

Il n'avait pas songé une minute à essayer de l'impressionner. Certes, il avait une préférence pour les femmes aux boucles noires, mais cela ne rendait pas son compliment nécessairement hypocrite. Il fut irrité de penser qu'elle ne le trouvait pas sincère.

Harry ouvrit la bouche pour lui dire sa façon de penser, mais elle ne le laissa pas placer un mot.

— En plus, vous m'avez déjà menti. Pourquoi donc croirais-je ce que vous me dites ?

Il se raidit. Il n'était pas menteur, et personne ne pouvait lancer une telle accusation contre lui.

— Je ne mens pas, mademoiselle Dove. En dépit de l'opinion que vous avez de moi, je ne fais jamais de faux compliments. Je suis sincère. J'admets avoir été parfois manipulateur, et je ne réussirais pas en affaires si je ne l'étais pas, mais je ne mens pas.

— Disons que vous usez de faux-fuyants. Ce terme vous convient-il mieux ? Vous ne savez même pas que Mme Bartleby est mon pseudonyme, alors que ce nom se trouve en première page de tous les manuscrits que je vous ai soumis !

— C'est donc cela, le problème ?

À présent, il savait donc qui était la fameuse Mme Bartleby. Mais le fait d'avoir satisfait sa curiosité n'était guère gratifiant.

— Seigneur ! Bon, je ne lis pas la page de garde de vos manuscrits. Mais pourquoi devrais-je le faire ? Quand vous me remettez un texte, je sais parfaitement qui l'a écrit.

— Si vous aviez réellement lu mon livre, vous sauriez qui est Mme Bartleby. Vous m'avez fait croire que vous l'aviez lu, mais c'est faux !

Cette discussion devenait ridicule.

— Je vous ai dit que j'en avais lu suffisamment pour me faire une opinion. C'est ce que font tous les éditeurs. Si notre intérêt n'est pas immédiatement éveillé, nous ne lisons pas le manuscrit entier. Si nous devions lire tout ce que nous recevons, nous ne pourrions pas nous en sortir. Depuis cinq ans que vous travaillez dans une maison d'édition et que vous voyez tous les manuscrits que mes collaborateurs et moi recevons, vous devriez le savoir.

— Ce que je sais, c'est que vous ne publierez jamais ce que j'écris, car vous n'êtes pas capable de considérer mon travail avec objectivité. Vous avez l'esprit trop étroit.

— L'esprit étroit, moi ? Ce n'est pas vrai !

— J'ai fini par admettre ce défaut dans votre caractère, poursuivit-elle, ignorant avec désinvolture les protestations de Harry. Aussi ai-je confié mon manuscrit à quelqu'un d'autre. Quelqu'un qui respecte mon travail. Et qui me respecte.

— Qui vous respecte ?

Ces mots sous-entendaient qu'il n'avait aucun respect pour elle. Cela le fit sortir de ses gonds.

— Si vous pensez que Barringer a un soupçon de respect pour vous ou pour ce que vous écrivez, vous vous trompez lourdement. Pour dire les choses carrément, vous n'appartenez pas à la même classe sociale que lui. Et Barringer fait partie de ces crétins prétentieux qui accordent de l'importance à ce genre de distinctions. C'est un snob et un hypocrite.

— Il parle également de vous en termes éloquents.

— Je m'en doute.

— Il dit des choses qui confirment les observations que j'ai pu faire sur vous au fil des ans.

— Quelles observations ? Vous prétendez comprendre parfaitement mon caractère, mais si c'était vrai vous ne seriez d'accord avec rien de ce que dit ce moulin à paroles de Barringer. Vous croyez me connaître ? De toute évidence vous ne savez rien de moi, mademoiselle Dove.

— Et vous, si vous imaginez que je vais revenir à votre service pour vous entendre dire que mon travail est stupide, vous me connaissez mal, monsieur !

Le regard de Harry se fixa sur elle. Ses joues étaient rouges d'indignation, ses cheveux parsemés de reflets roux, ses poings crispés de colère. Sa propre irritation s'évanouit aussi vite qu'elle était apparue.

Elle avait passé cinq ans à son service. Chacun d'eux pensait que ces années leur avaient permis de connaître l'autre parfaitement. Elle le croyait hypocrite, menteur, et Dieu sait quoi encore. Il la croyait froide, impassible, docile, et à vrai dire... un peu inhumaine. Apparemment, ils s'étaient trompés tous les deux.

— Je veux que vous partiez.

Perdu dans ses réflexions, Harry ne comprit pas ce qu'elle voulait dire.

— Je vous demande pardon ?

Elle alla vers lui et le toisa en levant le menton.

— Je vous ai dit de sortir.

Il scruta ses traits, non comme si c'était une femme qu'il voyait presque chaque jour depuis cinq ans, mais plutôt comme s'il venait de la rencontrer.

Elle avait des yeux noisette. Cela, il le savait déjà, mais ce qu'il découvrait seulement aujourd'hui, c'étaient les étincelles dorées qui surgissaient dans ses prunelles quand elle était en colère. Jusqu'à présent, il n'avait jamais remarqué les taches de rousseur qui parsemaient son nez et ses joues. Ni la cicatrice en forme d'étoile, à peine visible, sur une des pommettes. Il ne s'était jamais aperçu non plus que ses cils bruns étaient un peu plus clairs à l'extrémité, comme si on les avait trempés dans de la poudre d'or.

— Vous êtes sourd ?

Levant les mains devant elle, elle le poussa de toutes ses forces. Il ne broncha pas, aussi recommença-t-elle.

— Je vous ai dit de sortir !

Harry devait peser vingt ou trente kilos de plus qu'elle. Elle eut beau le pousser, elle ne réussit pas à le faire reculer d'un centimètre. Il continua de l'observer comme s'il ne l'avait encore jamais vue. Et, à sa surprise, ce qu'il voyait lui plaisait. Ce n'était pas une belle femme mais, avec ses joues roses et ses yeux brillants, elle offrait un spectacle très agréable. Mlle Dove était humaine, en fin de compte.

Constatant que ses efforts étaient vains, elle finit par s'arrêter.

— Sortez sur-le-champ, lord Marlowe, ordonna-t-elle. Si vous ne le faites pas, j'appellerai la police. Il y a un commissariat au coin de la rue.

Conscient qu'elle demeurerait insensible à ses prières, Harry décida de passer à la négociation.

— J'augmenterai votre salaire. De dix livres par mois.

— Non !

Elle le poussa de nouveau et il recula, sachant qu'il ne gagnerait rien à résister.

— Vingt livres, suggéra-t-il.

C'était un salaire exorbitant pour une secrétaire, mais il pouvait se permettre une telle dépense.

— Non.

— Trente. Et vous aurez tous vos samedis en plus.

— Non, non, non !

À chaque « non », elle le poussait en direction de la porte.

— Ce n'est pas une question d'argent. Ni de jours de congé.

— C'est quoi, alors ? s'exclama-t-il, alors qu'elle s'arrêtait près du canapé pour attraper son chapeau. Une question d'amour-propre ?

— Non.

Elle lui posa son chapeau sur la tête, tout en continuant de le pousser vers la porte.

— La question, c'est ce que je veux. Je veux être écrivain, et je ne veux pas travailler pour vous.

— Je n'accepte pas votre démission.

— Vous y serez bien obligé.

Harry ôta son chapeau et le pressa contre son cœur.

— Que faut-il que je fasse pour que vous reveniez ?

Elle émit un soupir exaspéré.

— Vous ne renoncez donc jamais ?

— Quand je veux quelque chose, non. Je suis du genre obstiné. Puisque vous prétendez me connaître, vous devriez le savoir.

— Nous avons donc quelque chose en commun, monsieur. Car je suis très têtue, moi aussi.

Il fallait qu'il lui dise la vérité sur Barringer. C'était la moindre des choses.

— Je vous supplie d'être raisonnable. En tant que secrétaire chez moi, votre avenir est assuré. Alors que ce projet chez Barringer est voué à l'échec. Il doit faire face…

— Je ne veux pas d'un avenir assuré, trancha-t-elle. Et je ne reviendrai pas sur ma décision ! J'ai été assez raisonnable toute ma vie. D'autre part, je ne pense pas échouer. Beaucoup de gens sont très soucieux des convenances, bien que de toute évidence vous n'en fassiez pas partie.

— Vous ne comprenez pas dans quelle optique Barringer vous a proposé de publier votre travail. Je ne suis pas étonné qu'il ne vous ait pas éclairée à ce sujet, mais il faut que vous sachiez…

— Cet homme est différent de vous. C'est tout ce qui compte.

Elle fit un pas de côté et ouvrit la porte. Après avoir jeté un bref coup d'œil à droite et à gauche, elle le fusilla du regard et attendit.

Il ne fit pas mine de sortir. Emma lâcha un soupir agacé et retourna se camper face à lui. Elle posa les mains à plat sur son torse et le poussa dans le couloir en écrasant son chapeau.

— Je vais enfin devenir un écrivain publié, ce que j'ai toujours souhaité. Barringer va gagner beaucoup

d'argent et vous dépasser. Notre entreprise connaî-
tra un succès fulgurant.

Elle s'arrêta sur le seuil, essoufflée par l'effort.

— Mais ce qui me réjouit le plus dans l'affaire,
c'est que je ne serai plus jamais obligée d'aller acheter un cadeau pour une de vos épouvantables maîtresses !

Sur le point de refermer la porte, elle suspendit
son geste et ajouta :

— Et Monsieur Pigeon n'est pas gros !

Sur cette dernière flèche, elle lui claqua la porte
au nez.

Harry fixa la porte, incrédule. Il était venu là
comme un patron bienveillant, dans le but de
donner une nouvelle chance à sa secrétaire égarée.
Elle était censée regretter sa décision impétueuse.
Elle était censée avoir réfléchi, et s'être ressaisie. Elle
était censée accepter d'être de retour au bureau dès
demain matin. Mais, au lieu de cela, elle lui avait cla-
qué la porte au nez. Et sa secrétaire docile, raisonnable et efficace allait maintenant travailler pour le
détestable lord Barringer.

Harry se frotta les yeux. Il avait l'impression d'être
passé derrière le miroir, comme Alice, et de se
retrouver dans un monde où tout était à l'envers,
sens dessus dessous.

Une chose cependant était claire. Mlle Dove ignorait tout de la situation financière de Barringer, et
elle ne se doutait pas qu'elle serait rapidement obligée de revenir travailler au service de Harry. Barringer donnait une impression de prospérité, mais
Harry savait que le comte était traqué par ses créan-
ciers. Il serait bientôt obligé de vendre *La Gazette*.
Et quand Harry l'achèterait, il n'avait pas l'intention
de conserver une rubrique concernant la bienséance.

Il avait essayé d'expliquer tout cela à Mlle Dove,
mais elle avait refusé de l'écouter. Par deux fois, elle
avait interrompu ses explications. Elle l'avait aussi

accusé de lui manquer de respect, et l'avait traité de menteur. Un tel comportement n'était pas acceptable. Quelle que soit la conception qu'on avait des bonnes manières.

Harry décida de ne pas faire d'autre tentative pour la convaincre. Elle découvrirait la vérité par elle-même. Et alors il serait là, et ne demanderait pas mieux que de lui offrir de réintégrer son poste et de passer l'éponge sur leurs désaccords passés.

Il redonna une forme à son chapeau aplati, le plaça sur sa tête et descendit dignement l'escalier. C'était peut-être mieux ainsi. Mlle Dove finirait par se rendre compte qu'il était inutile d'écrire des manuels de savoir-vivre. Ceux-ci ne valaient pas la peine d'être publiés. Les gens ne voulaient pas apprendre à mieux se conduire. Ce qui les intéressait, c'était ce que les autres faisaient de mal.

Mlle Dove l'ignorait encore mais, dans quelques semaines, elle aurait réintégré son poste de secrétaire. Tout ce qu'il avait à faire en attendant, c'était de lui trouver un remplaçant et de prendre son mal en patience.

Ce devait être possible, non ?

6

« Ce qui importe, ce n'est pas la valeur d'une chose.
C'est ce que les gens sont prêts à payer pour l'obtenir. »
Mme Bartleby, « Guide de Londres »,
La Gazette sociale, 1893

Si Harry avait eu quelques doutes sur le fait que
la carrière littéraire de Mlle Dove était vouée à
l'échec, ils furent balayés par l'édition du samedi de
La Gazette sociale. Il fit passer le journal d'une main
dans l'autre pour continuer de lire le premier article
de la rubrique, tandis que Cummings, son valet, l'aidait à enfiler sa veste.

Les deux premiers paragraphes ayant satisfait sa
curiosité, Harry plaça le journal sur le plateau d'argent que lui tendit le majordome.

— Merci, Jackson. Posez-le dans la salle à manger
avec les autres. Je descends tout de suite.

— Très bien, monsieur.

Le majordome se retira. Harry se tourna vers son
valet et leva le menton pour que Cummings puisse
lui nouer sa cravate. Comment organiser un déjeuner pour ses invités. C'était exactement le genre de
sujets qu'il s'attendait à voir Mlle Dove aborder dans
sa rubrique. Ce n'était pas cela qui allait aider lord
Barringer à restaurer sa fortune. Le comte et lui
parviendraient bientôt à se mettre d'accord sur un

prix acceptable pour le journal. Il fallait compter une quinzaine de jours, songea-t-il en descendant l'escalier. Au pire, un mois.

— Se rendre à Chelsea pour acheter du linge de table ? entendit-il en entrant dans la salle à manger. Je ne peux pas le croire ! Bonjour, mon chéri.

— Bonjour, maman, répondit-il en embrassant Louisa. Bonjour, mesdames.

Il s'inclina, et nota avec amusement que lady Félicité avait décidé de s'intéresser aux journaux. Elle en tenait un à la main et semblait passionnée par sa lecture.

— Tu es de bonne humeur ce matin, Harry, fit observer Diana lorsqu'il se dirigea vers la desserte.

— Et pourquoi ne le serais-je pas ? répliqua-t-il en prenant des toasts et du bacon.

— Parce que tu ne l'étais pas il y a quelques jours. Aujourd'hui, tu sembles enfin avoir surmonté la perte de ta secrétaire.

Avant qu'il ait eu le temps de répondre, sa grand-mère s'immisça dans la conversation.

— Harrison, je ne parviens pas à croire que Mlle Dove a quitté sa place, dit-elle avec un lourd soupir. Tu ne seras plus jamais à l'heure, sans elle.

— Ne vous tourmentez pas, grand-maman. Je n'ai pas perdu Mlle Dove.

Harry prit place au bout de la table, et expliqua :

— Elle est temporairement absente, c'est tout.

— Tu es bien le seul à considérer une démission comme une absence temporaire ! s'exclama Viviane en riant. Décidément, tu seras toujours optimiste, Harry.

— Mais pourquoi Chelsea ? s'enquit Louisa, revenant au sujet dont elles discutaient à l'entrée de Harry. A-t-elle une préférence pour une des boutiques qui se trouvent là-bas ?

Félicité parcourut le journal quelques secondes, puis hocha la tête. Elle s'éclaircit la gorge avant de lire l'article à haute voix :

— « Si vous avez besoin de beau linge de table, le magasin Maxwell à Chelsea est l'endroit idéal où l'acquérir. Leur lin irlandais est d'excellente qualité, et les personnes de nature économe peuvent être assurées que Maxwell pratique des prix raisonnables. »

— Faites-moi voir...

Louisa cala son pince-nez en or sur son nez et prit le journal que Félicité lui tendait.

— Hum... Elle dit que le lin blanc ou ivoire est parfait pour une table de déjeuner.

Harry cessa de manger.

— Vous lisez *La Gazette sociale* ?

— Oui, mon cher, acquiesça Louisa sans lever les yeux. Une certaine Mme Bartleby. Félicité voulait savoir quel journal te captivait assez pour que tu aies demandé à Jackson de te le monter dans ta chambre. Je n'aurais jamais imaginé que tu t'intéressais aux déjeuners mondains et aux boutiques de linge de table. Hum... Elle recommande des orchidées pour le centre de table. Ce doit être ravissant, et bien sûr ces fleurs ne sont pas parfumées. Hum... Des supports de cartes en forme de flamants roses ? C'est charmant.

Harry ne trouvait pas cela *charmant* du tout. Selon lui, c'était tout simplement absurde.

— Elle appelle cela des origamis, poursuivit sa mère. Une tradition japonaise. « Le papier est plié de manière à prendre la forme d'un animal ou d'une fleur. Cela fournit à l'hôtesse une infinité de possibilités pour décorer sa table de façon originale. À la fin de la réception, elle peut décider d'offrir en souvenir un origami à chaque invité. »

— Quelle magnifique idée ! s'exclama Viviane. C'est très intéressant.

Cette remarque provoqua des hochements de tête et des murmures approbateurs parmi les dames assises à table. Harry éprouva une sensation un peu désagréable au creux de l'estomac.

— Vous ne prenez tout de même pas au sérieux ce qu'écrit cette femme ?

— Mon cher, une réception est toujours une affaire sérieuse.

Sa mère déplia le journal et tourna la page, afin de lire la suite de l'article.

— « Une réception réussie peut faire de l'hôtesse l'étoile montante de la saison. »

— Je doute fort que des flamants roses en papier aient beaucoup d'influence sur le statut social d'une dame, railla Harry.

— Oh, mais c'est le genre de choses qui peut être très important, lord Marlowe, déclara lady Félicité. Mon père étant veuf, c'est moi qui suis chargée de recevoir nos amis, et je peux vous dire qu'une invitation exige beaucoup de réflexion et d'attention. Je suis certaine que Mélanie, dont le père est veuf également, sera d'accord avec moi. Les idées suggérées par cette femme peuvent contribuer à la réussite d'un événement mondain.

Mélanie, qui ne semblait toujours pas capable d'articuler un mot en sa présence, confirma d'un hochement de tête.

— Les filles, écoutez ça.

Louisa se pencha sur le journal :

— Elle dit qu'il y a une papeterie, située face au magasin de linge de Chelsea, qui vend de superbes papiers colorés pour fabriquer les origamis. Ils vendent aussi des modèles pour apprendre à faire les flamants roses. Mais on peut aussi les commander, à partir d'une certaine quantité. Elle recommande chaudement ce magasin.

— Oh, vraiment ?

Antonia eut un petit reniflement dédaigneux, et avala une gorgée de thé.

— Et qui est donc cette Mme Bartleby, dont les conseils ont autant de valeur ?

Harry aurait pu les éclairer sur ce point, mais il n'avait pas l'intention de le faire. Si ses sœurs apprenaient que la Bartleby en question n'était autre que Mlle Dove, elles n'auraient pas fini de se moquer de lui. Rejeter les idées brillantes de la jeune femme et la laisser partir chez Barringer ? Même si la situation n'était que provisoire, elles feraient en sorte que cela ne s'oublie jamais. Il jugea donc plus sage de garder la bouche close.

— Quelles sont ses relations ? continua Antonia. Et sa famille ? Je ne connais personne du nom de Bartleby en Angleterre.

— Elle est peut-être américaine, suggéra Phoebe.

— Oh, *américaine* ? répéta Antonia avec dédain.

— Ce n'est pas possible, protesta Viviane. Une Américaine ne connaîtrait pas les meilleures boutiques de Londres, où l'on peut acheter du linge et de la papeterie, n'est-ce pas ?

— Qui qu'elle soit, une chose est évidente, déclara Diana. Nous ferons une expédition dans les magasins de Chelsea dès aujourd'hui.

— À Chelsea ? s'exclama Harry avec un regard désapprobateur. Et tout ça parce qu'une femme que tu ne connais même pas vous conseille d'y aller ?

— Non, répliqua Diana du tac au tac. Nous y allons dans l'espoir de trouver de jolies nappes.

— Et pour apprendre à faire des flamants roses en papier ! ajouta lady Florence en riant. Voulez-vous venir avec nous, lord Marlowe ?

Harry aurait préféré se jeter du haut d'une falaise plutôt que de les accompagner.

— Hélas, lady Florence, dit-il en feignant un profond regret. Je ne peux pas. Je dois veiller à mes affaires. J'espère que vous me pardonnerez ?

Sur ces mots, il se leva, rassembla ses journaux et son courrier, et salua profondément les dames assises à table. Plongées dans leur discussion sur les courses à Chelsea, les flamants roses et la mystérieuse Mme Bartleby, elles ne remarquèrent même pas son départ.

Au cours des deux mois qui suivirent, le malaise de Harry à la table du petit déjeuner ne fit qu'empirer, tandis que son opinion sur les écrits de Mlle Dove était mise à mal. Au bout de soixante jours, à la grande stupeur de Harry, on ne parlait plus que d'elle et de ses splendides idées.

Il avait toujours su que Mlle Dove était intelligente, mais il n'avait jamais soupçonné l'étendue de ses connaissances. Mlle Dove semblait être une encyclopédie vivante.

Apparemment, Mme Bartleby savait tout sur tout. Comment ôter les taches d'encre sur de la soie, la meilleure façon pour une jeune fille de refuser la demande en mariage d'un veuf, quels restaurants étaient assez respectables pour qu'une dame puisse y dîner après le théâtre, accompagnée naturellement! Et aussi dans quelles pâtisseries on était sûr de trouver des gâteaux de première fraîcheur pour le thé.

Elle assurait aux jeunes filles qu'il était parfaitement acceptable de marcher sans chaperon dans la rue l'après-midi avec un jeune homme, à condition qu'elle connaisse ce dernier depuis plusieurs années, que la jeune fille se rende directement de son travail jusque chez elle, et qu'elle soit certaine de la respectabilité et de la bonne réputation du jeune homme. Apparemment, les dames avaient moins de liberté que les jeunes filles, car elles devaient toujours être accompagnées d'un chaperon, jusqu'à l'âge de trente ans.

Mme Bartleby n'oubliait pas les hommes dans ses articles hebdomadaires. Elle savait où un gentleman pouvait trouver les bottes les mieux faites et les plus confortables. Elle savait quels marchands de tabac avaient les meilleurs cigares, que les messieurs auraient bien entendu la politesse de fumer *à l'extérieur*. Elle défendait la cause des cols et des poignets détachables, soutenant qu'ils étaient très utiles pour les employés de bureau célibataires. En revanche, elle était farouchement contre les protections de poignets et les plastrons, prétendant que ces inventions ne convenaient même pas aux employés les plus pauvres.

Les mots « Mme Bartleby dit que… » revenaient si souvent dans les conversations que Harry avait l'impression de devenir fou.

Non seulement il devait supporter ces circonstances tout à fait inattendues et irritantes mais, de plus, il n'avait pu trouver de remplaçant satisfaisant pour Mlle Dove. Le jour suivant leur querelle chez elle, il avait appelé une agence. Et depuis, c'était un véritable défilé de secrétaires dans son bureau. On lui avait promis à plusieurs reprises quelqu'un qui aurait une vaste expérience du métier, mais il y avait toujours quelque chose qui clochait. L'un écrivait sous la dictée avec une lenteur de tortue, l'autre ne parvenait pas à se mettre dans la tête que Harry préférait le café noir et sans sucre, un autre encore oubliait de noter ses rendez-vous.

Ce dernier défaut était le plus ennuyeux de tous, car Harry avait, sans savoir comment, égaré son agenda. Avec Mlle Dove, cela n'aurait pas posé de problème, car elle savait toujours où il devait se rendre et à quelle heure. Mais, dans ce domaine, ses successeurs étaient d'une nullité désespérante.

Harry estimait que le dernier, un type du nom de Quinn, était le pire de tous. Il avait la détestable manie de balancer la tête comme un chiot pris en faute, chaque fois qu'on lui signalait une erreur dans son travail. Cependant, comme le fait de répéter chaque jour les mêmes explications à une nouvelle personne devenait lassant pour Harry comme pour les autres membres du personnel, il s'était résigné à contrecœur à garder Quinn. Mais, au fur et à mesure que le mois de mai s'écoulait et que la popularité de Mme Bartleby augmentait, Harry craignait de devoir s'en contenter encore longtemps.

Comme si tout cela n'était pas déjà assez pesant, les femmes de la maison avaient trouvé leur expédition à Chelsea et les conseils de Mme Bartleby si plaisants, qu'elles mettaient un point d'honneur à lire sa rubrique à haute voix chaque samedi matin au petit déjeuner. À présent, elles construisaient leur emploi du temps autour des renseignements que le personnage inventé par Mlle Dove choisissait de leur donner, et l'argent que leur donnait Harry servait à acheter ce que Mme Bartleby leur conseillait.

— Diana, aujourd'hui l'article semble avoir été écrit pour toi ! s'écria Louisa en secouant les pages du journal. Mme Bartleby y aborde le sujet des invitations à déjeuner pour les cérémonies de mariage.

Cette information fut accueillie avec des exclamations enchantées. Harry, qui envisageait de bannir la lecture des journaux au petit déjeuner, sous prétexte que c'était mal élevé, contempla d'un œil morne son assiette d'œufs au bacon et se demanda s'il n'allait pas décider de prendre le petit déjeuner à son club, le samedi matin.

— « Les buffets sont aussi en vogue que les déjeuners à table, lut sa mère. Toutefois, ils exigent un menu adapté. » Hum… « Pas d'entrées chaudes pour un buffet, bien entendu. Des feuilletés au crabe et du pâté de foie gras pour commencer, ainsi qu'une soupe de tomate glacée servie dans des tasses, de sorte que les invités puissent évoluer dans la salle sans être encombrés de cuillères… » Quelle excellente idée ! C'est bien trouvé.

Harry ne put s'empêcher de lever les yeux au ciel, mais les femmes ne parurent pas le remarquer.

— « Avec les traditionnelles viandes froides et le gibier, une belle salade sera la bienvenue, poursuivit sa mère. Par exemple, une salade de poulet avec des amandes et de la mayonnaise sera délicieuse, servie sur de petits pains comme des sandwichs. »

Cette suggestion fut accueillie par une avalanche de louanges. Qu'est-ce que des sandwichs pouvaient bien avoir de si excitant ? Voilà une question à laquelle Harry aurait été bien en peine de répondre !

Jackson apparut derrière lui, avec le courrier du jour. Harry repoussa son assiette, feuilleta la pile de lettres, et se figea en voyant celle qui portait le sceau de lord Barringer.

Il l'ouvrit. L'information qu'elle contenait était si consternante, qu'il dut la lire deux fois pour se persuader qu'il ne faisait pas un cauchemar. Les tirages de *La Gazette sociale* avaient doublé au cours des deux derniers mois, écrivait Barringer avec une évidente délectation. En conséquence, les revenus apportés par les publicités avaient augmenté de manière significative, et le comte avait décidé de porter le prix du journal à cent cinquante mille livres. Barringer avait désespérément besoin d'argent et, avec le temps, il aurait dû consentir à baisser le prix annoncé au départ pour le rachat du journal. Au lieu de cela, il l'augmentait. Et pourquoi ? À cause d'origamis en papier et de bouillon de tomate servi dans des tasses !

— Harry, mon chéri, ne grince donc pas des dents, le réprimanda Louisa.

Puis, jetant un coup d'œil à sa fille aînée par-dessus son pince-nez, elle ajouta :

— Diana, tu ne trouves pas que le menu de Mme Bartleby est parfait ? Il conviendrait tout à fait pour ton déjeuner de mariage, je pense.

C'était plus que Harry ne pouvait en supporter.

— Absolument pas ! lança-t-il sèchement en se levant. Je ne veux pas avaler ma soupe de tomate dans une tasse à thé, maman. Pas même pour faire plaisir à Diana !

Ayant clairement donné son avis sur le sujet, Harry jeta sa serviette sur son assiette, fourra la lettre de Barringer dans sa poche et quitta la table. Neuf femmes stupéfaites le suivirent du regard.

Ne sachant quels étaient ses rendez-vous de la matinée, et son secrétaire n'étant pas plus renseigné que lui à ce sujet, Harry décida de se rendre à son club. Le club d'un gentleman était un lieu sacro-saint. Le dernier bastion où se retrouvaient les hommes sensés, qui se moquaient comme d'une guigne des menus de mariage et des jeunes gens avec lesquels les jeunes filles pouvaient se promener l'après-midi.

En arrivant chez Brooks, il vit que deux de ses amis étaient déjà là, assis à une table dans un coin. Il alla directement vers eux.

Lord Weston l'aperçut le premier.

— Ça alors, c'est formidable! s'exclama-t-il en se levant pour donner à Harry une tape amicale sur l'épaule. Content que tu sois là, Marlowe. Nous avions une petite divergence de vues, et tu arrives juste à temps pour nous mettre d'accord.

— Vraiment?

Harry salua son autre ami, sir Philippe Knighton, et tira une chaise pour s'asseoir.

— À quel sujet vous chamaillez-vous, cette fois?

— Je disais que l'attelage à quatre est toujours parfaitement acceptable, mais sir Philippe maintient que ça n'est plus *comme il faut*.

— Ce n'est pas moi qui le dis, Weston, protesta sir Philippe. Cette Bartleby insistait beaucoup sur ce point dans sa rubrique, la semaine dernière. L'attelage à quatre est démodé.

— En voilà assez!

Harry se dressa si brusquement qu'il renversa sa chaise.

— Bon sang, un homme ne peut donc même plus trouver refuge à son club?

Tous les gentlemen qui l'entouraient le dévisagèrent avec stupeur. Harry prit une longue inspiration et s'inclina.

— Pardonnez-moi, mais je dois partir. Je viens juste de me rappeler un rendez-vous important.

Il sortit du club et fit appeler sa voiture. Mais, quand celle-ci arriva, il fit signe au cocher de repartir et décida d'aller à pied.

Tout en marchant, il se remémora ce qu'il pouvait des manuscrits de Mlle Dove... Il n'en avait pas beaucoup lu. Et ce qu'il avait lu avait si peu capté son intérêt, qu'il ne se rappelait que quelques bribes. Comment une jeune fille devait décorer son appartement. Comment recevoir chez soi l'après-midi. La façon convenable pour une dame de se promener dans un parc. Le seul fait de penser à de tels sujets suffisait à faire naître un ennui insupportable. Alors, pourquoi avait-elle un tel succès ? Il ne comprenait vraiment pas.

Et c'était justement là le cœur du problème, songea-t-il, déconcerté.

Si lui ne voyait pas l'intérêt des conseils de Mlle Dove, les autres, eux, le voyaient. En l'espace de deux mois, le personnage de Mme Bartleby était devenu la coqueluche de la bonne société. Comment avait-il pu se tromper à ce point, et ne pas voir l'attrait qu'elle représentait pour les lecteurs ?

L'accusation que lui avait lancée Mlle Dove lui revint brusquement en mémoire et lui fit l'effet d'une gifle.

— Vous avez l'esprit trop étroit.

Était-ce vrai ? Il s'était toujours vanté d'être ouvert à tout. Aurait-il changé sans s'en apercevoir ? Il pensa à ses directeurs d'édition, à tous les livres qu'ils lui avaient recommandés au fil des années, et qu'il avait impitoyablement rejetés. Combien de Mme Bartleby étaient parties à la poubelle ?

Il s'était toujours fié à son instinct, et celui-ci ne l'avait jamais trompé. Son succès d'éditeur était dû à sa capacité à deviner ce que les gens avaient envie de lire, et à le leur fournir au moment souhaité.

Était-il en train de perdre ce talent ? Son instinct l'avait-il abandonné ? Le doute, un sentiment qu'il avait rarement éprouvé, s'insinua dans son esprit. Les qualités qui avaient fait de lui l'éditeur le plus renommé de Grande-Bretagne étaient-elles en train de le lâcher ?

Il s'arrêta à Hyde Park Corner, devant un garçon coiffé d'une casquette et entouré de piles de journaux. Trois de ses publications étaient là, ainsi que le *London Times* et *La Gazette sociale*. Harry acheta un exemplaire de cette dernière, trouva un banc libre dans le parc et s'assit. Il lut la rubrique de Mme Honoria Bartleby du premier mot jusqu'au dernier.

Quand il eut fini, il savait tout sur les déjeuners de mariage, mais il ne comprenait pas davantage l'engouement des lecteurs pour cette femme. En revanche, il savait que son opinion personnelle n'avait plus d'importance.

Harry se cala sur le banc et considéra la situation avec le plus d'objectivité possible. L'édition était un milieu de coupeurs de gorges, dans lequel tout changeait constamment. Il ne pouvait pas se permettre la moindre étroitesse d'esprit. Certains de ses plus grands succès des années précédentes étaient dus à des opportunités qu'il avait su saisir au bond. Peut-être était-ce le moment de sauter sur la chance ? Une idée germa dans son esprit, et son optimisme naturel refit surface.

Il se leva, sachant ce qu'il avait à faire. Il allait voir Barringer et accepter les termes de la vente tels que le comte les avait énoncés. Il fallait le faire sur-le-champ. Au train où allaient les choses, s'il tardait encore, le succès de Mlle Dove lui coûterait cinquante mille livres supplémentaires.

Emma adorait sa nouvelle vie. Elle aimait passer les après-midi à explorer les boutiques londoniennes, à la recherche de renseignements précieux qu'elle partagerait avec ses lecteurs. Elle aimait exercer son ingéniosité, inventer des façons de transformer le banal en choses raffinées, afin que même les mères de famille les plus économes puissent concocter des repas élégants pour leurs proches, et que les jeunes filles modestes puissent rendre leur appartement confortable et accueillant. Elle adorait écrire, et voir ses œuvres imprimées. Elle adorait Mme Bartleby, car chaque matin quand elle se mettait au travail, quand elle tapait à la machine les conseils de ce personnage fictif, elle croyait entendre la voix de sa chère tante Lydia. C'était un peu comme si celle-ci avait été assise à côté d'elle et l'aidait, partageant son nouveau succès.

Et à sa grande surprise, du succès, elle en avait.

Malgré les refus répétés de son employeur précédent, Emma avait toujours su que ses connaissances et son expérience pouvaient être utiles aux autres. Cependant, elle était étonnée par l'ampleur de sa popularité et la vitesse à laquelle celle-ci croissait. En l'espace d'un mois, elle était devenue le personnage dont tout Londres parlait le samedi matin. Et quand elle demanda une augmentation, Barringer la lui accorda aussitôt.

Au bout de deux mois, elle se mit à recevoir des piles de courrier. Il y avait tant de lettres qu'elle ne parvenait pas à répondre à tout le monde. Parfois, alors qu'elle attendait l'omnibus au coin de la rue ou qu'elle faisait la queue chez l'épicier, elle entendait prononcer le nom de Mme Bartleby. Cette notoriété lui donnait le frisson. Toutefois, si la lettre qu'elle recevait exprimait une opinion négative, elle se sentait déprimée pendant des heures et mangeait beaucoup trop de chocolats.

En dépit de ces occasionnels accès de tristesse et des crises de foie qui en découlaient, elle n'avait jamais été aussi contente de sa vie. Ce qu'elle faisait à présent était beaucoup plus utile que de s'assurer qu'un homme fantasque et sans cervelle respecte l'heure de ses rendez-vous. Et c'était certainement bien plus satisfaisant que d'aller acheter à sa place les cadeaux de ses maîtresses.

D'autre part, son nouveau travail n'était pas facile. Elle avait dû s'habituer à écrire ses articles dans des délais précis. Il fallait qu'elle soit appliquée dans ses recherches et donne des conseils judicieux. Lord Barringer exigeait aussi qu'elle garde le secret sur l'identité de Mme Bartleby, et c'était cela le plus difficile, car elle était d'une honnêteté scrupuleuse. Cependant, comme Barringer l'avait souligné, le secret aiguisait la curiosité du public, et cela ne pouvait que renforcer son succès. Encore plus important, elle distribuait ses conseils sous les traits d'une mère de famille, et sa crédibilité souffrirait si les gens découvraient qu'elle était célibataire. Après tout, personne ne voulait des conseils d'une vieille fille, et c'était d'ailleurs la raison pour laquelle elle avait pris un pseudonyme.

Toutefois, elle ne voyait pas comment le secret pourrait être gardé. Marlowe connaissait la vérité, et il avait de bonnes raisons de la révéler au grand jour. Mais, lorsqu'elle en avait fait la remarque à Barringer, ce dernier avait eu un étrange petit sourire, et lui avait assuré que Marlowe serait la dernière personne au monde à briser le secret.

Bien qu'elle ne comprît pas pourquoi le comte en était aussi certain, elle avait accepté de ne pas souffler mot de l'affaire. Très vite, toutes les personnes de sa connaissance avaient appris qu'elle avait quitté le service de lord Marlowe pour accepter un poste de secrétaire auprès de la désormais célèbre Mme Bartleby. Emma se sentait un peu coupable de cette tromperie. Mais, chaque fois qu'elle repensait à l'opinion méprisante de Marlowe sur ses écrits, elle parvenait sans mal à vaincre sa culpabilité.

Les semaines passant, Emma trouvait de plus en plus facile de jouer son rôle. Le dimanche après-midi, quand elle prenait le thé avec les autres occupantes de la maison, elle était très habile pour répondre sans hésitation à leurs questions sur l'auteur des articles, sans mentir réellement. En outre, le thé du dimanche après-midi offrait toutes sortes d'avantages. Assise dans l'élégant salon de

Mme Morris, avec sa tapisserie d'un rose fané, ses fougères en pots, ses meubles d'acajou, Emma écoutait ses amies discuter de sa dernière rubrique et avait des informations de première main sur les réactions de ses lectrices.

— M. Jones a fait sa demande.

Il y eut un délicat cliquetis de porcelaine lorsque chacune replaça sa tasse dans la soucoupe, suivi par cinq exclamations de surprise. Toutes les têtes se tournèrent vers la porte où Mlle Béatrice Cole, qui arrivait toujours la dernière pour le thé, venait d'apparaître.

— Oh, ma chère Béatrice ! s'écria Mme Morris en posant sa tasse. Quelle merveilleuse journée !

Béatrice prit sa place habituelle dans une vieille bergère, dont le brocart rayé était quelque peu usé. Ses yeux brillaient de satisfaction. Celle-ci était due sans nul doute à l'amour, mais aussi au sentiment de triomphe d'une jeune fille qui vient de trouver la perle rare : un jeune homme avec de belles espérances.

— Dire que c'est grâce à Mme Bartleby !

Béatrice se hâta d'enlever ses gants pour montrer sa bague de fiançailles.

— Sans elle, je serais probablement morte vieille fille.

Mlle Prudence Bosworth et Mlle Maria Martingale réprimèrent une grimace d'envie, mais félicitèrent leur amie dans un bel esprit de camaraderie.

Mme Morris et Mme Inkberry abandonnèrent leur tasse de thé et s'extasièrent sur la bague. Contrairement à leurs jeunes compagnes célibataires, elles n'avaient pas à s'inquiéter de leur avenir. Mme Morris, veuve, avait hérité de cet immeuble de rapport à la mort de son mari, et vivait confortablement. L'époux de Mme Inkberry possédait une librairie près de Fleet Street, et bien que le couple soit obligé de vivre dans l'appartement exigu au-dessus de la boutique, leur intérieur était douillet, le magasin prospère, et ils avaient élevé leurs quatre filles sans difficulté.

Quant à Emma, bien qu'à trente ans elle soit considérée comme laissée pour compte, et qu'elle ait renoncé à tout espoir de se marier, elle n'était cependant pas immunisée contre le démon de la jalousie. Toutefois, ce sentiment disparut quand elle songea au rôle qu'elle avait joué dans la construction du bonheur de la jeune femme.

— Béatrice, expliquez-vous, dit Mme Inkberry en reprenant une gorgée de thé. Pourquoi tenez-vous Mme Bartleby comme responsable de vos fiançailles ?

— Il est vrai que vous étiez dans le Yorkshire, et que vous ne savez pas comment ça s'est passé.

Béatrice prit la tasse de thé que lui offrait Mme Morris et saisit un petit-four sur le plateau.

— Vous connaissez Mme Bartleby, évidemment ?

— Bien sûr ! Je lis sa rubrique chaque fois que je le peux, mais il est difficile de se procurer *La Gazette* dans le Yorkshire.

— Eh bien, M. Jones me demande depuis des mois de me raccompagner le soir, en rentrant de la boutique. Mais Mme Morris m'a fait remarquer qu'il ne serait pas convenable de nous promener ensemble, car nous sommes tous deux célibataires, et que les gens auraient pu imaginer des choses.

— Abigail, ma chère, tu as bien fait, décréta Mme Inkberry en adressant à Mme Morris un signe de tête approbateur. Une jeune femme sans famille n'est jamais trop prudente. Elle doit penser à sa réputation.

— Je sais, Joséphine, répliqua Mme Morris, mais j'avais tort. Mme Bartleby a dit dans son article que Béatrice avait le droit de se promener avec ce jeune homme.

— Vraiment ?

Mme Inkberry était stupéfaite. Elle jeta un coup d'œil circulaire et les cinq autres femmes firent un signe de tête affirmatif.

— Elle ne parlait pas spécialement de moi, bien sûr, précisa Béatrice.

Puis, ayant exposé les règles énoncées dans l'article qu'Emma avait écrit six semaines plus tôt, elle conclut :

— Vous voyez, madame Inkberry, c'était correct. Je connais M. Jones depuis quatre ans, maintenant. Je ferme la boutique tous les soirs à six heures pour Mme Wilson, et il quitte le cabinet d'avocats à peu près à la même heure. Comme nous vivons à deux rues l'un de l'autre, nous prenons le même chemin. Quant à sa réputation, elle est excellente, puisqu'il travaille dans une étude d'hommes de loi renommés. Et quand nous attendons chez le marchand pour acheter notre déjeuner, je le vois souvent prendre deux tourtes et en donner une à cette pauvre femme qui fouille toujours dans les poubelles de la ruelle. Cela en dit long sur son bon cœur, n'est-ce pas ?

Emma était tout à fait d'accord. La raison pour laquelle elle avait écrit cet article, dans lequel elle assouplissait très légèrement les règles de la bienséance, c'était justement pour que cette pauvre Béatrice puisse se faire accompagner par son chevalier servant. Mme Morris était trop pointilleuse concernant ce genre de choses. Même tante Lydia, qui avait pourtant été son amie pendant des années, la trouvait un peu bornée.

— Eh bien, déclara Mme Inkberry, si Mme Bartleby dit que c'est autorisé, Béatrice, cela règle le problème une fois pour toutes.

— J'étais si contente quand j'ai lu cela. J'en ai aussitôt parlé à M. Jones. Si Mme Bartleby dit que c'est convenable, nous pouvons être sûrs que c'est vrai. Depuis, nous rentrons chaque soir du travail ensemble, madame Inkberry. Et le dimanche après-midi, nous nous promenons dans le parc. C'est là qu'il m'a demandée en mariage, il y a tout juste une heure.

Elle contempla la bague qui ornait son doigt et tourna la main en tous sens pour la faire briller à la lumière.

— Nous nous marierons avant Noël.

Emma sourit sous cape et avala une gorgée de thé. Décidément, sa nouvelle vie offrait beaucoup de satisfactions.

Jeudi après-midi, en dépit d'un certain manque d'inspiration qui durait depuis quatre jours, Emma était toujours contente de sa nouvelle vie lorsque le garçon de courses de *La Gazette sociale* vint chercher son article. Tandis que M. Hobbs frappait à la porte, elle finit de le taper frénétiquement.

— Attendez un instant, Hobbs ! cria-t-elle en sortant le dernier feuillet de la machine. J'arrive.

Elle plia les feuilles de son article et les glissa dans une enveloppe, qu'elle ferma rapidement à l'aide d'un cachet de cire. Puis elle courut à la porte, l'ouvrit, et tendit l'enveloppe au garçon.

— Voilà.

Mais le garçon ne prit pas l'enveloppe, et se contenta de secouer la tête en expliquant :

— On m'a dit qu'il fallait que vous apportiez l'article vous-même à *La Gazette*. Je suis simplement venu vous chercher.

— Mais...

Emma s'interrompit, perplexe. Ceci était très étrange, mais Hobbs ne semblait rien savoir de plus. Elle prit donc son chapeau, mit ses gants, puis glissa son article dans sa poche et accompagna le garçon jusqu'aux locaux de *La Gazette sociale*, à Bouverie Street.

Dès qu'ils arrivèrent, un employé à l'expression angoissée fit entrer la jeune femme dans le bureau de Barringer. L'étonnement d'Emma alla croissant quand elle vit M. Ashe, le secrétaire du comte, occupé à rassembler ses affaires.

— Bonjour, monsieur Ashe. Que faites-vous donc?

Le secrétaire plaça son encrier d'argent dans la caisse de bois posée sur son bureau, et expliqua:

— Lord Barringer a vendu le journal. Le nouveau propriétaire m'a proposé un poste de secrétaire, mais je connais lord Barringer depuis si longtemps que je préfère rester à son service. Aussi, je fais mes bagages.

— *La Gazette sociale* a été vendue? Mais à qui?

— À moi, mademoiselle Dove.

La voix qui retentit derrière elle était terriblement familière. Elle ferma les yeux un instant, espérant contre toute attente qu'elle se trompait, et pivota sur elle-même.

Debout sur le seuil, une épaule appuyée au chambranle, les bras croisés sur la poitrine, se trouvait son ancien employeur.

Tandis qu'Emma, déconcertée, regardait Marlowe, un nœud se forma au creux de son estomac. En même temps, elle prit conscience que sa merveilleuse nouvelle vie était sur le point de tomber en poussière.

7

« Il est parfaitement possible de former
une alliance satisfaisante, et même agréable,
avec une femme. Mais seulement si cela ne
se fait pas dans une église. »
Lord Marlowe, *Le Guide du célibataire*, 1893

— Lord Barringer vous a vendu *La Gazette* ? C'est...

Emma s'interrompit, et parvint au prix d'un effort à se ressaisir.

— C'est tout à fait inattendu.

— Cela faisait plusieurs mois que Barringer et moi discutions d'un rachat éventuel. Nous sommes tombés d'accord la semaine dernière et nous avons signé les documents hier.

Marlowe se redressa et désigna le bureau derrière lui.

— J'aimerais discuter de la situation avec vous.

Elle le précéda dans le bureau qui jusque-là était celui de Barringer. Bien que l'aménagement de la pièce soit intact, toute trace de l'occupant précédent avait disparu. Les étagères étaient vides, ainsi que la surface du bureau. Les tableaux avaient été ôtés des murs, et il n'y avait plus de tapis sur le sol.

Marlowe ferma la porte et alla se placer derrière ce qui était désormais son bureau. Il indiqua un fauteuil à Emma.

— Asseyez-vous, je vous en prie.

Emma n'avait pas envie de s'asseoir, elle voulait en finir et partir. Elle tira son dernier article de sa poche.

— Pour la rubrique de la semaine prochaine.

Elle lui tendit l'enveloppe, s'attendant à ce qu'il la refuse tout net. Pendant un bref instant, ils se défièrent du regard. Allait-il lui dire que sa stupide petite chronique était supprimée et qu'elle avait perdu son emploi ?

Cela lui était égal. Car pour rien au monde elle ne voulait écrire pour Marlowe. En outre, avec le succès qu'elle avait obtenu au cours de ces deux mois, elle parviendrait sûrement à trouver un éditeur.

Rassérénée par cette idée, elle parvint à lancer d'un ton égal :

— Vous ne le voulez pas ? Oh, mais où avais-je la tête ? C'est naturel. Il n'y est question que de vaisselle, de couverts à poisson et ce genre de choses. Rien de plus assommant. Qui est-ce que cela pourrait intéresser ?

Elle fit mine de remettre l'enveloppe dans sa poche mais, à sa grande surprise, Marlowe tendit la main pour la prendre. Elle la lui donna, et il la posa sur le coin du bureau, puis lui fit de nouveau signe de s'asseoir.

— Mademoiselle Dove, j'aimerais être à l'aise pour discuter. Mais, comme je suis un gentleman, je ne peux m'asseoir avant vous. C'est une question de bienséance, voyez-vous.

Elle haussa les sourcils d'un air sceptique. Sa mine en disait long sur ce qu'elle pensait de ses connaissances dans ce domaine.

— Je connais un peu les bonnes manières, ajouta-t-il.

De fines lignes se formèrent au coin de ses yeux, et un sourire se dessina sur ses lèvres.

— Bien que, comme quelqu'un me l'a fait observer récemment, je n'utilise pas ces connaissances aussi souvent que je le devrais.

Consciente que cette façon de se déprécier lui-même faisait partie de son charme, et qu'il s'en était servi pour la manipuler pendant des années, elle ne lui rendit pas son sourire. Prenant une grande inspiration, elle décida de ne pas attendre passivement que la hache lui coupe le cou. Elle prit place dans le fauteuil et attaqua :

— Monsieur, je sais quels sont vos sentiments concernant ce que Barringer a publié ces dernières années. Vous ne m'avez jamais caché ce que vous en pensiez. Aussi, suis-je certaine que vous avez l'intention de donner à *La Gazette sociale* une direction nouvelle, et entièrement différente.

— C'est exact, mais...

— Et il est évident que mes articles sont trop légers et frivoles pour avoir une place dans vos projets.

— Au contraire, je...

— Mais si vous avez l'intention de publier l'article que je viens de vous remettre, je vous serai reconnaissante de vous arranger pour me rémunérer. Ensuite, vous n'aurez plus jamais besoin de me voir, de lire une ligne de ce que j'écris ou de supporter mes remontrances au sujet de vos manières.

Elle fit mine de se lever, mais la voix amusée du vicomte l'arrêta net.

— Mademoiselle Dove, je viens d'admettre que je ne respecte pas toujours les bonnes manières, cependant je les connais. Et, par exemple, il me semble que le fait d'interrompre quelqu'un est contraire à la bienséance, n'est-ce pas ?

Emma sentit son visage s'enflammer, et elle dut faire un effort pour conserver un air digne.

— Je ne me suis pas rendu compte que je vous interrompais. Je... je vous présente mes excuses.

— Je les accepte.

Sa voix était grave, mais il subsistait une fossette au coin de ses lèvres et elle se raidit, sur ses gardes.

Le vicomte dut s'en rendre compte, car son amusement disparut tout à coup.

— Je ne me moquais pas de vous. Enfin, peut-être un peu, rectifia-t-il. C'est que vous prenez ces règles de bienséance tellement au sérieux.

— Et nous savons tous les deux que ce n'est pas votre cas.

— La seule chose que je prends au sérieux, ce sont mes affaires. Et même en affaires il faut s'amuser, sinon à quoi bon ?

Il sortit un exemplaire de *La Gazette* d'un des tiroirs, et le déplia sur son bureau. Tout en l'ouvrant à la page 3, où se trouvait la rubrique d'Emma, il poursuivit :

— J'admire votre perspicacité. Vous avez deviné mes intentions. Je désire effectivement faire des changements radicaux ici.

— Si vous voulez retirer ma rubrique du journal, dites-le tout de suite, je vous prie, répondit Emma qui avait hâte d'en finir.

— Je n'ai pas l'intention de la supprimer.

— Vous voulez la garder ?

Une dame n'était pas censée manifester de la surprise, mais Emma ne put cacher son étonnement. Avait-elle bien entendu ?

— Vous détestez pourtant ce que j'écris.

— Le mot « détester » me semble un peu fort.

— Vous disiez que c'était stupide, persista Emma en croisant les bras. Que ça ne valait rien.

— Ce n'est pas tout à fait ce que j'ai dit.

— Inutile de couper les cheveux en quatre. C'est ce que vous pensez.

Harry ne chercha pas à discuter, et lui lança un regard curieux.

— Ce que je pense compte donc beaucoup pour vous ?

— Quand je travaillais pour vous, cela comptait en effet. Je respectais votre jugement. Je vous confiais mon travail, qui m'est très précieux, en espérant qu'un jour vous le trouveriez digne d'être publié. Et vous ne vous êtes même pas donné la peine de le lire.

— J'en ai lu une partie, et je refuse de m'expliquer davantage sur ce point. Ou de justifier mon opinion.

Il marqua une pause et l'observa un moment avant de reprendre.

— Mademoiselle Dove, dit-il en se penchant en avant. J'ai refusé votre travail parce que je ne voyais vraiment pas l'attrait qu'il pouvait représenter pour le public. De toute évidence, j'ai fait une erreur. Je n'ai pas su considérer votre manuscrit avec objectivité.

— Parce que vous n'aviez pas envie de le lire, vous ne conceviez pas que ça puisse intéresser d'autres personnes.

— Tout juste. Vous m'avez accusé d'avoir l'esprit étroit, et je me suis rendu compte que votre accusation était justifiée, du moins en ce qui concerne votre travail.

Cet aveu apaisa quelque peu Emma.

— Et maintenant, vous êtes d'accord pour le publier ?

— Oui.

Levant les mains devant lui, il précisa :

— J'avoue que je ne comprends pas ce qu'il y a de si fascinant dans la décoration d'un appartement ou la composition d'un menu de mariage…

Il marqua une pause, baissa les mains et se renfonça dans son fauteuil.

— Mais, étant donné votre succès, je serais idiot de ne pas admettre qu'une telle fascination existe, et de ne pas en profiter. Vous avez découvert un besoin, mademoiselle Dove. Un besoin que j'ignorais. Et quand il y a un besoin, il y a une possibilité de gagner de l'argent. Il n'est pas nécessaire que j'aime votre travail pour le publier.

— C'est-à-dire que maintenant que j'ai prouvé que mon travail était rentable, vous voulez profiter de ce que vous avez rejeté et tourné en ridicule ? rétorqua Emma en se levant. Non, monsieur. Je vais proposer mon article à un autre éditeur. Quelqu'un qui respectera mon travail et l'appréciera.

Elle s'attendait à ce qu'il éclate de rire, mais il n'en fit rien.

— Vous êtes libre, naturellement, déclara-t-il en se levant également. Si vous faites ce choix, je ne pourrai pas vous en empêcher. Ce qui est dommage, ajouta-t-il alors qu'elle tournait les talons, c'est que si vous partez, je ne pourrai pas étendre vos articles à une page entière du journal.

Emma se figea, et se retourna lentement.

— Je vous demande pardon ?

— Je pensais consacrer toute une page de *La Gazette* aux questions de bienséance et de style. Une merveilleuse occasion de perdue, fit-il en secouant la tête d'un air navré.

Elle le considéra en fronçant les sourcils, cherchant sur ses traits une preuve de sa fourberie, mais elle n'en trouva pas.

— Vous êtes sérieux ?

— Je vous l'ai dit. En affaires, je suis toujours sérieux.

Emma se rassit, la gorge nouée.

— Qu'avez-vous en tête, exactement ?

— Tout ce que vous voudrez. Les bonnes manières, le shopping, les recettes, des idées originales comme les flamants roses et tout le reste. Ce sera à vous de décider, car vous aurez la responsabilité de la rubrique. Vous pourriez faire des interviews, donner des conseils, répondre aux questions des lecteurs, publier des recettes de cuisine. Tout ce que je vous demande, c'est d'intéresser le public.

Emma éprouva une telle excitation qu'elle eut du mal à respirer.

— Je sais que Barringer gardait le secret sur votre identité, poursuivit le vicomte. Et, bien que je déteste cet homme et tout ce qu'il fait, je dois avouer que je suis d'accord avec lui sur ce point. Si les gens connaissaient votre milieu social, votre crédibilité en souffrirait. D'autre part, le mystère fait partie de votre charme.

Emma garda le silence. Les idées se bousculaient dans son esprit à une vitesse folle.

— Avant que vous ne vous décidiez, mademoiselle Dove, je dois vous avertir que je compte m'investir grandement dans ce projet, comme je le fais chaque fois que j'entreprends quelque chose de nouveau. Comme je compte changer d'autres aspects de *La Gazette* afin de lui donner un style plus moderne, et comme j'ai versé une somme énorme à Barringer pour lui racheter ce journal, je superviserai tout ce qu'il contient, y compris votre section. Vous devrez me présenter votre travail, et je mettrai moi-même vos articles au point.

Ces derniers mots douchèrent l'enthousiasme d'Emma, qui redescendit sur terre.

— Cela ne marchera jamais, dit-elle.

— Pourquoi ?

— Parce que je ne vous aime pas.

À l'instant même où les mots franchirent ses lèvres, Emma plaqua une main gantée sur sa bouche, horrifiée par son manque de tact. Si tante Lydia l'avait entendue, elle aurait été consternée.

Mais, à son immense stupéfaction, Marlowe se mit à rire.

— Je gagnerais vraiment très peu d'argent si je ne travaillais qu'avec des gens qui m'aiment, mademoiselle Dove.

— C'était très mal élevé de ma part, pardonnez-moi. Je n'aurais jamais dû dire cela.

— Mais vous le pensiez.

Redevenu sérieux, il pencha la tête de côté et l'examina, l'air pensif. Légèrement mal à l'aise, Emma changea de position dans son fauteuil. Elle ne savait pas quoi dire. Elle avait sans doute déjà beaucoup trop parlé.

— Malgré ce récent désaccord entre nous, j'ai toujours trouvé que nous nous entendions plutôt bien, murmura-t-il. Je me trompais ?

Emma soupira.

— Non. Mais nous nous entendions bien parce que je ne posais jamais de question. J'étais votre secrétaire, payée pour obéir à vos ordres. Mes fonctions n'avaient rien à voir avec l'opinion que j'ai de vous, ou de la façon dont vous menez votre vie. J'aurais été d'une impertinence impardonnable si j'avais exprimé mes idées personnelles.

— Vous ne semblez avoir aucun mal à les exprimer désormais.

Il rit de nouveau, mais son rire sonna faux.

— Je sais que certains hommes avec qui j'ai été en affaires ne m'aiment pas, mais je ne me doutais pas que vous ne m'aimiez pas non plus.

De fait, elle-même ne le savait pas, avant que les mots aient franchi ses lèvres.

— Je ne vous déteste pas, mais nous n'avons pas de points communs, balbutia-t-elle, essayant d'expliquer ce qu'elle ne comprenait pas elle-même.

— Ne diminuez pas l'importance de votre opinion, au nom de la politesse.

— Non, mais nous sommes très différents, vous et moi, et nous ne voyons pas les choses sous le même angle. Vous pensez que ce que j'écris est stupide et inutile, mais c'est parce que vous êtes un aristocrate. Les pairs peuvent être mal élevés, cela n'a pas d'importance. Ils peuvent adapter les règles à leur bon plaisir, parfois même les enfreindre. Les gens de ma classe sociale n'osent pas se comporter de cette manière. Particulièrement les femmes. Quand j'étais enfant, mon père était très sévère. Il était retraité de l'armée et j'ai eu...

Emma s'interrompit, la gorge nouée.

— Vous avez eu quoi ? s'enquit Harry.

Elle avait du mal à aborder des sujets personnels, surtout sa vie avec son père, quel que soit son interlocuteur. Cependant, elle devait une explication à Marlowe, et elle s'obligea à continuer :

— J'ai eu une enfance que vous qualifieriez de… stricte. Dans la maison de mon père, les rires et les plaisanteries n'avaient pas cours. C'est pourquoi vous me semblez si désinvolte, impertinent et déloyal. Vous donnez l'impression que, pour vous, tout est un jeu, et il est très difficile de savoir quand vous êtes sérieux et quand vous plaisantez. Je pense aussi que vous avez très peu de considération pour les autres. Vous n'êtes pas ponctuel, vous n'achetez pas vos cadeaux vous-même, ce genre de choses. Quant à votre vie… je ne peux m'empêcher de penser qu'elle est terriblement dissolue. Votre mépris pour le mariage, vos liaisons avec des danseuses de cancan et d'autres femmes sans moralité.

Marlowe se mit à rire de nouveau.

— C'est-à-dire qu'une liaison avec une femme de bonne moralité n'aurait aucun intérêt.

Emma supposa qu'il plaisantait.

Le sourire de Harry s'effaça et il toussota.

— Eh bien, oui, vous désapprouvez ma façon de vivre. Non seulement je suis manipulateur et hypocrite, mais je suis également désinvolte, impertinent, je manque de considération pour les autres, je ne suis pas ponctuel et je suis un goujat. Je n'ai rien oublié ?

Énoncé de cette façon, le réquisitoire était sévère. Emma n'avait pas eu l'intention de le condamner aussi durement, mais elle n'avait pas l'habitude de critiquer les autres.

— Je sais que vous n'avez pas beaucoup d'admiration pour moi non plus, se hâta-t-elle d'ajouter, terriblement mal à l'aise. Vous trouvez que je suis sèche et que je n'ai aucun sens de l'humour.

— Naturellement. Vous ne riez jamais à mes plaisanteries.

Cette remarque fit apparaître un petit sourire sur les lèvres de la jeune femme.

— Elles ne sont peut-être pas amusantes.

— Bon, bon, d'accord. Je vous ai tendu la perche, non ?

Emma recouvra son sérieux pour déclarer :

— Le fait est que je ne peux plus accepter le genre de… d'arrangement injuste que nous avions auparavant. Pour le travail que vous me proposez, il faudrait que je me sente libre d'exprimer mes opinions, et que vous les respectiez.

À chaque mot qu'elle prononçait, Emma sentait son moral sombrer.

— Il faudrait que nous nous voyions sous un angle différent. Non comme un patron et sa secrétaire, non comme un lord et la fille d'un sergent, mais comme deux personnes dont les opinions et les idées sont de valeur et d'importance égales. Il faudrait nous considérer mutuellement avec respect et considération.

— Vous estimez que ce n'est pas possible ?

Emma songea à toutes les fois où il avait trouvé sa présence et son travail naturels. Toutes les fois où elle n'avait pas osé dire ce qu'elle pensait.

— Oui, répondit-elle.

Il y eut une longue pause, puis il hocha la tête.

— Je suppose que vous avez raison. Vous ne m'aimez pas, et je n'aime pas vraiment ce que vous écrivez, aussi l'association paraît-elle sans espoir. Je vous raccompagne, ajouta-t-il en désignant la porte.

Ils ne prononcèrent pas un mot tandis qu'il l'escortait jusque dans le hall. Ils s'arrêtèrent devant la porte à double battant de l'entrée.

— Je me rends dans mes bureaux, de l'autre côté de la rue, dit-il. Mais je peux appeler un fiacre pour vous faire ramener chez vous.

— Ce n'est pas nécessaire. Je suis sûre que *La Gazette sociale* marchera très bien sous votre direction. Je l'espère sincèrement, précisa-t-elle.

— Merci. Et je suis certain que vous n'aurez aucun mal à trouver un autre éditeur pour votre rubrique.

Il ouvrit un des battants, et la suivit à l'extérieur.

— Je veillerai à ce que vous soyez rémunérée pour l'article d'aujourd'hui. Je vous souhaite bonne chance, mademoiselle Dove. Au revoir.

Il s'inclina, puis pivota sur lui-même et s'éloigna. Emma regarda ses larges épaules et éprouva un pincement au cœur. Mais elle avait pris une sage décision. Si elle avait accepté d'écrire pour lui, de lui laisser éditer ses articles, cela aurait tourné au désastre. Ils n'avaient rien en commun. Ils ne parviendraient jamais à se mettre d'accord. Elle s'était montrée très raisonnable en refusant sa proposition.

Et voilà. Encore cet horrible mot. *Raisonnable*.

— Attendez! cria-t-elle en courant après lui.

Il s'immobilisa et attendit. Emma s'arrêta face à lui.

— Si j'acceptais votre proposition, quelle serait ma rémunération?

Cette brusque volte-face lui fit hausser les sourcils, mais il répondit d'un ton placide:

— Vous recevriez dix pour cent des recettes publicitaires pour votre rubrique.

Emma songea à toutes les fois où elle avait marchandé dans des boutiques pour obtenir un prix correct. Ceci n'était pas très différent. Elle allait demander ce qu'elle méritait en réalité.

— Cinquante pour cent serait plus juste.

— Il n'est pas question de justice. C'est moi qui prends tous les risques.

— Je vous ai souvent entendu dire que plus les risques étaient grands, plus vous aviez de chances de gagner de l'argent. Et vous adorez le risque. D'autre part, *La Gazette* a connu un important regain de popularité grâce à mes articles, et je mérite une récompense pour cela.

— Croyez-moi, j'ai déjà payé très cher à cause de votre popularité, qui d'ailleurs pourrait ne pas durer. Le public s'est entiché de vous, je suis d'accord, mais cet engouement pourrait n'être que passager.

Demain il aura peut-être disparu. Si cela se produit, je perdrai des milliers de livres. Je vous donnerai donc vingt pour cent.

— Quarante, rétorqua-t-elle. Je pense pouvoir retenir l'intérêt des lecteurs pendant assez longtemps encore.

Au point où tu en es, autant aller jusqu'au bout, Emma, se dit-elle.

— Et puisque nous en sommes à négocier les termes de mon contrat, je veux qu'une chose soit claire. À partir de maintenant, vous me traiterez en égale. Je ne ferai pas votre café, je n'irai pas acheter vos cadeaux, je ne serai plus responsable de vos rendez-vous. Et quand il faudra prendre la décision de publier un article ou non, vous devrez vous fier à mon instinct.

— Je vous promets d'avoir l'esprit ouvert, mais si j'ai l'impression que vous radotez au sujet de la vaisselle, ou que vous écrivez trop d'articles sur la façon de recevoir pour le thé, je n'aurai aucun scrupule à vous le dire. Vous recevrez de ma part des critiques détaillées et honnêtes sur votre travail. Je vous semble peut-être désinvolte, mais je peux être direct quand il le faut, aussi préparez-vous à encaisser, mademoiselle Dove. Si vous êtes d'accord pour cela, je vous donnerai vingt-cinq pour cent. Marché conclu?

Emma regarda la main qu'il lui tendait. Une grande main, avec des doigts longs et forts. Elle ne l'aimait pas beaucoup, elle n'approuvait pas la vie qu'il menait, mais en revanche elle savait une chose: quand Marlowe concluait un marché, il tenait parole. Elle lui serra la main.

— D'accord.

La poigne du vicomte avait quelque chose de rassurant, toutefois elle se sentit étourdie. Tout s'était passé si vite.

— Nous nous en tiendrons à une publication tous les samedis. Il me faudra quatre feuillets par semaine. Pouvez-vous faire cela?

— Oui, c'est possible. Mais je n'arrive pas à croire que tout cela se passe réellement…

— Je veux que la nouvelle version de *La Gazette* paraisse dans trois semaines. Comme votre dernier article est sous presse et que vous m'en avez donné un pour la semaine prochaine, il m'en faudra seulement un supplémentaire pour la période intermédiaire.

Emma approuva d'un signe de tête, et il continua :

— Il me faudra aussi d'ici lundi le canevas de la rubrique que vous pensez publier la première semaine. Quand je l'aurai approuvé, il vous restera une semaine pour écrire les articles et me les soumettre. Je les aurai parcourus en deux jours, si bien que nous nous verrons mercredi pour mettre au point leur publication. Le jeudi soir, vous devrez remettre les articles corrigés à mon secrétaire. Je les contrôlerai le lendemain, avant qu'ils passent sous presse. Et vous m'apporterez le projet de la publication suivante dès le lundi matin. Est-ce clair ?

Elle hocha la tête.

— Bien. À partir de maintenant, nous nous verrons chaque lundi pour que vous me présentiez votre travail et le canevas de la rubrique, puis le mercredi pour que nous discutions des modifications à y apporter. J'espère que cela vous convient ?

Sans attendre la réponse de la jeune femme, il enchaîna :

— Nous réviserons vos premiers articles mercredi en huit. Je n'ai pas encore de rendez-vous prévus ce jour-là.

Il se rembrunit légèrement, et précisa :

— Du moins, je ne crois pas. Avec le secrétaire que j'ai à présent, je ne peux être sûr de rien.

— À quelle heure nous verrons-nous, et où ?

— Neuf heures du matin, dans mon bureau.

— Ne soyez pas en retard, répliqua-t-elle en riant.

— Je suis toujours en retard, maintenant que je ne vous ai plus.

120

Il jeta un coup d'œil dans la rue encombrée, guettant le moment opportun pour traverser.

— Mais je ferai de mon mieux pour être ponctuel. Ne serait-ce que pour changer l'opinion que vous avez de moi.

Elle pivota sur ses talons, mais elle avait à peine fait quelques pas lorsqu'elle l'entendit la rappeler.

— Mademoiselle Dove ?

Emma se retourna et vit qu'il souriait.

— Si vous aviez tenu bon, dit-il, vous auriez obtenu cinquante pour cent.

— Et si *vous* aviez tenu bon, rétorqua-t-elle du tac au tac, je n'aurais eu que dix pour cent !

Harry éclata de rire. Crénom, Mlle Dove avait de la repartie. Qui d'autre lui aurait répondu ainsi ? Il la regarda s'éloigner le long du trottoir, et songea que c'était une facette de sa personnalité qu'il n'avait jamais connue jusqu'à aujourd'hui.

Elle avait bien deviné le jugement qu'il portait sur elle. Il la croyait effectivement sèche et sans intérêt, mais les paroles qu'elle venait de prononcer et le sourire qui les accompagnait lui prouvaient que, là encore, il s'était trompé. Comme sur son travail. En fait, il s'était beaucoup trompé.

Il l'avait toujours trouvée quelconque, du moins jusqu'au jour où elle avait donné sa démission. C'était alors qu'il avait découvert les reflets roux dans ses cheveux et les paillettes dorées dans ses yeux. Tout à l'heure, elle avait ri en lui disant de ne pas être en retard, et il se dit qu'il ne l'avait encore jamais vue rire. Ce qui était regrettable, car lorsque le rire illuminait son visage, elle n'était pas quelconque du tout.

Une chose cependant était claire. Elle ne l'aimait pas. Cela le désarçonnait un peu. Généralement, il plaisait aux femmes. Mais, à vrai dire, Mlle Dove lui donnait des raisons de mettre en doute beaucoup de choses qu'il croyait savoir.

Manifestement, au fil des années, elle s'était fait une idée de son caractère... en particulier de ses défauts. Elle n'appréciait pas sa personnalité, pourtant elle avait travaillé pour lui pendant cinq ans. Pourquoi ?

Intrigué, Harry observa de loin sa silhouette droite et menue. Et il se rendit compte que dans cette relation d'égalité qu'ils étaient censés avoir désormais, il n'avait pas l'avantage. Elle le connaissait mieux qu'il ne la connaissait, lui.

Il allait donc devoir se rattraper, et l'étudier un peu plus attentivement. Son regard se posa sur la courbe de ses hanches. Tout cela en vue d'une parfaite égalité, bien entendu.

8

« On exige d'un gentleman qu'il soit galant.
Il en est aussi très agréablement récompensé. »
Lord Marlowe, *Le Guide du célibataire,* 1893

Mlle Dove avait toujours été compétente, aussi
Harry ne fut-il pas surpris quand il reçut ses articles
pour la première édition avec trois jours d'avance.
Après les avoir lus, il put établir deux choses. Pour
commencer, elle savait écrire. Ensuite, ses descrip-
tions avaient beau être excellentes, ses conseils
sensés et chaleureux, il ne comprendrait *jamais*
pourquoi les ronds de serviette en tiges de lavande,
ou le menu à conseiller à des jeunes filles lors des
dîners en ville, étaient des sujets qui présentaient un
intérêt quelconque.

Cependant, en raison du succès qu'elle avait déjà
obtenu, il s'efforça d'avoir la main aussi légère que
possible dans ses corrections de style et de garder
l'esprit ouvert quant au contenu. Mais comme il
avait vraiment quelques critiques à formuler et des
changements importants à lui demander, il décida
de lui renvoyer son travail le plus vite possible afin
de lui laisser du temps pour le corriger. Certes, il
aurait pu charger un messager de lui ramener les
documents mais il préférait, dans l'intérêt de leur

nouvelle coopération, lui exposer son avis et ses suggestions en personne.

Toutefois, lorsqu'il arriva chez elle le samedi après-midi, il se dit qu'ils ne pourraient pas parler travail. Apparemment, elle était en pleins travaux de décoration. La porte de son appartement était ouverte, et une odeur de peinture fraîche flottait dans l'air. Il s'arrêta sur le seuil, et vit que les murs étaient maintenant d'un bleu très pâle, et les moulures d'un blanc ivoire. Un nouveau tapis couleur crème, avec des décors pourpres et dorés, occupait le centre du parquet. Elle avait enlevé un des canapés et disposé le mobilier de façon à ménager de la place pour un secrétaire de merisier et sa chaise assortie.

Malgré tout, elle n'avait pas renoncé à son goût pour l'exotisme. Une petite table en teck, dont le pied était sculpté en forme d'éléphant, était placée près du bureau. Un énorme vase contenait des plumes de paons.

Mlle Dove était perchée sur une échelle devant l'une des fenêtres, et accrochait une tenture de soie bleue à une tringle de merisier. L'autre fenêtre, qui était ouverte, avait déjà été garnie d'une tenture de même couleur qui se soulevait sous la brise de juin.

La jeune femme émit une petite exclamation de contrariété et se dressa sur la pointe des pieds en levant les bras au-dessus de sa tête. Se tenant d'une main à la tringle, elle tira sur le tissu qui s'était accroché à un anneau. Mais ses efforts furent vains. Harry déposa son porte-documents sur le sol, s'avança pour l'aider... et s'arrêta soudain au milieu de la pièce.

Sa position devant la fenêtre, les bras levés, nimbée par les rayons de soleil de l'après-midi, rendait les contours de sa silhouette parfaitement visibles à travers le lin léger de sa chemise. Il distinguait les lignes de son buste, s'affinant à la taille pour disparaître sous la ceinture de la jupe. Quand elle se tourna sur le côté et posa le bras sur l'extrémité de la tringle, il aperçut son corps de profil et vit nettement le renflement d'un sein.

Cloué sur place, Harry continua de la contempler tandis que la brûlure du désir se répandait dans son corps. Des images surgirent dans son esprit, beaucoup plus précises que la silhouette se détachant devant la fenêtre. Il avait toujours eu une préférence pour les femmes voluptueuses, mais les courbes modestes de Mlle Dove semblaient enflammer son imagination.

Il tenta de se ressaisir. C'était Mlle Dove qu'il regardait. Une Mlle Dove collet monté, conformiste, étouffée par les règles de bienséance. Qui ne l'aimait pas, désapprouvait sa façon de vivre, le trouvait dissolu. Et il ne pouvait guère lui en vouloir car, en ce moment même, quelques pensées très dissolues lui traversaient l'esprit.

Son regard glissa le long de la jupe marron foncé, puis remonta lentement jusqu'à la taille. Elle devait avoir de belles jambes. Si elles étaient assez longues pour avoir besoin d'une telle quantité de tissu, c'est qu'elles étaient très belles. Il lui était arrivé une ou deux fois de songer à ces jambes depuis qu'elle travaillait pour lui. Mais, cette fois, Harry s'autorisa des pensées plus détaillées. Il imagina des cuisses fuselées et de jolis genoux arrondis.

Elle se pencha de côté pour libérer le tissu, et sa jupe se balança. Harry fit un pas en avant et observa le mouvement de ses hanches avec une attention qui n'était pas vraiment digne d'un gentleman. Avec tous les froufrous que les femmes portaient sous leurs vêtements, il était difficile de se faire une idée. Mais, après réflexion, Harry décida que les courbes de Mlle Dove n'étaient pas dues à un savant rembourrage.

— Oh, enfer et damnation !

Cette exclamation irritée était si inattendue que les fantasmes de Harry volèrent en éclats. Elle était également contraire aux strictes notions de bienséance qu'elle prônait dans ses articles, et il eut un rire de surprise.

Emma se retourna brusquement en l'entendant. L'échelle vacilla, et elle manqua tomber.

— Attention, mademoiselle Dove, dit-il en posant une main sur l'échelle pour la stabiliser.

— Le rideau est coincé! répondit-elle en faisant mine de se pencher pour tirer sur le tissu.

— Arrêtez! Descendez de cette échelle et laissez-moi faire.

Avant qu'elle ait esquissé un geste, il lui entoura la taille de ses mains pour l'aider galamment à descendre. Mais, à l'instant où ses doigts se posèrent sur elle, il oublia son intention et ses pensées prirent une tournure beaucoup moins noble. Ses bras lui effleurèrent les hanches, et une nouvelle vague de désir se propagea dans son corps. Il ne s'était pas trompé. Elle portait un jupon, peut-être deux, un corset, mais il n'y avait pas de rembourrage. Il fit glisser ses mains de quelques centimètres pour lui agripper les hanches, et lui effleura des doigts la base du dos. Mlle Dove ne pesait peut-être pas lourd, mais ses courbes étaient bien réelles.

Son étreinte s'affirma et il se pencha, inspirant un parfum de talc et de coton frais, un parfum virginal de jeune fille, qu'il n'aurait jamais cru pouvoir être aussi érotique. S'il se penchait encore un peu, il embrasserait…

— Monsieur?

Seigneur, que faisait-il? Harry se rappela juste à temps qu'il était un gentleman. Il souleva la jeune femme, la déposa sur le sol et la libéra à regret.

Elle se tourna vers lui, mais évita de croiser son regard. Ses yeux fixèrent son menton. Elle avait les joues roses, les sourcils froncés.

Probablement parce qu'elle avait envie de le gifler. Il l'avait traitée comme l'aurait fait un docker avec une fille des pubs de l'East End. Il méritait sans nul doute une réprimande, mais il ne regrettait rien.

Harry l'examina encore, depuis ses mèches cuivrées dans lesquelles se reflétait le soleil, jusqu'au bout de ses affreuses bottines noires à boutons. Il termina par le bout de son nez constellé de taches de rousseur. Non, il n'avait pas un seul regret. De fait, il aurait voulu pouvoir recommencer. Mais c'était stupide. Elle avait été sa secrétaire pendant cinq ans, et il avait toujours su repousser toute pensée lascive qui avait pu à l'occasion lui traverser l'esprit. Et cela ne lui avait pas demandé de réel effort. Mais, en ce moment, c'était bien plus difficile. Quelque chose avait changé entre eux, sans qu'il puisse expliquer quoi.

Il fallait qu'il fasse abstraction de ces idées nouvelles, et qu'il mette de l'ordre dans ses priorités. Mlle Dove n'était plus sa secrétaire. Ils allaient s'engager dans un projet qui pouvait devenir très profitable, et il ne voulait pas tout gâcher. Prenant une longue inspiration, il désigna l'échelle derrière elle.

— Si vous voulez bien vous pousser, je ferai en sorte de régler votre problème.

Elle finit par le regarder dans les yeux.

— Hum ? Pardon ?

Plutôt que de se répéter, il lui prit les bras et la repoussa gentiment sur le côté. Puis il grimpa sur l'échelle et dégagea le morceau de tissu accroché à un anneau. Quand il redescendit, elle avait toujours les sourcils froncés, et il décida qu'il fallait détendre l'atmosphère.

— Enfer et damnation ? releva-t-il d'un ton taquin, en se penchant pour croiser son regard.

— Je vous demande pardon ?

— Enfer et damnation. C'est ce que vous avez dit.

Elle poussa une exclamation agacée, et se rembrunit davantage. Puis elle tira sur les poignets de sa chemise, avec l'expression désapprobatrice d'une gouvernante de nursery.

— Ne soyez pas ridicule. Je n'ai rien dit de tel.

— Oh, mais si. Je vous ai entendue, répliqua-t-il en secouant la tête d'un air navré. Un tel langage dans la bouche d'une si grande spécialiste des bonnes manières... Que diraient les gens s'ils savaient cela ?

— Eh bien, j'ignorais que vous vous trouviez derrière moi !

— Vous ne jurez donc que lorsque vous êtes seule ?

— Je ne jure pas.

Cette façon de nier l'évidence le fit sourire, et elle précisa :

— En général, je ne jure jamais.

— Ce n'est pas moi qui divulguerai votre secret, répondit-il. Je ne dirai à personne que vous jurez comme un marin de Blackpool.

— C'était juste que la tenture était coincée, que je ne pouvais pas la décrocher, et j'étais si agacée que... que... Oh, mon Dieu.

Elle pressa deux doigts contre son front.

— J'ai eu tort, avoua-t-elle en soupirant. Ce n'était pas bien du tout.

Harry avait du mal à comprendre qu'une simple exclamation irritée, qui lui avait échappé par hasard, puisse lui causer de tels remords. Fallait-il qu'elle soit crispée...

— Cela suffit, mademoiselle Dove. Vous prenez les choses trop au sérieux, vous savez. Il faut savoir rire de temps en temps. Je pourrais plaisanter, si vous voulez ? Oh mais non, cela n'irait pas du tout, ajouta-t-il, pince-sans-rire. Mes plaisanteries ne sont pas amusantes. Du moins, c'est ce qu'on m'a dit.

Elle lui lança un coup d'œil désabusé, mais il vit une fossette se dessiner au coin de ses lèvres. Encouragé, il enchaîna :

— Vous pourriez peut-être me raconter des blagues ?

Il se pencha un peu plus et continua, d'un ton de connivence :

— Vous en connaissez des coquines ?

Elle détourna les yeux en réprimant un sourire, puis revint vers lui.

— Vous m'avez assez taquinée pour aujourd'hui, déclara-t-elle du ton sec et plein de bon sens auquel il était habitué. Vous pourriez sans doute me dire pourquoi vous êtes là ?

— J'ai fini de lire votre travail et je voudrais en discuter avec vous.

— Oh.

Elle se balança d'un pied sur l'autre, mal à l'aise.

— Je croyais que notre entretien devait avoir lieu mercredi. Dans votre bureau.

— Oui, mais ma curiosité a pris le dessus et je ne pouvais plus attendre.

— Votre curiosité ?

— Oui. Il faut absolument que je sache pourquoi les jeunes filles n'ont le droit de manger que les ailes du poulet au dîner.

— Uniquement lors des réceptions, corrigea-t-elle.

— Ah, cela explique tout ! Maintenant, je comprends.

Emma se mordilla les lèvres d'un air hésitant.

— Vous me taquinez encore ?

— Je vous assure que non. Je me suis creusé la cervelle pour essayer de comprendre la raison de cet usage, mais j'ai fini par abandonner.

— Et vous avez traversé toute la ville pour que je vous explique pourquoi les jeunes filles ne doivent manger que les ailes du poulet ?

— Et aussi parce que les modifications que je vais vous suggérer sont assez importantes et peuvent prendre du temps. Je ne compte pas vous éreinter, précisa-t-il en voyant son inquiétude. Mais j'ai pensé que vous seriez contente d'avoir du temps pour terminer.

— Je vois.

Elle regarda derrière lui, et alla fermer la porte. Il se rappela alors que la propriétaire de la maison était curieuse.

— Personne ne m'a vu entrer, dit-il, devançant sa question.

— Bien.

Elle se retourna et s'adossa à la porte.

— Cette maison est exclusivement réservée aux dames. Vous ne devriez pas être ici. Les gens sont parfois idiots, vous comprenez, déclara-t-elle avec un petit rire gêné. Surtout les dames. Elles font des commérages, imaginent des choses. Je ne voudrais pas que quelqu'un vous voie et pense… et pense que vous et moi… que nous sommes…

Elle s'écarta de la porte et leva le menton, croisant le regard de Harry.

— Je ne veux pas que les gens croient que je reçois des hommes chez moi. Ce n'est pas mon genre.

De fait, Harry aurait préféré qu'elle soit du genre à recevoir des hommes, mais il jugea plus sage de ne pas le dire.

— Vous accordez de l'importance à ce que pensent les gens ?

— Naturellement, répondit-elle avec un regard incrédule. Pas vous ?

— Non. Pourquoi le ferais-je ? Et vous, d'ailleurs ? Vous venez de dire que les gens étaient idiots d'imaginer des choses et de colporter des commérages pour rien. Pourquoi perdez-vous votre temps à vous préoccuper de leur opinion ?

— Parce que… eh bien… parce que… oh, cela compte, voilà tout. Ils pourraient croire que nous avons une… une liaison !

Elle semblait si consternée que Harry n'eut pas le cœur de lui dire que des douzaines de personnes à Londres en étaient arrivées depuis longtemps à cette conclusion au sujet du vicomte Marlowe et de sa secrétaire.

— Si ce genre de rumeurs venaient aux oreilles de votre logeuse, vous jetterait-elle à la porte ?

Mlle Dove réfléchit un moment.

— Non, mais elle aurait une longue conversation à cœur ouvert avec moi.

— Elle s'intéresse de très près à vos affaires ?

— Mme Morris fait beaucoup d'histoires, et elle est trop protectrice. Mais c'était une grande amie de ma tante, et elle me connaît depuis des années. Son opinion compte pour moi.

— Si elle vous connaît depuis si longtemps, elle doit être convaincue de votre bonne moralité. Sinon, le pire qui puisse vous arriver, c'est de renoncer à l'amitié de quelqu'un qui n'était pas vraiment votre amie. Ce qui vous obligerait à trouver un nouveau logement, bien entendu.

— Et ce serait ennuyeux, répliqua-t-elle avec un demi-sourire. Savez-vous qu'il est très difficile de trouver un logement abordable à Londres, de nos jours ?

— Notre association va nous rapporter tellement d'argent que bientôt cela ne sera plus un problème pour vous.

Emma pencha la tête de côté et le regarda, pensive.

— Et si nous ne gagnons pas d'argent ?

Harry balaya cet argument d'un rire.

— Nous en gagnerons. Faites-moi confiance.

— Comment pouvez-vous être si sûr de vous ? Je vous ai déjà vu perdre de l'argent.

— Je ne dis pas que cela n'arrive jamais. Mais ça n'arrivera pas dans ce cas.

— Vous ne pensez jamais que ça peut arriver. Et si ça arrive quand même, vous faites comme si cela n'avait aucune importance. Je vous ai vu perdre des milliers de livres dans un contrat, sans que cela vous touche le moins du monde. Vous pensez toujours que vous vous rattraperez par ailleurs.

— Et c'est généralement ce qui se passe, non ?

— Oui, mais moi je n'aurai pas de deuxième chance.

— Vous vous inquiétez trop.

131

Il alla vers elle et lui prit les bras.

— Ce n'est jamais bon, de penser à ce qui pourrait mal tourner. Le risque est partout.

— Tout le monde n'a pas autant d'assurance que vous. Moi, je n'en ai pas.

— C'est absurde. Bien sûr que vous avez de l'assurance.

Elle nia d'un mouvement de tête, mais il insista.

— Oui, vous en avez. Vous avez quitté un poste de secrétaire sûr et bien rémunéré pour vivre de votre plume. Si cela ne dénote pas une certaine confiance en soi et en son talent, c'est que je n'y connais rien.

Un sourire charmeur et inattendu se dessina sur les lèvres de la jeune femme.

— Ce n'était pas du tout de la confiance en moi. C'est la colère qui m'a fait agir. Je vous en voulais terriblement parce que vous ne saviez pas qui était Mme Bartleby.

Harry l'avait rarement vue sourire, et il fut séduit.

— Magnifique, murmura-t-il. Vous devriez sourire plus souvent, mademoiselle Dove, cela vous va très bien.

Le sourire disparut immédiatement, et il se rappela qu'elle lui avait reproché d'être hypocrite. Il se sentit intimidé tout à coup, et ce sentiment lui déplut. Il n'y était pas habitué. Elle l'avait aussi traité de beau parleur, et elle avait sans doute raison car il savait toujours dire ce qu'il fallait, surtout avec les femmes. Mais avec cette femme en particulier, il n'y parvenait pas. Elle se dégagea, et il laissa ses mains retomber.

— Ne prenez pas cet air guindé, dit-il. Je n'essayais pas de vous amadouer. Je trouve votre sourire joli et je vous le dis, c'est tout.

— Je ne… je ne prenais pas un air guindé. C'est juste que… que je n'ai pas l'habitude d'entendre des compliments. Surtout venant de vous. Je ne sais pas trop comment réagir.

— Il me semble qu'il est de bon ton de dire merci.

La remarque la fit rire.

— J'essaierai de m'en souvenir. Merci.

— De rien. C'est moi qui vous donne des leçons de bonnes manières, à présent ? Incroyable.

— C'est peut-être mon influence ?

— Sans aucun doute.

Il se pencha pour ramasser son porte-documents près de la porte.

— La prochaine fois que je devrai vous rendre visite, je vous enverrai ma carte, et vous me recevrez dans le salon du rez-de-chaussée. J'espère que cela cadre avec vos idées sur la bienséance ?

— Absolument. Et, au nom de notre nouvelle coopération, je m'efforcerai de recevoir vos compliments avec grâce.

— Et vous sourirez plus souvent ?

— Oui, je suis d'accord pour cela aussi. Vous êtes satisfait, maintenant ?

— Satisfait ?

Il posa les yeux sur elle, et remarqua pour la première fois que ses lèvres étaient rondes et paraissaient très douces.

— Non, je ne suis pas satisfait du tout.

C'était le genre de sous-entendus qu'il était inutile d'employer avec elle. Il comprit à son air éberlué qu'elle ne savait pas du tout ce qu'il voulait dire. C'était sans doute mieux ainsi. L'embrasser n'aurait pas été une bonne idée. Une vague de désir l'envahit tout de même. Non, ce n'était *pas* une bonne idée, se répéta-t-il.

— Voulez-vous faire ces corrections maintenant ?

— Quelles corrections ?

Elle désigna le porte-documents qu'il tenait à la main.

— Je croyais que vous étiez venu pour ça ?

— Bien sûr. Oui, dit-il en faisant un effort pour se ressaisir. C'est exact.

— Très bien. Descendez dans le salon, je vous rejoins tout de suite.

— Nous pourrions rester ici, suggéra-t-il avec un sourire coquin. Nous mettrions un peu d'animation dans la vie de vos voisins. Ils tiendraient enfin un sensationnel sujet de commérages.

Elle ne parut pas trouver cette suggestion aussi fascinante que lui.

— S'ils parlent de quelque chose de sensationnel, ce ne sera pas de moi, rétorqua-t-elle en ouvrant la porte. Allez-y, chuchota-t-elle comme il ne bougeait pas. Faites attention, personne ne doit vous voir.

Il la contempla en feignant la tristesse.

— Vous n'avez pas l'esprit d'aventure, mademoiselle Dove, murmura-t-il en secouant la tête. Pas du tout.

Harry descendit l'escalier à pas de loup. Il avait l'impression de jouer le rôle du méchant dans une pièce comique. Mais, de fait, il était inutile de se cacher. Il ne croisa personne jusqu'au salon. La maison était vide, et aussi silencieuse qu'un tombeau.

Il prit place dans un canapé de crin terriblement inconfortable, mais il n'eut pas à attendre longtemps. Mlle Dove entra quelques minutes plus tard.

— Quelles corrections envisagiez-vous ? s'enquit-elle en s'asseyant à côté de lui.

Il lui tendit les feuilles tapées à la machine qu'elle lui avait envoyées trois jours plus tôt, et qu'il avait annotées. Elle leur jeta un coup d'œil, et releva aussitôt la tête pour le regarder.

— Vous étiez sérieux, dit-elle en désignant un point d'interrogation dans la marge de la première page. Vous ne vouliez pas me taquiner.

— Eh bien, j'avoue que je ne suis pas au courant de ce que les jeunes filles sont autorisées à manger, mais pourquoi les ailes ? Pourquoi ne peuvent-elles pas manger les autres morceaux du poulet ?

— Parce que les ailes sont les seuls morceaux qui n'ont pas d'équivalent chez les humains.

— Quoi ?

Il prit un instant pour absorber l'explication, et répondit :

— C'est vous qui me taquinez, mademoiselle Dove. Une jeune fille ne peut pas manger de cuisse de poulet parce que les êtres humains ont des cuisses ?

Les joues d'Emma se teintèrent de rose.

— Je sais que cela peut paraître un peu pointilleux, mais...

— Pointilleux ? répéta-t-il en riant. C'est absurde.

— Je me doute que c'est ce que vous pensez, dit-elle en lui lançant un regard de reproche. Mais c'est une question de délicatesse.

— Mais si c'est ainsi, pourquoi les jeunes filles ne peuvent-elles pas manger de cailles ? Une aile de caille est très délicate. Elle contient juste assez de viande pour nourrir deux fourmis en pique-nique.

— Exactement. C'est pourquoi les cailles sont servies *entières*. Et comme les jeunes filles ne peuvent manger les cuisses, ou le blanc qui correspond à... à...

— À la poitrine ? suggéra-t-il, amusé.

Emma croisa les bras.

— Le fait est que comme les cailles sont servies entières, les jeunes filles ne doivent pas en manger dans les réceptions.

— À ce que je vois, elles ne mangent d'ailleurs pas grand-chose.

Il se rapprocha un peu d'elle pour regarder la première page qu'elle tenait à la main.

— Pas de pluviers, pas de pigeons, pas de bécasses. Pas d'huîtres, ni de moules, ni de clams ou de homards. Pas d'artichauts, pas de canapés, pas de fromage.

Il s'interrompit pour reprendre haleine, et continua :

— Rien de trop riche ni de trop épicé. Et jamais plus d'un verre de vin. Ai-je oublié une de ces interdictions gnangnan ?

— J'aimerais que vous soyez sérieux quand nous travaillons, fit-elle remarquer en soupirant.

— Je suis très sérieux. Maintenant que j'ai lu cela, je comprends pourquoi les femmes ont la taille si fine et s'évanouissent à tout bout de champ. Je pensais que c'était à cause des corsets, mais non. En réalité, vous avez tout le temps *faim*.

Mlle Dove pinça les lèvres, mais il eut le temps d'apercevoir le sourire qu'elle cherchait à réprimer.

— Je ne me suis jamais évanouie de ma vie.

— Peut-être, mais vous devez reconnaître que je marque un point. La vie est trop courte pour vivre affamé.

— Ce n'est pas le cas. Ces règles sont réservées aux dîners mondains, et ne sont observées que par les jeunes filles non encore mariées.

— Ce qui explique pourquoi elles veulent toutes se marier à tout prix. Si je devais me nourrir de pudding et d'ailes de poulet, moi aussi je voudrais me marier !

Pour le coup, Emma éclata de rire.

— Vraiment, monsieur, je ne sais pas pourquoi vous êtes aussi surpris. Vous avez assisté à un grand nombre de dîners. Quand vous découpez un poulet, vous savez que vous devez présenter les ailes aux jeunes filles, non ?

— Personne ne me demande jamais de découper la viande à table. Je coupe le bœuf en tranches trop épaisses, et je me contente de partager le poulet en quatre.

— Vous voulez seulement donner beaucoup de viande aux jeunes filles afin d'éviter qu'elles n'expirent avant le dessert.

Harry se redressa en la dévisageant.

— Mademoiselle Dove, vous venez de faire une plaisanterie !

— Elle ne devait pas être très bonne, car vous n'avez pas ri.

— Elle était affreuse, concéda-t-il. Mais cela prouve au moins une chose. C'est que vous aviez tort et que j'avais raison.

— De quoi voulez-vous parler ?

136

— Vous disiez que nous ne pourrions jamais travailler ensemble sur un pied d'égalité. Que nous ne pourrions pas nous entendre. Cette conversation prouve que vous aviez tort. Je pense…

Il s'interrompit et se pencha vers elle, les yeux fixés sur ses lèvres.

— Je pense que nous nous entendons merveilleusement bien, mademoiselle Dove.

Elle entrouvrit les lèvres, baissa les paupières, et il se dit qu'ils allaient s'entendre aussi bien que cela était possible entre un homme et une femme. Mais elle s'écarta, et son espoir s'envola.

Emma secoua les papiers qu'elle tenait à la main, et s'éclaircit la gorge.

— Maintenant que j'ai satisfait votre curiosité à propos des ailes de poulet, remettons-nous au travail, monsieur.

Harry s'efforça de se concentrer sur sa tâche. Il lui exposa les petits défauts qu'il avait remarqués dans sa façon d'écrire, notamment sa tendance à ajouter trop de détails. Il discuta avec elle de certains paragraphes qu'il avait barrés, ou de corrections qu'elle jugeait trop lourdes.

Malgré tout, elle parut prendre ses critiques assez bien, sans doute parce que la conversation sur les ailes de poulet avait brisé la glace. Ils finirent en se mettant d'accord sur le fait qu'elle devrait inclure un article destiné aux hommes dans chaque parution, et elle promit d'en écrire un pour mercredi, date de leur prochain rendez-vous. Elle lui fit part alors de ses idées pour les éditions suivantes.

Harry essaya de se concentrer sur son travail. Il fit un réel effort. Mais très vite son attention s'évada, captivée par un sujet plus intéressant que les déjeuners et les salons. Tandis qu'elle continuait son exposé sur les plats de pique-niques, il contemplait ses lèvres et imaginait ce qu'il éprouverait s'il l'embrassait. Lorsqu'elle cessa de parler, il en était à sa trentième rêverie sur le sujet.

Le silence le sortit de ses pensées sensuelles. Il tressaillit d'un air coupable et constata qu'elle le regardait intensément, attendant qu'il exprime son opinion.

— C'est très judicieux, déclara-t-il bien qu'il n'ait pas retenu un seul mot de ce qu'elle avait dit. Je suis d'accord.

Elle lui adressa un grand sourire, et il en fut soulagé. Mais il ne fallait plus qu'il se laisse distraire de cette façon. S'ils devaient travailler ensemble, il ne pouvait pas se permettre de nourrir des fantasmes sur elle. Mais, alors qu'il se rappelait la finesse de sa taille, son parfum de talc et de coton frais, il se demanda pourquoi il n'avait encore jamais remarqué son sourire.

Chasser ces pensées lascives de son esprit serait aussi compliqué que de remettre dans leur boîte les tourments libérés par Pandore. La tâche serait difficile. Très difficile.

Emma estima que leur discussion de l'après-midi s'était bien déroulée. Étonnant, après la façon dont les choses avaient débuté.

Allongée dans son lit, les yeux rivés au plafond, elle entendait à peine le ronronnement de Monsieur Pigeon, ou les bruits de circulation qui montaient de la rue. Ses pensées étaient entièrement occupées par lord Marlowe et ce qui s'était passé dans la journée.

Il l'avait touchée. Une telle chose ne s'était encore jamais produite. Ses intentions étaient chevaleresques, bien entendu. Il voulait l'aider à descendre de l'échelle, mais il n'était pas allé jusqu'au bout. Il avait laissé ses mains glisser sur ses hanches, et l'avait maintenue ainsi.

Les avertissements de tante Lydia, sur les hommes et leur instinct animal, revinrent la hanter. Emma savait qu'elle aurait dû lui donner une tape sur les mains, et lui dire ce qu'elle pensait de ce comportement indigne d'un gentleman. Mais, au lieu de cela, elle était restée là avec ses mains sur ses hanches, le bout de ses doigts lui caressant le dos, trop choquée pour faire un geste. Une espèce de tension bizarre s'était répandue dans son corps, une impression de chaleur qu'elle n'avait encore jamais éprouvée de sa vie.

Aucun homme ne l'avait touchée. Du moins, pas comme Marlowe l'avait fait aujourd'hui.

Elle pensa à M. Parker, le seul homme avec qui elle avait eu un peu de familiarité. Pendant leurs conversations dans l'élégante petite maison de tante Lydia, ils se tenaient sur des chaises éloignées l'une de l'autre. Quand ils se promenaient dans le parc à Red Lion Square, et qu'il lui expliquait qu'il voulait devenir avocat, ils marchaient côte à côte et leurs doigts ne s'effleuraient même pas. Ils avaient dansé la valse de manière irréprochable, leurs corps séparés par une distance réglementaire. Et tante Lydia s'était toujours trouvée dans les parages, veillant sur la vertu et la réputation d'Emma, prête à intervenir au cas où le jeune M. Parker aurait eu un geste déplacé envers sa nièce.

Il n'en avait jamais eu. Une poignée de main, un baiser sur le bout des doigts, une main posée délicatement sur sa taille pendant une valse. Rien de plus.

Il n'avait jamais posé les paumes sur ses hanches. Il ne lui avait pas caressé les reins du bout des pouces en petits cercles, provoquant une sensation douce et troublante.

Emma ferma les yeux et posa les mains à l'endroit où Marlowe l'avait touchée. Presque malgré elle, ses paumes glissèrent sur ses hanches et elle éprouva de nouveau cette chaleur dans son corps. Elle retira vivement ses doigts.

Marlowe avait fait exactement le genre de choses contre lesquelles tante Lydia l'avait toujours mise en garde. Le genre de choses qu'aucune dame bien élevée ne devait autoriser, et à cause desquelles elle avait toujours maintenu une distance et une attitude impersonnelle envers son séduisant patron. Les gentlemen étant ce qu'ils étaient, comme disait tante Lydia, c'était aux femmes de veiller scrupuleusement à ce qu'ils ne dépassent pas les limites de la bienséance.

Mais il m'a touchée, tante Lydia. Il m'a touchée...

Et elle avait eu grand tort de le laisser faire.

Emma s'assit dans le lit, entoura ses genoux de ses bras et enveloppa ses pieds dans sa chemise de nuit de coton. En proie à un mélange de honte et de culpabilité, elle plaça le front sur ses genoux, incapable de réprimer un frisson d'excitation. Bien que ce contact ait été fort bref et inconvenant, maintenant elle savait quel effet la caresse d'un homme faisait à une femme.

Cela ne devait jamais se reproduire.

Emma se renversa contre l'oreiller en soupirant. Peut-être se tourmentait-elle pour rien. Forte de cette pensée, elle s'efforça d'adopter une attitude résolument optimiste. Marlowe s'était sans doute rendu compte, comme elle, que son geste n'était pas convenable. À l'avenir, il se comporterait avec plus de correction. Après tout, lorsqu'ils s'étaient retrouvés dans le salon, tout s'était arrangé. Pendant le reste de l'après-midi, son attitude avait été celle d'un gentleman.

Contrairement à ce qu'il avait annoncé, elle n'avait pas estimé que ses critiques étaient cruelles. Et il avait écouté ses suggestions avec une attention qu'elle ne l'avait encore jamais vu déployer. Elle s'était un peu attardée sur les menus de pique-niques, mais malgré cela il n'avait pas manifesté d'impatience ou d'ennui. Excepté quelques murmures d'assentiment et hochements de tête, il avait gardé le silence la plupart du temps, l'écoutant avec une grande politesse.

Peut-être l'avait-elle jugé trop durement et n'était-il pas aussi dissolu et hypocrite qu'elle le croyait. Cependant, les gentlemen étant ce qu'ils étaient, c'était à elle de veiller à ce que l'épisode de l'échelle ne se répète pas.

9

« Pandore est une créature très peu coopérative.
C'est une femme, naturellement. »
Lord Marlowe, *Le Guide du célibataire*, 1893

Le mercredi suivant, lorsqu'ils se retrouvèrent
pour leur rendez-vous, Mlle Dove s'était parée de
son aura habituelle de froideur et d'efficacité. C'était
sûrement très sage de sa part, et plus raisonnable
pour eux deux, toutefois Harry ne put s'empêcher
d'être un peu déçu. Il avait envie de mieux connaître
l'autre Mlle Dove, celle dont le sourire pouvait illu-
miner la pièce où elle se trouvait. Celle qui jurait
quand elle se croyait seule. Celle qui ne l'avait pas
giflé quand il lui avait caressé les hanches.

Un messager lui avait apporté son travail corrigé
la veille, et il approuvait tous les changements qu'elle
avait opérés. Seul l'article pour les hommes, qu'elle
avait ajouté à sa demande, avait requis d'importantes
corrections, car de toute évidence Mlle Dove n'avait
jamais eu besoin d'engager un valet de chambre.
Mais elle n'avait opposé aucune objection aux modifications qu'il avait faites.

Aujourd'hui, elle était redevenue la Mlle Dove qu'il
avait toujours connue. Toutefois elle avait quelque
chose d'un peu différent, ces derniers temps. La
femme qui avait été sa secrétaire ne serait jamais

sortie de ses gonds. Elle ne lui aurait pas lancé des reproches au visage, et n'aurait pas marchandé âprement à propos du pourcentage d'un contrat. Mlle Dove avait changé. Il ne savait pas très bien comment cela s'était produit, mais le résultat, c'était qu'elle éveillait plus que jamais sa curiosité.

Son succès lui avait peut-être donné une assurance qu'elle ne possédait pas auparavant. À moins que sa nouvelle position n'exigeât qu'il lui accorde une considération qu'il n'avait encore jamais songé à lui donner. Le regard de Harry se posa sur le plastron empesé de son chemisier. Ou peut-être était-ce parce qu'il ne pouvait cesser de l'imaginer nue...

— Ces documents seront prêts à être imprimés dès demain, promit-elle, interrompant ses réflexions.

— Comment savez-vous autant de choses? s'enquit-il avec curiosité. Je veux dire sur la vaisselle, les ronds de serviette, et tout ce qui se fait? Et où trouvez-vous toutes ces idées?

— Avant son mariage, ma tante Lydia était gouvernante, et elle était très pointilleuse sur les bonnes manières. C'est comme ça que j'ai appris « ce qui se fait », comme vous dites. J'ai vécu avec elle à partir de quinze ans.

— Et votre mère?

— Elle est morte quand j'avais huit ans. J'ai très peu de souvenirs d'elle.

Le regard de Mlle Dove se perdit dans le vague.

— Elle me disait toujours de ne pas jouer dans la boue, murmura-t-elle. Je me souviens de cela.

— Vous n'aviez pas le droit de jouer dans la boue? Et pourquoi?

— Mon père n'aimait pas que je salisse mes vêtements. Il était militaire et avait des principes rigides, voyez-vous.

Non, Harry ne voyait pas. En revanche, il commençait à avoir une idée assez claire de ce qu'avait été l'enfance de Mlle Dove. Manifestement, celle-ci n'avait pas été drôle.

— Donc, vous êtes partie vivre chez votre tante à l'âge de quinze ans. Était-elle mariée ?

— Elle était veuve alors, et elle vivait à Londres. À quelques pâtés de maisons d'ici, d'ailleurs. À la mort de mon père, je suis venue vivre avec elle.

— Votre tante n'avait pas pensé à vivre avec votre père et vous, avant la mort de celui-ci ? demanda Harry.

Les traits de la jeune femme se figèrent dans une expression étrange. Comme un masque. Harry éprouva un sentiment de malaise qu'il n'aurait su expliquer.

— Non, répondit-elle au bout d'un moment. Mon père… mon père n'aimait pas ma tante. C'était la sœur de ma mère.

Harry devina que la tante d'Emma ne devait pas non plus apprécier son beau-frère. Quelque chose n'allait pas dans cette histoire.

— Mais, après la disparition de votre mère, n'aurait-il pas mieux valu pour vous d'aller vivre tout de suite chez votre tante ?

— Non. Du moins, précisa-t-elle avec un sourire forcé, ce n'était pas l'avis de mon père. Comme je vous l'ai dit, ils ne s'entendaient pas. Mais, pour répondre à votre question sur la vaisselle, les ronds de serviette et le reste…

Elle marqua une pause pour réfléchir, et finit par avouer :

— Je ne sais pas où je trouve ces idées. Elles me viennent spontanément. Je lis beaucoup. Je fais de longues promenades, j'observe, et je note les choses qui m'intéressent. Je parle avec beaucoup de gens… des mères de famille, des marchands, des artisans. Et naturellement, j'adore aller dans les boutiques. Aujourd'hui par exemple, je pense explorer les environs de Covent Garden. En fait… ajouta-t-elle en jetant un coup d'œil à la montre épinglée à sa veste beige, si nous avons fini, je dois y aller. Il est presque onze heures.

Elle rangea les documents à corriger dans sa sacoche et se leva. Harry l'imita.

— J'aimerais vous accompagner, s'entendit-il proposer.

Emma marqua une pause et le regarda d'un air de doute.

— Vous voulez venir avec moi ? Vous ?

— Je sais que cela vous fait un choc, répliqua-t-il en riant.

— C'est le moins qu'on puisse dire. Vous détestez aller dans les boutiques.

— Et vous adorez cela. C'est précisément pour cette raison que je vous ai toujours chargée de faire mes courses. Vous êtes bien plus douée que moi pour choisir les cadeaux. Vous trouvez toujours exactement ce qu'il faut.

— Eh bien, je vous remercie. J'éprouve beaucoup de plaisir à savoir que le cadeau que j'ai choisi a été apprécié par la personne à laquelle il était destiné.

— Puisque c'est si drôle, pourquoi ne vous chargeriez-vous pas encore de cette tâche pour moi ?

— Il n'en est pas question.

Harry soupira.

— Vous n'avez pas de cœur. Pensez à mes pauvres sœurs.

Cette supplique demeura sans effet.

— Je ne sais pas choisir les cadeaux, mademoiselle Dove, dit-il en la suivant vers la porte. Vous ne pouvez avoir idée de ce que je ressens quand, deux jours avant Noël, je ne sais toujours pas ce que je vais acheter.

— C'est bien fait pour vous, vous n'avez qu'à y penser plus tôt.

— Peut-être. Mais je redoute déjà de devoir affronter Noël sans vous.

— C'est pourtant simple. Il suffit de faire attention à ce que les gens vous disent. Et bien sûr, il faut se rendre dans les magasins.

Harry poussa un grognement, et cela la fit rire.

— Considérez cette sortie avec moi comme un entraînement, proposa-t-elle.

— Oh, très bien. Je vais m'efforcer de faire des progrès en vous regardant.

Ils partirent donc pour le marché de Covent Garden, et pendant les deux heures suivantes il fit un peu mieux connaissance avec elle. Il découvrit qu'elle savait écouter, et qu'elle avait un talent inné pour interroger les gens et leur soutirer des informations. La femme d'un boucher lui révéla où acheter les meilleures moutardes. La marchande de quatre-saisons lui donna une recette de petits pâtés feuilletés. Le policier qui se tenait au carrefour de Maiden Lane et de Bedford Street lui dit quelles rues étaient tranquilles et lesquelles étaient dangereuses. Elle ne demandait qu'à apprendre sur tous les sujets possibles, écoutait avec grande attention ce qu'on lui disait, et notait ce qu'elle avait appris dans un petit carnet. Rien d'étonnant à ce qu'elle sache où acheter les meilleures bottes de cuir et comment faire de petits animaux en papier. Elle avait compris une vérité profonde sur la nature humaine : les gens se sentent importants lorsqu'ils peuvent partager leurs connaissances.

Harry demeurait en retrait et parfois, quand elle s'absorbait dans une conversation avec quelqu'un d'autre, elle semblait oublier sa présence. Il en profitait pour l'observer. Mais il n'y avait aucune chance qu'il puisse de nouveau apercevoir sa silhouette dans les rayons du soleil. Pas aujourd'hui.

Elle était couverte des pieds à la tête par un costume de drap beige dont la veste était boutonnée très haut, ne laissant voir que le col empesé de sa chemise blanche et le ruban vert noué autour de son cou. Les énormes manches ballon et les basques de sa veste élargissaient ses hanches et ses épaules. Un chapeau de paille couvert d'une multitude de rubans verts et de plumes ivoire l'empêchait de distinguer les reflets roux de ses cheveux. Et le large bord du chapeau dérobait à sa vue ses yeux noisette.

Néanmoins, tandis qu'ils déambulaient entre les étals de fruits et de légumes de Covent Garden, il se consola avec ce qui demeurait visible : la peau fine et douce de ses joues, la ligne délicate de son nez, ses jolies taches de rousseur. Il se demanda combien elle avait de taches de rousseur qu'il ne pouvait pas voir. Et combien de temps il lui faudrait pour toutes les embrasser.

Chaque fois que ses pensées l'entraînaient dans cette direction, il tentait de les ramener sur un terrain plus neutre. Mais ce n'était pas facile. Il revoyait sans cesse sa silhouette perchée sur l'échelle, la courbe de ses seins, la finesse de sa taille. Il imaginait de longues jambes sveltes, des baisers brûlants. En d'autres termes, les tourments libérés par Pandore n'étaient pas près de regagner leur boîte.

Il décida qu'un brin de conversation était de circonstance.

— Mademoiselle Dove, je commence à comprendre comment vous avez appris tant de choses, déclara-t-il alors qu'ils longeaient un stand chargé des premiers fruits de l'été. Vous savez écouter et faire parler les gens.

Il fut récompensé par un sourire.

— Merci. Ce serait plus facile, bien sûr, si je pouvais leur dire que je suis Mme Bartleby. Les gens seraient plus attentifs. Mais, comme nous avons décidé de garder le secret sur son identité, je dois me contenter d'être sa secrétaire.

— Oui, j'ai remarqué que c'était ainsi que vous vous présentiez. Et, en tant que secrétaire, vous pouvez leur passer la pommade.

— Je ne fais rien de tel, rétorqua-t-elle en faisant la moue.

— Oh, mais si ! Vous le faites avec tout le monde. Enfin, tout le monde sauf moi.

À sa grande surprise, elle s'arrêta. Il fit de même.

— Je suis désolée pour ce que je vous ai dit ce jour-là, déclara-t-elle. Je ne sais pas ce qui m'a pris, de parler avec un tel manque de tact.

— Vous avez raison d'être désolée, répondit-il d'un air faussement sévère. Ce n'était pas flatteur pour moi. Vous êtes difficile à impressionner, mademoiselle Dove.

— Vraiment ?

Elle prit une prune dans un panier et l'examina.

— Quelle importance ? Vous disiez que ce que les autres pensent de nous importe peu, lui rappela-t-elle en reposant la prune pour en choisir une autre. Alors, pourquoi voulez-vous m'impressionner ?

Désarmé par la question, il la regarda fixement. Aucune réponse spirituelle ne lui vint à l'esprit.

— Ce n'est pas si simple, n'est-ce pas ? murmura-t-elle tandis qu'un sourire se dessinait sur ses lèvres. Parfois, ce que les autres pensent de nous a de l'importance, même si cela ne devrait pas. C'est pourquoi les jeunes filles mangent des ailes de poulet, et pourquoi je fais attention à l'opinion de ma logeuse. Parce que je sais qu'il est important d'avoir une conduite correcte. C'est pour cela que les gens lisent les conseils de Mme Bartleby.

— Vous utilisez mes propres mots contre moi !

Elle croisa son regard.

— Le fait est que nous accordons tous de l'importance, à différents degrés, à ce que les autres pensent de nous.

— Pas moi, protesta-t-il. Du moins, je me moque de ce que pensent la plupart des gens. Mais vous et moi... nous sommes amis.

C'était un mensonge. Il ne voulait pas être son ami. Il voulait l'embrasser, et c'était pour cela qu'il se souciait de connaître son opinion sur lui.

— Alors maintenant, nous sommes amis ? répéta-t-elle, amusée.

— Oui, sauf que vous ne m'aimez pas. Mais j'ai décidé d'ignorer ce détail.

Elle se mit à rire.

— Au nom de l'amitié ?

— Exactement.

Elle reposa la prune dans le panier, en prit une autre qu'elle lâcha aussitôt.

— Ces prunes sont affreuses. Et à quel prix !

— Une douzaine pour six pence ? Cela me paraît raisonnable.

— C'est exorbitant. En cette saison, elles ne devraient pas coûter plus d'un penny les trois.

— Vous êtes radine, mademoiselle Dove.

Elle fronça les sourcils.

— Je suis économe, rectifia-t-elle.

— Si vous voulez, c'est pareil.

— Et de toute façon, je n'aime pas vraiment les prunes. La peau est trop âpre. Oh, il me tarde d'être en août ! Il y aura des pêches. J'adore les pêches, pas vous ?

Elle ferma les yeux et passa le bout de la langue sur ses lèvres.

— Des pêches bien mûres, douces et juteuses…

Des images érotiques surgirent dans l'esprit de Harry. Il imagina des pêches, et une Mlle Dove complètement dénudée. Le désir déferla dans son corps, ses sens s'enflammèrent.

— Monsieur, vous vous sentez bien ?

— Quoi ?

Harry secoua la tête dans un effort pour recouvrer l'équilibre. L'objet de ses pensées sensuelles le regardait avec inquiétude.

— Vous avez un air bizarre. Vous êtes malade ?

— Malade ? Non, je me sens très bien. Vraiment très bien.

Elle acquiesça, et reporta son attention sur les fruits exposés. Harry desserra le col de sa chemise, exaspéré par sa propre réaction. Que lui arrivait-il ? Il n'avait plus treize ans, bon sang ! Il devrait savoir se contrôler. Il n'était pas le genre d'homme à se laisser troubler par l'opinion d'une femme, ou à laisser des images érotiques s'insinuer dans des discussions d'affaires. De toute façon, il n'aimait pas les femmes vertueuses. Cette soudaine attirance pour Mlle Dove était inexplicable. Et tout à fait inopportune.

Bien que la situation ait changé, elle travaillait toujours pour lui. Et le mur qui se dressait entre eux ne s'était pas effondré. Il fallait donc en rester là. Il était un gentleman, et les gentlemen n'abusaient pas des femmes qu'ils employaient. Surtout lorsqu'elles étaient vierges et innocentes. Il devait cesser d'avoir des pensées érotiques concernant Mlle Dove. Tout simplement.

Elle avança le long de l'étal de fruits et il la rattrapa.

— Vous avez fini, ici ?

Elle secoua la tête et brandit un petit panier de bois.

— J'avais envie d'acheter quelques fraises.

Avec un soupir de détresse, Harry abandonna la lutte. Après tout, il n'y avait pas de mal à *imaginer* des choses sur elle. Du moment qu'il savait qu'il ne devait pas passer à l'acte.

Marlowe avait un comportement très étrange, songea Emma. Assis face à face sur une pelouse des Victoria Embankment Gardens, ils faisaient un pique-nique improvisé avec de la viande froide, du pain, du beurre et des fraises.

Il avait eu une drôle d'expression quand elle avait parlé de pêches. Un regard trouble, un peu hagard, comme s'il venait de pénétrer dans un univers connu de lui seul. Elle ne s'expliquait pas son attitude.

Et puis, il y avait la façon dont il regardait sa bouche.

Comme en ce moment, par exemple.

Emma porta une fraise à ses lèvres, et interrompit son geste, intriguée.

— Pourquoi faites-vous cela ?

— Quoi donc ?

— Vous me regardez fixement. C'est déroutant.

— Vraiment ?

Au lieu de détourner les yeux, il se renversa en arrière en s'appuyant sur les coudes, et pencha la tête de côté. Un sourire se forma sur ses lèvres.

— J'ai l'impression d'avoir quelque chose sur le visage, insista-t-elle. Et pourquoi souriez-vous comme ça ? J'ai dit quelque chose d'amusant ?

— Vous n'avez rien sur le visage, et je suis désolé de vous avoir regardée ainsi. J'essaye simplement de mieux vous comprendre en vous observant. Dans ce nouvel d'esprit d'égalité entre nous, vous comprenez ?

Bien qu'il continuât de sourire, il semblait sincère. Rassérénée, elle décida de faire un effort de conciliation.

— En dépit de ce que vous pouvez croire, il y a certaines choses que j'admire chez vous.

Elle marqua une pause, et il l'encouragea :

— Allez-y, je vous en prie. Il faut que vous me disiez quelles sont mes admirables qualités.

— Eh bien, pour commencer, vous avez un sens aigu des affaires.

Harry se redressa, prit une fraise, et lança à Emma un regard penaud.

— Pas infaillible, si l'on en juge par le succès de Mme Bartleby.

— Tout le monde peut faire une erreur de jugement. Et puis, j'ai fini par accepter que ce que j'écris n'est pas votre tasse de thé. D'autre part, vous aviez raison quand vous disiez que ma popularité peut n'être qu'éphémère. Votre succès, en revanche, dure depuis longtemps, et je vous admire pour cela. J'ai un grand respect pour votre perspicacité.

Ce disant, elle mangea une fraise, et en choisit une autre dans le panier. Marlowe lui lança un coup d'œil soupçonneux.

— C'est tout ? Vous respectez ma perspicacité ?

Emma le dévisagea avec perplexité.

— À quoi vous attendiez-vous ?

— Certainement pas à cela ! Je suis content de savoir que j'ai votre respect, néanmoins ce n'est pas très flatteur d'entendre une femme faire ce genre de compliment.

Elle le considéra d'un air de doute, en mangeant sa fraise.

— Vous voudriez que je vous flatte ?

Il marqua une pause, comme s'il réfléchissait, puis hocha résolument la tête.

— Oui, dit-il en souriant. Après la longue liste de défauts que vous avez énumérés, ma fierté masculine est blessée. J'ai besoin qu'on me passe de la pommade.

Quel culot ! songea-t-elle en croisant les bras et en réprimant un rire.

— La flatterie vous rendra encore plus vaniteux.

— Pas si vous êtes là pour me maintenir sur la voie de l'humilité.

Il se rapprocha d'elle, et continua :

— Je sais, vous avez dit que vous ne m'aimiez pas, mais vous ne pouvez pas croire que je suis complètement mauvais. Il y a forcément chez moi quelque chose qui vous plaît en dehors de mon sens des affaires, Emmaline.

— Je ne vous ai pas autorisé à m'appeler par mon prénom ! De plus, ajouta-t-elle en faisant la moue, je déteste qu'on m'appelle Emmaline.

— Dans ce cas, puis-je vous appeler Emma ? C'est ainsi que vous appellent vos amis ?

— Oui, puisque vous voulez le savoir. Mais je ne comprends pas pourquoi vous parlez toujours d'amitié. Nous ne pouvons pas être amis.

— Pourquoi ?

Emma eut un petit reniflement hautain.

— Comme disait ma tante Lydia, un gentleman ne peut pas être un ami de confiance pour une dame.

— Votre tante était perspicace, fit-il remarquer en riant.

Il étendit ses longues jambes à côté des siennes. Ils étaient si proches qu'ils se touchaient presque. Ce n'était pas convenable. Emma ouvrit la bouche pour en faire la remarque, mais à ce moment les genoux de Harry effleurèrent les siens et elle ne put articuler un mot.

— Vous ne m'avez toujours pas dit ce que vous aimez chez moi, murmura-t-il en se penchant vers elle.

Elle perçut le parfum masculin de son savon au bois de santal, et distingua le bleu profond de ses iris. Il posa une main entre la jambe d'Emma et la sienne, et s'accouda dans l'herbe. Son poignet effleura la cuisse de la jeune femme.

— Allons, Emma, je vous en prie. Flattez-moi.

Une vague de chaleur se répandit en elle, et ses joues s'enflammèrent. De fait, c'était elle qui se sentait flattée, car il la regardait de telle façon qu'elle avait l'impression de fondre comme du beurre au soleil. Elle s'agita un peu, nerveuse, troublée par le contact de son poignet sur sa jambe.

Le sourire de Harry s'élargit. Il dut percevoir son trouble, toutefois il ne s'écarta pas, et elle comprit qu'il ne le ferait pas tant qu'elle ne lui aurait pas donné ce qu'il attendait.

Elle lui envia plus que jamais son bagou et son aisance. La gorge nouée, elle croisa son regard bleu et pétillant. Son sourire enjôleur lui coupa le souffle. Son pouls s'accéléra, et elle comprit enfin pourquoi il faisait tourner la tête aux femmes.

— Vous êtes bel homme.

Il s'écarta légèrement et la considéra d'un air de doute tout en regardant autour de lui, comme s'il n'était pas certain que c'était à lui qu'elle s'adressait.

Constatant que le compliment lui était effectivement destiné, il la fixa avec une expression sceptique.

— Vous me trouvez beau ? Vraiment ?

— Oui, admit-elle. Et très charmant, quand vous le voulez.

Harry se pencha de nouveau vers elle, et son front toucha presque le bord de son chapeau de paille.

— J'aimerais beaucoup vous embrasser. Bon sang, si nous nous trouvions dans un lieu plus protégé, je le ferais.

Le cœur d'Emma battait à tout rompre.

— Quelle abominable prétention ! s'exclama-t-elle, le souffle court. Vous croyez que je vous laisserais faire ?

Le misérable ne parut pas découragé le moins du monde. Son sourire se fit encore plus coquin.

— Dois-je prendre cela comme un défi, Emma ? Vous me mettez au défi de vous embrasser ?

Parcourue par un frisson d'excitation, elle mit quelques secondes à recouvrer son sang-froid.

— Vous dites n'importe quoi, déclara-t-elle en ramassant sa sacoche et en se levant. Maintenant que je vous ai amplement flatté – ce qui n'est jamais bon pour un homme –, nous ferions mieux de partir. J'ai des articles à écrire pour la prochaine édition du journal.

Elle fit un pas de côté, rétablissant entre eux une distance convenable. Mais, alors qu'elle balayait d'un revers de main les miettes de pain accrochées à sa jupe, il murmura quelques mots indistincts.

— Emma, je ne recule jamais devant un défi, crut-elle entendre.

Elle aurait dû lui faire comprendre qu'elle n'avait rien dit de tel, mais elle garda le silence. Toutefois, elle était consciente que tante Lydia aurait été terriblement déçue par son comportement.

10

« Comme elle n'a pas de chaperon pour veiller
sur elle, la jeune femme célibataire doit observer
les principes de bienséance les plus stricts,
afin d'éviter que les gentlemen ne lui fassent
des avances déplacées. »
Mme Bartleby, *Conseils aux jeunes filles*, 1893

La machine à écrire tapa un mot, puis un autre,
puis encore deux. Emma s'arrêta, en proie au vague
sentiment que quelque chose n'allait pas. Les yeux
fixés sur la feuille de papier, elle lut à haute voix les
derniers mots qu'elle avait écrits.

— « Par conséquent, quand une dame a envie
d'être embrassée... »

Avec un grognement exaspéré, elle se pencha et
posa le front sur la machine à écrire en serrant les
dents. « Des gants en chevreau », voilà ce qu'elle voulait taper. C'était la cinquième fois qu'elle se trompait. Mais que lui arrivait-il donc, aujourd'hui ?

Emma connaissait très bien la réponse à cette
question. Son regard s'égara vers la fenêtre et elle se
revit assise dans les jardins de Victoria Embankment, face à des yeux bleus pétillants de malice.

— *J'aimerais beaucoup vous embrasser.*

Depuis deux jours, la pensée de cet homme la
détournait de son travail. Elle avait beau essayer,

elle ne pouvait le chasser de son esprit. C'était exaspérant.

Mais elle avait des délais à respecter, et ce n'était pas le moment de bayer aux corneilles. Elle sortit donc le feuillet de la machine et le jeta de côté, sur un tas de feuilles remplies d'erreurs. Elle était sur le point de prendre une nouvelle feuille, mais sans raison apparente elle interrompit son geste et s'accouda au bureau, le menton dans la main, les yeux clos.

— *Allons, Emma. Flattez-moi.*

Cette fameuse vague de chaleur la submergea de nouveau, aussi délicieuse que deux jours auparavant. Elle le revit, avec son regard sceptique et un peu moqueur, se comportant comme s'il ne la croyait pas, comme si ses compliments le surprenaient, alors qu'il était parfaitement conscient du pouvoir de son charme.

Mais vraiment, comment faisait-il ? Elle se redressa sur sa chaise. Comment parvenait-il à donner un sens aussi coquin à des paroles parfaitement banales ? Voilà un talent qui pouvait se révéler fort dangereux pour une femme.

— *C'est un défi, Emma ? Vous me mettez au défi de vous embrasser ?*

Cet homme était infernal. Le mettre au défi de l'embrasser ! Et puis quoi, encore ? Il ne lui plaisait même pas. Après s'être remémoré avec sévérité toutes les raisons pour lesquelles elle ne l'aimait pas beaucoup, elle pressa les doigts contre ses lèvres en imaginant qu'il posait la bouche sur la sienne.

La pendule de la cheminée se mit à carillonner, et Emma s'extirpa de sa rêverie en tressaillant. Elle adressa à la pendule un regard coupable, et fut sidérée quand elle s'aperçut qu'il était déjà deux heures et demie. Qu'avait-elle fait de sa journée ? Elle avait rendez-vous dans une demi-heure.

Elle bondit sur ses pieds et courut vers la chambre, trébuchant contre Monsieur Pigeon qui poussa un miaulement indigné.

— Désolée, Pigeon, lança-t-elle par-dessus son épaule en pénétrant dans la chambre.

Elle changea de chemise à la hâte, mais sa précipitation ne servit à rien, car elle dut reboutonner deux fois le chemisier avant de parvenir à aligner correctement les boutons. Après avoir revêtu son costume de serge verte, elle accrocha un petit canotier de paille à ses cheveux à l'aide d'une épingle, et rangea son cahier et son crayon dans son réticule. Puis elle courut à la porte en enfilant ses gants, qu'elle finit de boutonner dans l'escalier.

Hors d'haleine, elle émergea enfin sur le trottoir et s'en fut du pas le plus rapide possible pour une dame bien élevée. Elle détestait être en retard.

— Emma?

S'entendant appeler, elle jeta un regard de côté dans la rue. Là, descendant de son carrosse un journal à la main, se trouvait l'homme responsable de son retard. Celui-là même qui hantait ses pensées depuis deux jours. Impossible de prétendre qu'elle ne l'avait pas vu. Emma s'arrêta donc et le laissa approcher. Mais à peine fut-il arrivé à sa hauteur qu'elle annonça:

— Bonjour, monsieur. Pardonnez-moi, mais je ne peux pas m'attarder. J'ai un rendez-vous dans quelques minutes.

Sur ces mots, elle repartit d'un pas rapide le long du trottoir.

— Je vous ai apporté quelque chose, dit-il en lui emboîtant le pas avec aisance. L'édition de demain, précisa-t-il en lui tendant le journal.

Emma s'immobilisa brusquement, oubliant son rendez-vous.

— Déjà?

— L'encre a à peine eu le temps de sécher, mais voilà. C'est la première copie. Vous voulez jeter un coup d'œil?

Elle prit le journal, l'ouvrit à la page de sa rubrique et poussa une exclamation de surprise en voyant son pseudonyme imprimé en grosses lettres. Elle parcourut les articles qu'elle avait écrits. Chaque fois qu'elle voyait son texte imprimé, elle se sentait comme une petite fille qui vient de recevoir un cadeau de Noël.

— C'est merveilleux! s'écria-t-elle, incapable de réprimer un rire joyeux. C'est tout simplement merveilleux!

— Emma, votre rubrique paraît dans ce journal chaque semaine depuis deux mois, lui fit-il remarquer. Vous êtes chaque fois aussi excitée?

— Oui, avoua-t-elle en le regardant, sans cesser de rire. Oui, chaque fois.

— Puisque cela vous fait autant plaisir, je vous en apporterai une copie tous les vendredis après-midi.

Avant qu'elle ait eu le temps de répondre, la cloche d'une église se mit à sonner. Emma émit une exclamation agacée.

— Mon Dieu, déjà trois heures? Cette fois, je suis vraiment en retard!

— Vous partez dans une de vos expéditions de journaliste?

— Oui, dit-elle en repliant le journal pour le lui rendre. Merci encore de me l'avoir montré.

Harry refusa le journal d'un signe de tête.

— Gardez-le, c'est à vous.

— Mais c'est la première copie. Vous ne la voulez pas?

— Non. Je veux que ce soit Mme Bartleby qui la garde.

Il désigna le carrosse derrière lui.

— J'ai ma voiture. Je peux vous emmener où vous voulez.

— Merci, mais ce ne serait pas correct. Et de toute façon, ce n'est pas nécessaire. Je me rends simplement au Chocolat, expliqua-t-elle en se remettant à marcher. Et cet établissement se trouve au coin de la rue.

— Vous avez rendez-vous chez un confiseur?

— Oui. Je vais voir le propriétaire, Henri Bourget. Il pense naturellement qu'il va voir la secrétaire de Mme Bartleby.

— Cela me rappelle quelque chose que je voulais vous demander l'autre jour. Ce n'est pas un mensonge de vous faire passer pour une autre personne ? dit-il d'un ton taquin. Ou, du moins, quelque chose qui ne se fait pas ?

— Ce n'est pas moi qui ai décidé de garder le secret. De plus, ce n'est qu'une sorte de faux-fuyant afin de préserver le secret journalistique. Dans l'intérêt de la recherche, conclut-elle vivement.

Harry éclata de rire.

— De la recherche ? Dans la confiserie ?

— Absolument. La troisième édition sera consacrée aux sucreries. Desserts, dragées, ce genre de choses. C'est une des idées dont je vous ai parlé l'autre jour. Vous ne vous souvenez pas ?

— Euh… si, bien sûr. Vous aimez les sucreries, Emma ?

— Oh, oui. J'adore les douceurs. Surtout le chocolat.

Elle se mordit les lèvres et lui lança un regard désemparé.

— Vous venez de découvrir ma faiblesse secrète, je le crains. Je ferais n'importe quoi pour du chocolat.

— Vraiment ? murmura-t-il.

Il l'enveloppa d'un regard scrutateur.

— Vous ne me voyez pas d'objection à ce que je vous accompagne ? s'enquit-il au bout d'un moment. J'aimerais acheter des chocolats pour mes sœurs. Comme vous l'avez très justement fait remarquer, il faut que je commence à choisir mes cadeaux moi-même, et je sais que des chocolats feront plaisir à toutes mes sœurs.

Il prit le journal qu'elle tenait à la main, et ajouta :

— Permettez-moi de porter ceci.

— Merci. Vos sœurs aiment donc le chocolat ?

— Elles adorent cela. Je trouve ça incompréhensible, mais c'est ainsi.

— Vous n'aimez pas le chocolat?

Harry secoua la tête, et elle le considéra avec stupeur.

— Comment est-ce possible?

— J'ai une préférence pour les mets salés et épicés. Et un goût particulier pour les sardines.

Emma éclata de rire.

— Vous plaisantez?

— Pas du tout.

Son rire se calma, elle l'observa de nouveau d'un air de doute, puis soupira.

— Je ne sais jamais si vous plaisantez ou non.

— Oui, je m'en suis aperçu, et c'est pourquoi j'aime vous taquiner. J'ai l'intention de le faire très souvent à l'avenir.

— Charmant, marmonna-t-elle, un peu renfrognée. Tout à fait charmant.

Quand une femme vous dit qu'elle ferait n'importe quoi pour du chocolat, un vrai gentleman devrait s'abstenir de spéculer sur le sens de ce n'importe quoi. Mais Harry était déjà catalogué dans une catégorie d'hommes dissolus. Et tandis que le propriétaire de la boutique Au Chocolat leur faisait faire le tour de ses locaux, les pensées de Harry étaient occupées par toutes sortes d'idées coquines.

La visite se termina dans une sorte de salle de réception, où une bouteille de champagne avait été mise à rafraîchir dans un seau à glace à leur intention, avec des flûtes de cristal et une sélection de chocolats sur un plateau d'argent. Une boîte de carton enveloppée de papier rose et de rubans blancs se trouvait également sur la table.

— Monsieur le vicomte et madame la secrétaire de Mme Bartleby nous feront-ils l'honneur d'accepter quelques truffes et un verre de champagne?

Emma considéra les chocolats avec émerveillement.

— Quelle délicate attention, monsieur.

Le Français désigna la boîte enveloppée de papier rose.

— J'espère que Mme Bartleby acceptera cette sélection de truffes en cadeau. Je pense que nous faisons les meilleurs chocolats à la liqueur de Londres, et nous espérons qu'elle nous recommandera dans sa rubrique.

— Je suis certaine qu'elle acceptera volontiers ce présent, répondit Emma avec le plus grand sérieux. Mais, naturellement, je ne peux vous garantir ce que sera son opinion. Je ne suis que sa secrétaire.

Le Français n'eut pas le temps de répliquer car, à cet instant, un autre gentleman entra, soucieux. Il s'approcha de la table et dit quelques mots à Bourget, à voix basse.

S'ensuivit un bref échange en français, que Harry ne suivit qu'en partie, car les hommes parlaient vite, et son français avait toujours été affreux. Apparemment, il y avait eu un problème avec un lot de chocolats.

Bourget se tourna vers ses invités et écarta les mains en souriant, d'un air d'excuse.

— Ils ne peuvent rien faire sans moi. Mademoiselle Dove, monsieur le vicomte, je crains de devoir vous abandonner un moment. Voulez-vous me pardonner?

Ils acquiescèrent d'un signe de tête, et il fit un geste en direction de la table.

— Dégustez les truffes, je serai de retour dans une minute.

Il s'inclina et sortit avec l'autre Français, laissant Harry et Emma en tête à tête.

Harry pivota vers la jeune femme, et posa le journal afin de saisir la bouteille de champagne.

— Profitons donc de l'hospitalité de M. Bourget, dit-il en remplissant les coupes.

Emma remit son carnet et son crayon dans son sac. Tout en dégustant le champagne, elle examina les chocolats et choisit une truffe de chocolat noir garnie de rubans de sucre glacé rose.

Harry l'observa tandis qu'elle portait délicatement la truffe à sa bouche, et il sourit en voyant une expression d'extase se peindre sur son visage. Son imagination se mit à battre la campagne. Lorsqu'une goutte de liqueur coula sur ses lèvres et son menton, il fut prompt à saisir cette opportunité tombée du ciel.

Alors qu'Emma posait la flûte de champagne sur la table pour prendre une serviette de lin clair, Harry leva la main vers son visage. Il écrasa la goutte de liqueur du bout du pouce, et porta celui-ci à ses propres lèvres. Les yeux écarquillés, Emma le regarda lécher la goutte de liqueur sirupeuse.

— De la noisette, murmura-t-il. C'était délicieux, mais je n'ai pas eu de chocolat.

Avant qu'elle ait pu deviner ses intentions et l'arrêter avec une de ses règles ridicules de bienséance, il lui saisit le poignet, souleva sa main et ouvrit la bouche. Ses lèvres se refermèrent sur le bout de ses doigts et la moitié de truffe qui restait.

Emma poussa une légère exclamation et voulut retirer sa main, mais il ne la laissa pas faire. Effarée, elle regarda la porte, puis reporta les yeux sur lui alors qu'il continuait de lui lécher les doigts.

Harry vit ses lèvres se mettre à trembler, il entendit sa respiration s'accélérer. Il perçut un changement dans son corps, un élan de passion refréné par la pudeur. Par l'innocence. Le corps de Harry s'enflamma.

Les joues d'Emma se teintèrent de rose. Elle regarda désespérément autour d'elle et voulut dégager sa main.

— Pas encore, chuchota-t-il. Je n'ai pas fini.

Il avala le chocolat et aspira le doigt de la jeune femme dans sa bouche. Elle émit un petit cri, et il comprit qu'elle était choquée non seulement par ce qu'il faisait, mais aussi par la façon dont son corps réagissait. Il sentit les battements de son pouls contre son pouce, tandis qu'il léchait avec une lenteur délibérée les derniers restes de chocolat.

La résistance d'Emma fondit peu à peu. Ses mains se détendirent entre celles de Harry. Elle battit des cils et ferma les yeux. Lorsqu'il lui retourna la main pour déposer un baiser dans sa paume, elle poussa un léger soupir. Ses doigts se pressèrent sur le visage de Harry et elle lui caressa la joue. Il fut parcouru par une vague de désir.

Du bout de la langue, il lui effleura la paume et elle frissonna sous la caresse. Puis il la regarda, se pressant contre elle.

Elle devina son intention, car elle leva le visage vers lui et entrouvrit les lèvres, sans soulever les paupières. Le geste était purement instinctif, songea-t-il. Si elle avait eu conscience de ce qu'elle faisait, elle aurait sans aucun doute mis un terme à la scène, mais ses sens étaient concentrés sur une seule chose : l'éveil de son propre désir.

Harry n'avait jamais rien vu d'aussi érotique de toute sa vie.

Malheureusement, il n'eut pas le temps d'en profiter. Un bruit de pas résonna dans le corridor. Après avoir déposé un bref baiser sur le bout de ses doigts, il lui lâcha la main. Quand Bourget pénétra dans la pièce, l'expression rêveuse d'Emma avait disparu et, de l'autre côté de la table, Harry examinait les chocolats comme s'il avait du mal à se décider.

— Je vous prie encore de me pardonner, dit le Français en s'avançant vers eux.

— Ne vous inquiétez pas, monsieur, répliqua Harry en prenant une truffe.

Son regard se posa sur Emma et il ajouta :

— Nous avons passé un excellent moment.

La jeune femme étouffa une exclamation et ses joues s'empourprèrent.

Harry lui sourit et mordit dans le chocolat.

Elle plaça une main à plat sur la table et se pencha, le regard rivé sur lui.

— Je croyais que vous n'aimiez pas le chocolat.

Harry afficha l'air le plus innocent du monde pour répondre :

— Vraiment, mademoiselle Dove ? Je me demande ce qui a pu vous faire penser cela…

11

« Il était de mon devoir, ma très chère Emma,
de t'élever jusqu'à l'âge adulte. De t'apprendre
à avoir une conduite convenable, de t'aider
à surmonter les dilemmes difficiles de la jeunesse,
et de te protéger des maux de ce monde. Je me
suis efforcée de t'inculquer les principes
susceptibles de faire de toi une vraie dame et,
quand je te vois aujourd'hui, je sais que j'ai réussi.
Je suis fière de toi, ma chérie. Tellement fière. »
Dernières paroles de Mme Lydia Worthington
à sa nièce, 1888

Tante Lydia n'aurait pas été aussi fière d'elle si elle
l'avait vue en ce moment. Emma et Marlowe quittè-
rent les salons d'Au Chocolat et reprirent le chemin
de Little Russell Street. Ils gardèrent le silence et
Emma s'en réjouit, car elle était en proie à un tel
désarroi qu'elle eût été incapable de soutenir une
conversation.

Elle savait que certaines choses étaient mal. Tout
dans son éducation le lui soufflait. Autoriser un
homme à lécher du chocolat sur ses doigts, c'était
mal. Lui permettre de s'asseoir si près d'elle dans
l'herbe que sa jambe touchait la sienne et que sa
main lui effleurait la cuisse, c'était mal. Si tante
Lydia avait été avec eux à ce moment-là, Marlowe

n'aurait pas pris de telles libertés. Et si la présence de tante Lydia n'avait pas été suffisante pour le décourager, un léger toussotement ou un discret petit coup d'ombrelle sur le sol l'aurait rappelé à l'ordre.

Bien qu'elle ait assoupli certaines règles pour Béatrice et son cher M. Jones, dans ses manuscrits Emma encourageait d'une façon générale les jeunes femmes à fixer de façon inflexible les limites de la bienséance. Si Mme Bartleby s'était trouvée dans la même situation qu'elle aujourd'hui, cette dame aurait instantanément arrêté Marlowe et n'aurait pas hésité à le gifler.

Emma craignait fort de ne pas être faite du même bois que sa créature imaginaire.

Quand Marlowe s'était mis à lécher le chocolat sur le bout de ses doigts, elle avait été si concentrée sur les sensations que cela provoquait qu'elle n'avait pas songé une seconde à l'arrêter ou à le gifler. Le contact de sa bouche sur sa peau avait eu raison de son bon sens et de ses principes austères. Elle était mortifiée de constater que ses convictions n'étaient pas mieux ancrées en elle que cela.

Elle coula un regard à son compagnon. Marlowe ne s'était encore jamais comporté ainsi avec elle. Il l'avait taquinée parfois, naturellement. Et il lui disait des sottises de temps à autre. Mais ce n'était pas pareil. Aujourd'hui, ses taquineries avaient été plus personnelles. Plus intimes. Il avait flirté. Aucun homme n'avait flirté avec elle, avant cela. Aucun n'avait eu de geste déplacé. Et l'attitude de Marlowe la stupéfiait. Il pouvait se comporter ainsi avec toutes les femmes qu'il voulait, et il ne s'en était sûrement jamais privé. Mais pourquoi elle ? Et pourquoi maintenant ?

— *J'aimerais beaucoup vous embrasser.*

Dans sa jeunesse, elle avait quelquefois pensé à M. Parker et rêvé de baisers. Mais elle avait depuis longtemps écarté toute pensée de cette sorte. Elles étaient enterrées profondément, au fond de son cœur, avec ses espoirs brisés. Cependant, ces rêves secrets et romantiques se mettaient à revivre. Elle rêvait des baisers d'un autre homme... d'un homme bien moins convenable et plus présomptueux que M. Parker. Un homme qui voulait l'embrasser et n'en faisait pas mystère.

Emma le regarda encore une fois et éprouva une sensation de vertige. Elle voulait qu'il l'embrasse. Mais un homme n'avait pas le droit d'embrasser une femme avec laquelle il n'était ni fiancé ni marié. Or, Marlowe n'était pas du genre à se marier. C'était un débauché, qui avait des liaisons illégitimes avec des danseuses. Et, de toute façon, elle n'avait aucune envie de se marier avec lui.

Ils s'arrêtèrent au coin de la rue et, sans détourner les yeux de lui, Emma porta à ses lèvres les doigts qu'il avait embrassés.

Il tourna la tête, la regarda, et sourit. Le souffle coupé, elle sentit son cœur faire un bond. Un plaisir étrange, presque douloureux, se répandit dans sa poitrine.

Le sentiment était trop fort. Elle se détourna et baissa la main. Elle était une femme solide, avec la tête sur les épaules, décida-t-elle alors qu'ils traversaient la rue. Elle ne se laissait pas troubler et ne désirait pas ce qui était interdit. Elle n'était ni écervelée ni dévergondée.

— Quelque chose ne va pas, Emma?

La voix de Marlowe pénétra ses pensées.

— Après ce qui s'est passé, je m'étonne que vous puissiez me poser une telle question, monsieur.

— Après ce qui s'est passé, répéta-t-il en riant, je crois que vous pourriez m'appeler Harry.

— Cela ne m'étonne pas de vous, monsieur, répliqua-t-elle d'un ton impatient.

Harry haussa les épaules.

— Ce n'était qu'un baiser sur la main.

— À vous entendre, cela a l'air très innocent!

Consciente qu'elle venait d'élever la voix, elle regarda autour d'elle pour s'assurer que personne ne l'avait entendue. Mais le trafic londonien était si bruyant qu'aucun piéton ne leur prêtait attention.

— Je ne suis peut-être pas aussi... aussi bien informée que vous dans ce domaine, reprit-elle, mais je sais que vous ne m'avez pas simplement embrassé la main. Vous avez... vous avez...

Elle sentit tout son corps s'enflammer, et les mots lui échappèrent. Fourrant ses mains gantées dans les poches de sa jupe, elle accéléra le pas. Mais Marlowe n'eut aucun mal à la suivre.

— Emma, dit-il d'une voix douce alors qu'ils s'engageaient dans la rue où elle habitait. Il ne s'est rien passé. Ce n'était qu'un jeu inoffensif.

— Ce n'était pas inoffensif. N'importe qui aurait pu entrer et voir ce que vous faisiez.

— Personne n'est entré.

— Mais cela aurait pu arriver ! Et c'est ma réputation qui en aurait souffert, pas la vôtre !

Pour la première fois il se rembrunit, l'air coupable, et détourna les yeux.

— Vous ne m'avez pas arrêté.

— Vous ne vouliez pas me lâcher la main.

— Vous n'avez pas tenté de vous dégager.

Impossible de le contredire sur ce point.

— Et j'ai eu tort. Oh, comment ai-je pu vous laisser faire quelque chose d'aussi épouvantable ?

— Vous pensez que c'était épouvantable ? Emma, vous n'irez pas en enfer à cause de cela, vous savez. Personne ne va vous priver de dîner ou vous enlever vos cadeaux de Noël.

Cette remarque l'irrita, et l'agacement s'ajouta à la multitude d'émotions qui l'agitaient déjà.

— Ne vous moquez pas de moi ! s'écria-t-elle en s'immobilisant au beau milieu du trottoir, à quelques pas de sa porte.

Harry recouvra aussitôt son sérieux et s'arrêta face à elle.

— Je ne me moque pas de vous. Mais il me semble que vous vous mettez dans tous vos états pour un petit flirt innocent, et je ne comprends pas.

C'est à cause de ce que j'ai éprouvé...

Elle aurait voulu hurler ces mots, là, en pleine rue. Mais, au lieu de cela, elle prit une longue inspiration et se tourna vers la porte d'entrée de la maison.

— Ce genre de choses n'est jamais innocent, murmura-t-elle par-dessus son épaule, en se remémorant les avertissements de sa tante. Ce genre de choses peut mener à...

Elle s'interrompit, la main sur la poignée.

Harry rit doucement derrière elle.

— Dans la boutique d'un confiseur ? Croyez-moi, si j'avais voulu que cela nous mène quelque part, je vous aurais emmenée dans un lieu bien plus romantique pour vous embrasser le bout des doigts.

— Comme c'est rassurant !

Elle voulut ouvrir la porte, mais il posa la main à plat sur le battant, l'empêchant d'aller se réfugier à l'intérieur.

— Quel est le problème, en réalité ?

— Laissez-moi.

Il ne broncha pas, et elle lui jeta un regard sévère.

— Pensez à ce que diront les gens en voyant un homme accoster une femme devant sa porte, d'une façon aussi inconvenante !

— Quels gens ? Votre propriétaire ? Il me semble que vous passez beaucoup de temps à vous inquiéter du qu'en-dira-t-on !

— Il est toujours important de considérer l'opinion des autres.

— Non, pas du tout. Si vous voulez savoir ce qui est bien et ce qui ne l'est pas, vous ne trouverez pas la réponse dans l'opinion des autres, ni dans les manuels de savoir-vivre. Il n'y a qu'une seule façon de distinguer le bien du mal.

Il se pencha, et la toucha sous la poitrine. Elle inspira violemment.

— Il faut regarder ici, dit-il en plaçant la main sur son plexus solaire, les doigts entre ses seins. C'est là que réside la vérité.

Consciente de se trouver dans sa rue, où tous ses voisins pouvaient la voir, Emma lança un rapide coup d'œil autour d'elle. Par chance, c'était l'heure du dîner et il n'y avait personne dans les parages.

— Vous voulez dire que la vérité se situe dans notre cœur, je suppose ?

— Non. Je veux dire que la vérité est au fond de vous. Votre cœur peut vous mentir. Votre intuition, votre instinct, jamais.

— Et vous-même, vous vous fiez toujours à ce guide ?

— En général. Pas toujours, ajouta-t-il en laissant retomber sa main.

Cela ne la regardait pas, mais elle ne put s'empêcher de demander :

— Et quand vous avez écouté votre cœur plutôt que votre instinct, que s'est-il passé ?

— Je me suis marié.

— Je vois. Et… qu'est-ce qui vous a décidé à divorcer ? poursuivit-elle après une brève hésitation. Votre cœur, ou votre instinct ?

Il eut un petit rire de dérision.

— J'imagine que, comme toute la société, vous me condamnez. En dépit du fait que c'est à moi qu'on a causé du tort.

— J'ai été élevée dans l'idée que le mariage était sacré, et qu'on ne pouvait pas briser les vœux prononcés devant Dieu.

— C'est facile à dire, pour quelqu'un comme vous.

— Ce n'est pas parce que je suis vieille fille que je ne peux pas avoir d'opinion sur le divorce ! rétorqua-t-elle, piquée au vif.

— Et votre opinion, c'est que quoi que ma femme ait fait, j'ai eu tort de demander le divorce ?

— Ce n'est pas à moi de le dire.

Harry émit un rire sec.

— Pas à vous ? Mme Bartleby passe la plus grande partie de son temps à conseiller les gens sur ce qu'il convient de faire. Alors, qu'est-ce qui était convenable dans un cas comme le mien ?

Il parlait d'une voix basse et vibrante de colère, qu'elle ne lui avait encore jamais entendue.

— Quelle est l'attitude à adopter pour un homme, quand son épouse le déteste et passe son temps à soupirer pour un autre ? Doit-il prétendre qu'il ne souffre pas ? Se conduire comme un saint et martyr, et ne pas se rebiffer ?

Elle vit ses yeux briller dans la pénombre, d'une lueur bleue et glacée.

— Lorsqu'elle s'enfuit en Amérique avec son amant, humiliant publiquement son époux et répandant le scandale dans sa famille, doit-il garder un air d'indifférence ? Prétendre que ça n'a pas d'importance ? Doit-il demander une séparation légale ? Vivre en célibataire ? Prendre une maîtresse ?

Elle fut stupéfaite de voir la souffrance s'inscrire sur son visage.

— Vous aimiez votre femme, dit-elle, prenant conscience de cette réalité pour la première fois.

— Naturellement !

Il se détourna et inspira longuement.

— Sinon, je ne l'aurais pas épousée.

— Je ne savais pas. Je pensais…

Elle marqua une pause et réfléchit, avant de poursuivre :

— J'ai toujours pensé que, si vous l'aviez aimée, vous auriez essayé de la ramener vers vous.

— C'est-à-dire que j'aurais dû la suivre à New York ? L'arracher aux bras de son amant et me résigner à vivre un enfer le reste de ma vie ? Cela aurait-il été plus convenable que de divorcer ?

Elle lui adressa un regard désemparé. Elle n'avait pas de réponse à lui offrir. Le divorce était une chose inconcevable pour elle. Un concept aussi saugrenu que l'idée de ne pas porter de corset ou de ne pas aller à l'église. D'autre part, que pouvait-elle savoir sur les relations entre hommes et femmes ? À peu près rien.

— Je suis tombé amoureux de Consuelo à l'instant où j'ai posé les yeux sur elle pour la première fois, dit-il en s'adossant au mur de brique rouge de la maison. Je ne savais rien de sa personnalité, de son esprit, de son caractère, mais cela m'était égal. J'étais amoureux. Elle avait les yeux les plus grands, les plus sombres et les plus tristes que j'aie jamais vus. Avant même que les présentations aient été faites, j'ai décidé de l'épouser. Cela s'est passé aussi vite que ça.

Elle le regarda, médusée.

— Moi aussi, j'ai été amoureuse autrefois, avoua-t-elle tout à coup.

— Vraiment ?

Elle hocha la tête et s'adossa à la porte. Son regard se perdit dans la rue.

— Il s'appelait Jonathan Parker, et c'était un ami de la famille de ma mère. Je me rappelle vaguement l'avoir vu une fois ou deux quand nous étions enfants mais, après la mort de ma mère, mon père coupa les ponts avec sa famille et ses amis. Je ne le revis que lorsque je vins vivre à Londres avec ma tante. M. Parker devint mon ami. Le meilleur des amis.

— Un soupirant ?

— Je le croyais, murmura-t-elle.

— Que s'est-il passé ?

— Il venait nous rendre visite presque chaque jour. Il dînait avec nous plusieurs fois par semaine. Nous avions tant de points communs, les mêmes idées sur tant de choses, que c'était troublant. Dans les réceptions, nous dansions la valse à la perfection. On nous voyait si souvent ensemble que tout le monde pensait que nous allions nous marier.

Elle se tut.

— Et ? s'enquit-il.

— Un soir, il se rendit dans un bal. J'étais censée m'y rendre également, mais j'avais le rhume et je fus obligée de rester à la maison. Tante Lydia me tint compagnie. Mais, le lendemain, j'appris que M. Parker avait dansé toutes les valses avec quelqu'un d'autre. Une très jolie jeune fille blonde. Son nom était Anne Moncreiffe et elle venait du Yorkshire.

Emma se rendit compte avec soulagement que le fait d'en parler ne provoquait aucune souffrance.

— Trois jours plus tard, quand je fus remise de mon rhume, M. Parker vint m'annoncer à moi, sa chère amie, la grande nouvelle. Il était tombé amoureux d'Anne. Elle était la créature la plus belle, la plus vive, la plus charmante qu'il avait jamais vue, et il voulait l'épouser.

Elle secoua la tête.

— Il venait juste de la rencontrer, et il avait décidé de l'épouser. Les six années que nous avions passées en compagnie l'un de l'autre furent effacées en un instant.

— Je suis désolé. Il a dû vous briser le cœur.

— Il n'y avait pas que mon cœur. J'ai aussi perdu mon meilleur ami ce jour-là. La trahison fait souffrir.

— En effet.

— Comment ? demanda-t-elle, espérant que Marlowe lui expliquerait un phénomène qu'elle n'avait jamais compris. Comment ces choses-là arrivent-elles ? Comment peut-on tomber amoureux en un instant ?

— Je ne sais pas. Si j'en crois ma propre expérience, je décrirais ce phénomène comme une sorte de folie.

— Et est-ce que ça passe ?

— Oui. Avec un peu de chance, la folie disparaît avant le jour du mariage. Je n'ai pas eu ce bonheur, mais qu'en est-il de votre M. Parker ? Est-il heureux ?

— La dernière fois que j'ai eu de ses nouvelles, il l'était. Mais bien sûr, ajouta-t-elle avec un sourire malicieux qui n'avait rien de charitable, il faut dire qu'il vit à Londres et sa femme dans le Yorkshire.

Marlowe éclata de rire.

— C'est certainement la recette du bonheur conjugal !

— Sans doute, acquiesça-t-elle en riant avec lui.

Elle se sentit soudain le cœur léger, comme si un poids venait d'être ôté de ses épaules.

— C'est bizarre, mais vous êtes la première personne à qui j'en parle. Tante Lydia savait ce qui s'était passé, bien sûr. Et nos amis aussi. Mais personne n'y faisait allusion, et moi non plus. Une vraie dame ne pleure devant personne, voyez-vous. Et on ne pose pas de question indiscrète. Je n'ai jamais eu le courage de dire à quelqu'un à quel point je souffrais.

— On souffre toujours en découvrant que l'amour que l'on porte à quelqu'un n'est pas réciproque.

— Votre femme ne vous a jamais aimé ?

— Non. Le plus étrange, c'est que je le savais.

Il pressa le poing contre son abdomen, à l'endroit qu'il lui avait montré un instant plus tôt.

— Je le savais là, au fond de moi. Mais je n'ai pas écouté. Je n'ai voulu écouter que mon cœur. Si je m'étais fié à mon instinct, je nous aurais épargné des années de malheur, à Consuelo et à moi.

Secouant brusquement la tête, il fit mine de partir.

— La nuit tombe. Je ferais mieux de rentrer.

— Oui, bien sûr. Bonsoir, monsieur.

Elle se retourna pour ouvrir la porte, mais s'arrêta en entendant sa voix.

— Emma ?

Elle regarda par-dessus son épaule.

— Si vous pensiez vraiment que ce que je faisais était mal, pourquoi n'avez-vous pas essayé de m'en empêcher ?

Sans attendre sa réponse, il tourna les talons et se dirigea vers le carrosse qui l'attendait. La voiture était déjà au coin de la rue quand elle s'avoua enfin la vérité.

Parce que, même si je pensais que c'était mal, au fond je savais que c'était juste. Et cette idée me terrifie.

Elle vit le carrosse disparaître au coin de la rue. Elle connaissait les règles de bienséance pour presque toutes les circonstances. Et pourtant, elle ne pouvait s'empêcher de se demander si ces règles avaient quelque chose à voir avec ce qui était mal et ce qui était bien.

Pire encore : elle se disait que bien qu'étant une femme mûre, âgée de trente ans, elle ne savait rien de la vie.

12

« La vertu trouve peut-être sa récompense
en elle-même, mais ce n'est pas selon moi
une grande motivation. »
Lord Marlowe, *Le Guide du célibataire*, 1893

Harry savait qu'Emma avait raison. Ce qu'il avait
fait dans le salon d'Au Chocolat aurait pu nuire à la
réputation de la jeune femme, si quelqu'un les avait
surpris. Il avait eu beau soutenir que cela était innocent, il savait que ce n'était pas vrai. La vertu d'une
femme pouvait être si facilement compromise.
Certes, il se moquait de ce que les gens pensaient de
lui. Mais il était un homme, et il était conscient que
pour une femme les conséquences d'un tel jeu pouvaient être beaucoup plus graves.

Il devait replacer ses relations avec Emma Dove
sur un plan impersonnel, comme autrefois. Plutôt
que de la rencontrer comme prévu, il prit donc le
prétexte d'autres obligations professionnelles pour
l'éviter. Il lui fit parvenir ses corrections par courrier et communiqua avec elle par l'intermédiaire de
Quinn.

Cependant, la distance ne fut pas aussi dissuasive
qu'il l'espérait. Ses pensées revenaient encore et
encore à l'après-midi qu'ils avaient passé dans
la boutique Au Chocolat. Il revivait le moment où la

passion était apparue dans ses yeux. Il n'avait encore jamais rien vu de tel.

Jusque-là, il n'aurait pu croire qu'il y avait chez la très comme il faut Mlle Dove, une telle capacité à exprimer la passion. Mais le fait de le savoir ne lui apportait pas grand-chose. Elle n'était pas le genre de femme à envisager une relation illégitime. Il n'avait donc d'autre choix que de redoubler d'efforts pour l'éviter.

En revanche, il y avait un point positif. C'est que sa vie familiale avait retrouvé une allure normale. Apparemment, Diana avait enfin accepté le fait qu'aucune des filles Dillmouth, ni de leurs cousines Abernathy, n'était la femme destinée à capturer son cœur et à le mener jusqu'à l'autel. Leur visite terminée, les quatre jeunes filles étaient retournées chez lord Dillmouth, au grand soulagement de Harry. La vie chez les Marlowe avait repris son cours ordinaire, du moins pour l'essentiel.

Le petit déjeuner demeurait toutefois le moment pendant lequel on commentait les conseils avisés de la merveilleuse Mme Bartleby. Maintenant qu'il avait acquis ses services, Harry aurait dû trouver ce genre de conversation bien plus supportable qu'à l'époque où elle écrivait pour Barringer. Le problème, c'était que les dames de la maison voulaient absolument connaître la véritable identité de cette dame mystérieuse. Ayant découvert qu'il avait racheté *La Gazette sociale,* et donc la rubrique de Mme Bartleby, elles ne manquaient pas une occasion d'essayer de lui soutirer son vrai nom.

Cependant, Harry n'était pas idiot. S'il savait pouvoir faire confiance à ses sœurs, il avait des doutes au sujet des deux autres femmes de la famille. Malgré son apparence digne et réservée, grand-mère était en réalité une incorrigible cancanière. Quant à sa mère, elle était incapable de garder un secret.

— Comment peux-tu être aussi assommant ? soupira Louisa, visiblement déçue. Elle écrit pour toi, n'est-ce pas ? Je ne vois pas ce qui t'empêche de nous dire qui elle est.

— Il est absolument capital de préserver son anonymat, répondit-il en étalant du beurre sur son pain.

— Eh bien, nous n'allons pas crier son nom sur les toits, répliqua sa mère avec un reniflement de dédain. Je suppose que nous savons toutes être discrètes.

— Vous êtes la discrétion personnifiée, maman, assura Harry, qui parvint à garder parfaitement son sérieux. Mais Mme Bartleby tient à ce que sa vie privée soit protégée.

Les femmes de la maison furent bien obligées d'accepter cet argument. Mais Diana le regarda d'un air pensif pendant tout le repas, ce qui mit Harry mal à l'aise. Quand il quitta la table pour appeler sa voiture, elle le suivit, sous prétexte de demander à Jackson de faire préparer la deuxième voiture pour elle. Mais Harry connaissait assez sa sœur pour savoir que c'était un prétexte.

— As-tu eu des nouvelles de Mlle Dove ? questionna-t-elle pendant qu'ils attendaient dans le hall d'entrée. A-t-elle trouvé un nouvel emploi ?

Harry lui lança un regard perçant, mais Diana ne fit pas attention à lui. Elle semblait absorbée par le boutonnage de ses gants de chevreau.

— Je suis certain qu'elle a trouvé, répondit-il d'un ton vague.

— Hum… Elle écrit peut-être ses fameux manuels de savoir-vivre ?

— Peut-être. Je ne suis pas au courant.

— Ah non ?

Diana le fixa avec un petit sourire ironique. Mais, avant qu'il ait pu répliquer, elle enchaîna :

— Je me demande si Mlle Dove ne pourrait pas m'aider pour l'organisation de mon mariage… Elle est si compétente, je suis sûre que ses conseils seraient parfaits. Même Mme Bartleby ne trouverait rien à redire aux connaissances de Mlle Dove en matière d'étiquette, tu ne crois pas ?

— Diana…

— Ne t'inquiète pas, Harry, déclara-t-elle avec un large sourire. Je ne dirai rien.

— Comment tu peux deviner tout ça, ça me dépasse, grommela-t-il.

— Simple déduction, mon cher frère. Un peu comme Sherlock Holmes, tu vois.

Elle recouvra son sérieux pour ajouter :

— J'ai vraiment besoin qu'on m'aide pour le mariage, Harry. Et j'aimerais profiter des conseils de Mme Bartleby. Tu ne vois pas d'inconvénient à ce que je demande de l'aide à Mlle Dove ?

Harry posa sur elle un regard las.

— Tu crois que je pourrais t'en empêcher ?

— Bien sûr. Si tu disais non, je l'accepterais. Le problème, c'est que tu ne sais pas dire non. Tu me gâtes trop. Tu nous gâtes toutes, à dire vrai. À tes yeux, rien n'est trop beau pour nous.

Il dévisagea sa sœur, et eut brusquement envie de lui dire pourquoi. Il voulait lui dire qu'il les aimait. Qu'il était le chef de famille, qu'il devait veiller sur elles, et qu'il donnerait sa vie pour leur bien-être. Il voulait lui dire que rien n'était trop beau pour elles, car elles l'avaient soutenu sans faiblir pendant les cinq longues années qu'il lui avait fallu pour obtenir le divorce. Elles avaient été aussi touchées que lui par cette disgrâce, cependant elles ne s'étaient jamais plaintes, n'avaient jamais critiqué sa décision, et il savait qu'il ne pourrait jamais les remercier assez pour cela.

— Diana, je…

Les mots restèrent coincés dans sa gorge. Quelle ironie. Beau parleur comme il l'était, il ne parvenait pas à exprimer les choses sérieuses et importantes. Il s'éclaircit la gorge et se détourna.

— Oui… bientôt, ce sera le problème de Rathbourne, dit-il d'un ton léger. Pauvre vieux. Heureusement qu'il a de l'argent. Il lui en faudra beaucoup pour te gâter autant que moi.

Diana riposta par un coup de coude dans les côtes.

— Votre voiture, monsieur, annonça Jackson en allant ouvrir la porte.

Harry sortit promptement sur le perron, mais la voix de sa sœur l'arrêta dans son élan.

— Harry ?

— Hum ? fit-il en la regardant par-dessus son épaule.

— Nous t'aimons aussi.

Harry tira sur son nœud de cravate. Une vague de chaleur lui gonfla le cœur.

— Pose toutes les questions que tu voudras à Mme Bartleby, dit-il. Arrange-toi simplement pour rester discrète.

— Parce que Mlle Dove n'a pas les origines sociales qui conviennent ?

Harry acquiesça d'un hochement de tête, et elle soupira :

— Les gens sont tellement stupides.

— Ils ne seraient pas seulement stupides, s'ils l'apprenaient. Ils seraient cruels. C'est pourquoi il est important de garder le secret sur l'identité d'Emma. Je ne veux pas que les gens de la bonne société la tournent en ridicule.

Emma ? Pensive, Diana garda les yeux fixés sur la porte, tandis que Jackson refermait le battant. Harry avait appelé Mlle Dove par son prénom. Si peu conventionnel fût-il, certaines choses vous étaient inculquées depuis la naissance. Et appeler une femme par son prénom ne se faisait pas. À moins que...

— Seigneur, murmura Diana, s'attirant un coup d'œil intrigué de Jackson.

Elle secoua la tête sans un mot, essayant d'absorber l'idée incroyable qui venait de s'imposer à son esprit. Un homme n'appelait pas une femme par son prénom, à moins qu'elle ne soit une connaissance intime.

Diana se rappela son unique rencontre avec l'ancienne secrétaire de Harry, et elle éprouva un doute. Il y avait toujours eu des ragots au sujet de Harry et Mlle Dove, mais elle avait eu du mal à les prendre au sérieux. Si sa mémoire était bonne, la chevelure de Mlle Dove était d'un brun-roux tout à fait banal. Sans être laide, elle n'avait rien d'une beauté exotique. Et elle n'avait pas une personnalité pétillante. Ce n'était pas du tout le genre de femme qui plaisait à Harry.

Cependant, depuis cinq ans que le divorce de son frère avait été prononcé, Diana lui avait présenté bon nombre de beautés aux cheveux noirs et au caractère passionné, mais sans succès. Le genre de femme qui convenait à Harry n'était peut-être pas ce que l'on croyait... ni même ce qu'il croyait lui-même.

Diana sourit. Le fait d'enrôler Mlle Dove pour l'organisation de son mariage serait sans doute profitable sur bien des plans.

Emma était décidée à se concentrer sur son travail. Elle ne se laisserait plus aller à des rêveries qui la retardaient. Elle ne serait plus déçue chaque fois que Marlowe lui enverrait ses corrections par courrier, au lieu de prendre rendez-vous avec elle. Elle ne penserait plus à ses taquineries, à son rire, à sa compagnie. Et surtout, elle ne l'imaginerait plus en train de lécher du chocolat sur ses doigts.

Il n'était pas le genre d'homme dont voudrait une femme sensée. Une femme raisonnable devait fuir un homme qui rompait avec ses maîtresses par lettre, qui mettait en danger la réputation d'une femme par simple jeu, qui était divorcé, et n'avait pas l'intention de se remarier. Or, en dépit de ses nombreux efforts pour devenir plus audacieuse, Emma était avant tout une femme de bon sens.

Non, il valait mieux pour tout le monde qu'ils gardent leurs distances, comme ils l'avaient toujours fait par le passé. Marlowe était visiblement aussi de cet avis. Le fait qu'il l'ait soigneusement évitée au cours de ces deux semaines en était la preuve.

Les yeux rivés sur la page blanche fixée dans sa machine à écrire, Emma se demanda pourquoi elle se sentait d'humeur aussi sombre.

Pour l'amour du Ciel, que lui arrivait-il donc ? Elle avait enfin réalisé le rêve qu'elle nourrissait depuis des années, et tout marchait très bien. Les deux premières éditions augmentées de Mme Bartleby avaient rencontré un immense succès. Elle avait un joli logement confortable, un agréable cercle d'amies et une vie douillette. Que voulait-elle de plus ?

Un coup sec frappé à la porte la tira de sa rêverie, et elle se leva pour aller ouvrir. Mme Morris se tenait dans le couloir, une carte à la main.

— Lady Eversleigh demande à vous voir, Emma, annonça la propriétaire, visiblement très impressionnée.

Lady Eversleigh était la sœur de Marlowe, et bien que le prestige de la famille Marlowe soit terni dans la bonne société, une pairesse impressionnait tout de même la classe moyenne.

Mme Morris présenta la carte avec un moulinet du poignet.

— Elle vous attend dans le salon du rez-de-chaussée.

Emma considéra la carte. Pourquoi la baronne lui rendait-elle cette visite ?

— Dites-lui que je descends tout de suite.

Mme Morris se retira et Emma essaya de mettre de l'ordre dans ses idées. Quelle que soit la raison de cette visite inattendue, elle ne pouvait se permettre de rêver des baisers de lord Marlowe.

Quelques minutes plus tard, Emma trouva la baronne assise près de Mme Morris dans le canapé, en grande conversation avec elle.

La sœur de Marlowe avait les mêmes cheveux très sombres que le vicomte, et des yeux d'un bleu profond.

Lady Eversleigh vint vers elle, les mains tendues.

— Mademoiselle Dove, comment allez-vous ? Nous nous sommes déjà rencontrées il y a des années, mais je suppose que vous avez oublié.

— Pas du tout. J'étais venue chez votre frère, à Hanover Square, pour lui apporter des contrats à signer. Je l'attendais dans le hall quand vous êtes passée. Vous alliez sortir. Vous m'avez demandé qui j'étais, puis vous avez insisté pour que je ne reste pas debout dans le hall, et vous m'avez fait passer dans le salon. Comment aurais-je pu oublier un geste d'une telle bonté ?

— De la bonté ? Allons donc. C'était la plus simple politesse. Jackson était impardonnable de vous avoir laissée attendre dans le hall.

Emma savait bien qu'on ne faisait pas entrer une secrétaire dans le salon d'un lord. Le majordome de Marlowe connaissait les règles. Elle n'était pas considérée comme un livreur qu'on faisait passer par la porte de service, mais elle n'était pas non plus une relation rendant visite à la famille. De toute évidence, lady Eversleigh était aussi indifférente aux conventions sociales que son frère.

— De plus, continua-t-elle en reprenant place dans le canapé, j'éprouve pour vous une grande gratitude, et c'est aussi ce qui explique mon geste.

— De la gratitude ? répéta Emma en s'asseyant également.

— C'est grâce à vous que Harry s'est mis à penser aux anniversaires, et à se rappeler les invitations. Ne serait-ce que pour cette raison, ma famille a une dette envers vous, ma chère mademoiselle Dove, conclut-elle en coulant un regard à Mme Morris.

— Par exemple, murmura cette dernière, enchantée.

La baronne reporta son attention sur Emma, et une lueur malicieuse passa dans ses yeux, accentuant la ressemblance avec son frère.

— Et je dois dire que vous avez toujours choisi de merveilleux cadeaux pour nous. Dieu seul sait à quoi nous aurons droit, maintenant que vous n'êtes plus la secrétaire de Harry.

Emma lui rendit son sourire.

— Vous n'étiez pas censée découvrir ce petit secret.

— Eh bien, j'ai le chic pour percer les secrets les mieux gardés.

Après une brève hésitation, elle enchaîna :

— En fait, c'est en partie à cause de cela que je suis venue vous voir.

— À cause des secrets ? s'exclama Emma, qui allait d'étonnement en étonnement.

— Oui.

La baronne lança un nouveau regard appuyé à Mme Morris.

— Je voulais vous entretenir d'une question importante et assez délicate...

Ces paroles furent suivies d'un silence, et la logeuse finit par saisir l'allusion.

— Seigneur ! dit-elle en se levant. Je suis là à lambiner, alors que j'ai tant de travail qui m'attend. Je vous laisse avec votre visiteuse, ma chère Emma.

Dissimulant tant bien que mal sa déception d'être mise à l'écart, elle sortit et referma la porte derrière elle.

— En quoi puis-je vous être utile, lady Eversleigh ? demanda Emma.

La jeune femme fit la moue.

— Oh, je déteste ce titre. Le nom me...

Elle se tut, et ferma les yeux en frissonnant.

— Cela me rappelle de mauvais souvenirs. J'aimerais que nous puissions tous nous appeler par nos prénoms. Ce serait tellement plus simple. Toutes ces convenances sur les titres, les positions sociales,

les gens qu'il faut fréquenter, deviennent parfois tellement ennuyeuses... Je sais que vous n'êtes pas de cet avis, puisque vous êtes la célèbre Mme Bartleby, le porte-drapeau de l'étiquette.

Emma ne put cacher sa surprise.

— Comment le savez-vous ?

— Je vous l'ai dit, j'ai le chic pour découvrir les secrets les mieux gardés. Mais j'ai promis à Harry de n'en parler à personne, et il me connaît assez pour savoir qu'il peut avoir toute confiance en ma discrétion. Le secret de l'identité de Mme Bartleby est en sécurité avec moi. Quant à la raison pour laquelle je viens vous voir, vous savez peut-être que je vais épouser le comte de Rathbourne au mois de janvier ?

— Oui, et je vous prie d'accepter mes félicitations pour vos fiançailles. Mais vous éveillez ma curiosité, madame la baronne. Pourquoi ces fiançailles vous conduisent-elles vers moi ?

— Mes sœurs, ma mère, ma grand-mère et moi lisons votre rubrique chaque semaine. Nous adorons toutes Mme Bartleby.

Emma éprouva un immense plaisir en entendant ces paroles.

— Comme je suis contente ! À vrai dire, je l'aime bien, moi aussi.

— Vous avez raison. Et comme j'ai deviné votre véritable identité, je suis venue solliciter votre aide. C'est un peu effronté de ma part, je sais, mais c'est comme ça. J'ai besoin de vous. Vous voyez...

La baronne s'interrompit et changea de position dans son fauteuil, l'air soudain un peu mal à l'aise.

— Vous savez sans doute que le divorce de mon frère a été une affaire longue et difficile. Surtout pour Harry, mais pour le reste de la famille aussi.

Emma la considéra avec un mélange de compréhension et de compassion.

— Oui. Je sais.

— Beaucoup de nos relations ont condamné l'attitude de mon frère. Il a été... traîné dans la boue,

184

et nous avec lui, par les journaux de ses concurrents. On a dit sur lui des choses abominables. Et
naturellement, une fois qu'il a obtenu le divorce,
quand la reine a fait une déclaration condamnant
le divorce et blâmant ceux qui brisent les liens du
mariage, cela n'a rien arrangé. Tout le monde savait
que, sous des termes généraux, cette critique lui était
personnellement adressée. Notre destin social fut
scellé par ce discours.

Emma se mordit les lèvres, un peu honteuse de sa
position rigide sur le sujet. Soudain, ce qui ne lui
était encore jamais arrivé, elle se sentit irritée par
les restrictions morales imposées par la société.

— Il n'est pas juste selon moi que toute votre
famille ait à souffrir des actes d'une seule personne.
Quant au divorce de votre frère, nous en avons parlé
récemment et je comprends quelle décision déchi-
rante cela a dû être pour lui. Il n'a pas agi de gaieté
de cœur.

— Harry vous a parlé de son divorce ? s'exclama
la baronne en écarquillant les yeux. Il en a discuté
avec vous ?

— Oui, un peu. Cela semble vous étonner, madame ?

— En effet. Harry ne parle jamais des sujets douloureux. Jamais.

Elle laissa fuser un petit rire :

— Décidément, c'est la journée des surprises !

— Je suis vraiment désolée que votre position
dans la société ait été affectée par cette affaire. Si
vous voulez que Mme Bartleby écrive un article
sur l'absurdité de la culpabilité que l'on fait rejaillir
sur la famille d'un divorcé, je le ferai volontiers.

— Non, non. Ce n'est pas pour cela que je suis
venue. De toute façon, maintenant que *La Gazette*
appartient à Harry, tout le monde croirait que c'est
lui qui vous a obligée à l'écrire.

— C'est vrai. Je n'avais pas pensé à cela. Dans
ce cas, pourquoi avez-vous besoin de l'aide de
Mme Bartleby ?

— C'est pour l'organisation de mon mariage.

— Votre mariage ? Mais vos sœurs, votre mère, votre grand-mère...

— J'aime profondément ma mère, mademoiselle Dove. Mais, pour dire les choses comme elles sont, c'est une écervelée. Ma grand-mère est vieux jeu... Seigneur, elle pense encore qu'il faut jeter du riz et de vieilles chaussures à la sortie de l'église après la cérémonie de mariage ! Nous savons toutes les deux que cela ne se fait plus du tout. Mes sœurs m'aident de leur mieux, naturellement. Viviane a dessiné ma robe elle-même, elle est très douée pour cela. Phoebe s'occupe des invitations, du plan de table et des détails dans ce genre. Mais la femme dont j'ai réellement besoin, c'est Mme Bartleby. Je veux être sûre que tout sera impeccable. Si je m'adresse à vous, c'est non seulement pour ma famille mais aussi pour mon fiancé, Edmond. Il a subi également les retombées du divorce. Si notre mariage est parfait, la bonne société n'aura pas de critiques à nous lancer au visage. Et même mieux : je souhaite que ce mariage soit l'événement social le plus sensationnel de l'année. Et pour cela, j'ai besoin des idées originales de Mme Bartleby. Je veux que vous m'aidiez pour les fleurs, le déjeuner, la décoration... tout.

Elle marqua une pause et eut un sourire éblouissant, qui rappelait celui de son frère.

— Je vous ai dit que j'étais effrontée.

— Pas du tout ! Je suis très flattée que vous ayez pensé à moi, madame la baronne.

— Je dois cependant vous mettre en garde. Si vous acceptez de m'aider et que cela se sait, certaines personnes dans mon cercle social ne porteront plus un œil aussi favorable sur vos conseils.

Emma considéra la question un bref instant, consciente que sa décision comportait des risques. Mais elle savait qu'elle agissait selon sa conscience.

— Si les gens me condamnent simplement parce que je vous ai aidée à organiser votre mariage, tant pis.

— Je pense que nous pourrons éviter ce problème en gardant le secret sur notre association. Nous ne le dirons ni à ma mère ni à ma grand-mère, car elles vendraient la mèche aussitôt. Mais mes sœurs savent être discrètes.

— Je serai très heureuse de vous apporter mon aide.

La baronne battit des mains.

— Merci, mademoiselle Dove !

— Ce projet me plaît. Quand commencerons-nous ?

— Voyons… ma famille part pour Torquay en août.

Emma acquiesça d'un signe de tête. Toute la bonne société allait à Torquay au mois d'août pour profiter de la mer.

— Harry ne viendra qu'une semaine, car il a trop de travail à Londres. Il ne pense qu'à son travail. Je suis d'ailleurs inquiète de le voir travailler autant.

— C'est sa façon de s'amuser, répondit Emma sans réfléchir.

La baronne lui lança un regard de surprise.

— Oui, vous avez raison sur ce point, dit-elle lentement en observant Emma. C'est une des raisons pour lesquelles les snobs le condamnent aussi. On dit qu'un gentleman ne doit pas travailler pour gagner sa vie. Les aristocrates considèrent qu'ils sont au-dessus de ça.

— Mais la plupart de ces gentlemen sont endettés.

Cette remarque fit rire la baronne.

— Bien vu, mademoiselle Dove. C'est la vérité. Pour en revenir à notre affaire, à notre retour de Torquay nous irons passer plusieurs semaines dans le domaine de mon fiancé, dans le Derbyshire. Fin septembre, nous séjournerons à Marlowe Park. Je vous propose de venir passer la première semaine d'octobre avec nous. Mais je vous préviens : maman et grand-mère ne cesseront de vous harceler pour vous faire avouer l'identité de Mme Bartleby.

— J'y suis habituée, affirma Emma. Et j'accepte votre invitation. À nous deux, nous ferons de votre mariage la plus belle cérémonie de l'année.

— Comme je suis contente d'être venue vous voir !

Sur une impulsion, Diana prit la main d'Emma.

— Merci d'avoir accepté de m'aider.

Lorsque lady Eversleigh fut partie, Emma remonta chez elle. Elle s'assit à son bureau, encore un peu étourdie. C'était un grand honneur d'être sollicitée par une baronne pour organiser ce genre d'événement. Bien sûr, certains condamneraient Mme Bartleby et refuseraient de la lire s'ils l'apprenaient. Mais, même si la baronne n'avait pas suggéré de garder le secret, Emma l'aurait tout de même aidée.

Pour une fois, elle se moquait de l'opinion des autres. Et c'était sans doute la chose la plus étonnante, dans cette affaire...

13

« Certains hommes sont attirés par les femmes
vertueuses. Si l'un de vous, mes chers amis,
devait se trouver dans une telle situation,
il aurait droit à toute ma compassion. »
Lord Marlowe, *Le Guide du célibataire*, 1893

Harry n'avait jamais été du genre à se mentir à
lui-même. Il était attentif à ce que lui soufflait son
instinct. Mais, depuis quelque temps, il ne pouvait
plus s'appuyer sur son intuition comme autrefois.
En ce moment, son instinct d'homme d'affaires lui
criait bien haut de rester à l'écart d'Emma Dove.
Cependant, son instinct d'homme lui disait tout le
contraire.

Il la désirait, et ce n'était pas parce qu'il l'évitait
qu'il allait la désirer moins. C'était la vérité toute
simple.

Harry s'appuya à son bureau et crispa les doigts
sur le bord du plateau d'acajou. Derrière lui, il
entendait la voix monotone de Quinn relisant ce
qu'il venait de lui dicter, mais il ne lui accorda
aucune attention. Les yeux fixés sur la fenêtre du
bureau, il cessa d'essayer de faire sortir Emma de
son esprit.

Emma. C'était un nom très doux. Mais les pensées
qu'elle faisait surgir en lui ne l'étaient pas. En fait,

elles étaient torrides, et de plus en plus passionnées au fur et à mesure que les jours passaient. Il ferma les yeux et imagina son corps. Une image se forma, issue uniquement de ses fantasmes. Des jambes fines et sveltes, de petits seins arrondis, une longue chevelure brune qui s'enflammait sous les rayons du soleil.

— Par conséquent, je me vois contraint de décliner votre offre de...

La voix de Quinn flotta au-dessus de sa tête.

Emma. Un joli nom. Il inspira profondément, imaginant des senteurs de coton frais, de talc, et le parfum de sa peau. Pour la centième fois peut-être, il rêva qu'il embrassait ses lèvres, et d'autres ravissantes parties de son corps. Il se vit lui ôtant sa chemise blanche et lui faisant des choses qui étaient loin d'être convenables.

— Au cas où vous souhaiteriez réfléchir avant d'accepter les termes originaux du...

Ce jour-là, dans les jardins de Victoria Embankment, elle avait dit qu'elle le trouvait beau. Elle était aussi sérieuse que si elle récitait son catéchisme, ses yeux noisette grands ouverts, sans trace de ruse ou de flirt. Des yeux innocents.

Il ne voulait pas qu'elle soit innocente.

Tout homme célibataire et qui voulait le rester évitait soigneusement les vierges innocentes. Il n'en avait connu qu'une seule dans sa vie, le soir de ses noces, et il en gardait un souvenir très clair. Cela avait été un désastre, un prélude parfaitement annonciateur de la suite.

Ses pensées le ramenèrent quatorze ans en arrière. Il lui sembla qu'une éternité s'était écoulée. Tous ses problèmes avaient commencé quand il s'était associé avec le père de Consuelo dans quelques projets d'affaires. Tout d'abord à Londres, puis à New York. Lorsque M. Estravados l'avait invité à passer un mois avec sa famille dans leur maison de vacances de Newport, Harry avait accepté avec joie. Et c'est ainsi que par un chaud et lourd après-midi d'août, alors qu'il avait vingt-deux ans, il avait croisé par-dessus un filet de tennis deux yeux sombres et *innocents*. Sa vie avait alors basculé, le précipitant en enfer.

Penchant la tête, il contempla le tapis et évoqua sa dernière entrevue avec Consuelo. Agenouillée, les mains jointes, sanglotant… le suppliant de lui accorder le divorce.

— *Laisse-moi partir, Harry. Je t'en prie, rends-moi ma liberté.*

— … je vous prie d'agréer, et cetera. Souhaitez-vous modifier quelque chose, monsieur ?

Le lourd silence qui suivit tira Harry de ses souvenirs.

— Hum ? Quoi donc ?

Il regarda par-dessus son épaule et rencontra le regard impassible de Quinn.

— Souhaitez-vous modifier cette lettre, monsieur, ou puis-je l'envoyer telle quelle ?

Harry n'avait pas retenu un seul mot de la lecture qui avait précédé.

— C'est parfait, déclara-t-il. Envoyez-la.

Quinn sortit et Harry se passa une main sur le visage. Diable. Si le fait de songer à Consuelo ne parvenait même pas à lui remettre les idées en place, rien n'y ferait. Que lui arrivait-il ? Il semblait ne plus avoir aucune prise sur ses pensées, ces temps-ci.

Peut-être avait-il besoin d'une nouvelle maîtresse. Oui, cela l'aiderait à se ressaisir. Ou bien même lui fallait-il envisager quelque chose de plus rapide. Il prit son chapeau et sortit vivement de son bureau. En passant devant Quinn, il lança :

— Je serai absent toute la journée.

— Mais, monsieur, je crois que… enfin, il me semble…

Harry s'immobilisa près de la porte.

— Oui, oui, fit-il avec impatience. Vous croyez quoi ?

Son secrétaire le dévisagea d'un air incertain.

— J'ai noté que vous aviez un rendez-vous ici même, dans quelques minutes.

Il fit glisser son doigt le long de son sous-main, et lut :

— M. William Sheffield, directeur de la production de *La Gazette sociale*, à deux heures. Je pense que vous vouliez discuter des procédures de fabrication ? Je me trompe peut-être, bien entendu.

Il leva les yeux, avec cette expression angoissée que Harry trouvait profondément irritante.

— *Je pense que vous avez très peu de considération pour les autres... Quant à votre vie... je ne peux m'empêcher de penser qu'elle est terriblement dissolue. Votre mépris pour le mariage, vos liaisons avec des danseuses de cancan et d'autres femmes sans moralité...*

Ces mots lui revinrent en mémoire. Et soudain, le fait de se rendre dans un bordel et de passer quelques heures dans les bras d'une courtisane ne lui parut pas une perspective si agréable, en fin de compte. Il plaqua une main contre son front avec un soupir de frustration. Il était censé chasser Emma Dove de ses préoccupations. Or, non content de l'imaginer nue, il entendait sa voix et ses sermons !

— Non, monsieur Quinn, vous ne vous trompez pas.

Il sortit sa montre de son gousset : il ne restait qu'un quart d'heure avant son rendez-vous.

— Je vais traverser la rue et aller voir Sheffield moi-même, déclara-t-il, en espérant que cette courte sortie suffirait à lui éclaircir les idées.

Il remit la montre dans sa poche, s'apprêta à sortir, et s'arrêta sur le seuil.

— Quinn ?

— Oui, monsieur ?

— Merci de m'avoir rappelé mes responsabilités. Cela fait partie de vos fonctions de vous assurer que j'honore mes rendez-vous. Continuez ainsi.

Harry sortit, abandonnant derrière lui un M. Quinn éberlué. Quand il arriva devant le bureau de Sheffield, quelques minutes plus tard, il était bien décidé à se concentrer sur son travail. Pendant les deux heures suivantes, il ne fut pas traversé par l'envie d'embrasser une jeune femme sage et innocente. Puis, alors qu'il regagnait son bureau, pas une seule fois l'idée de déboutonner sa chemise blanche empesée, ou de relever sa jupe de laine, ne lui effleura l'esprit. Pas une fois il n'imagina le parfum de son talc, ni le contact de sa peau douce et blanche, tandis qu'il écrivait son article pour *Le Guide du célibataire*. Pas une seule fois.

Puis elle arriva, et tous ses efforts furent anéantis.

Il avait déjà dit au revoir à Quinn, et il s'apprêtait à partir lorsque la femme qu'il voulait à tout prix oublier déboula dans le couloir et se heurta à lui. Instinctivement, il lui agrippa les bras pour l'empêcher de tomber.

— Oh, je suis vraiment désolée, dit-elle en levant les yeux de la pile de documents qu'elle tenait à la main.

Le bref contact de son corps contre le sien fit à Harry l'effet d'une décharge d'électricité. Il contempla son visage avec ses jolies taches de rousseur et ses lèvres roses, et ses dignes résolutions furent balayées en un instant.

— Lord Marlowe ! s'exclama-t-elle, surprise. Que faites-vous ici ?

Harry se rendit compte qu'il la tenait toujours par les bras. Il la lâcha et recula.

— Eh bien, il se trouve que ce bâtiment m'appartient, voyez-vous, lança-t-il avec une désinvolture étudiée. Et ceci est mon bureau. J'y passe parfois, à l'occasion.

— Oui, bien sûr, fit-elle en riant. Ma question était un peu stupide, n'est-ce pas ? C'est simplement que j'étais en train de réfléchir à…

Elle s'interrompit, toussota, et montra les papiers qu'elle tenait à la main.

— C'est-à-dire que je lisais, et je ne regardais pas où j'allais. Tout va bien ? Je ne vous ai pas marché sur les pieds, j'espère ?

— Non.

Il eut envie de hurler que non, il n'allait pas bien du tout, et c'était sa faute. Son corps s'était embrasé à son contact. Désespéré, il chercha quelque chose à dire.

— Que lisiez-vous donc, qui vous absorbait autant ?

Elle feuilleta les pages du manuscrit.

— Un projet pour la prochaine édition. Comme je passais devant vos bureaux, j'ai pensé que je pouvais le déposer. Je me rends chez Inkberry, vous comprenez.

Il tenta vaillamment de soutenir la conversation.

— La librairie Inkberry ? Je croyais que nous devions consacrer la prochaine édition au thème des confiseries. Vous avez changé d'avis ?

— Non, non. C'est toujours mon intention, comme vous pourrez le voir en parcourant ce projet.

Elle lui tendit le paquet de feuillets, et continua :

— Je veux voir si M. Inkberry a des ouvrages sur l'histoire du... du...

Elle marqua une pause, s'éclaircit la gorge et finit par articuler :

— L'histoire du... euh... du commerce du chocolat.

Elle enfouit sa main gantée dans la poche de sa jupe, et ses joues se teintèrent d'un rose délicat. Harry comprit qu'il n'avait pas été le seul à penser à ce qui s'était passé deux semaines auparavant. Cette idée le réconforta un peu.

— Votre sœur, lady Eversleigh, m'a rendu visite cet après-midi.

Elle jeta un coup d'œil autour d'elle, et chuchota :

— Elle a deviné que j'étais Mme Bartleby. Elle veut que je l'aide à organiser son mariage.

— Oui, je sais. Diana a le chic pour découvrir les secrets. Mais je lui ai fait promettre de tenir sa langue.

— Oui, elle me l'a dit.

Il y eut un long silence. Emma se balança d'un pied sur l'autre, et consulta sa montre accrochée au revers de sa veste comme une broche.

— Il est plus de quatre heures. Je dois m'en aller.

— Attendez-moi un instant, je vous raccompagne à l'entrée.

Les mots lui avaient échappé. Mais il ne pouvait revenir en arrière, et d'ailleurs il n'en avait pas envie. Il retourna dans son bureau, déposa la pile de feuillets sur sa table de travail, et revint dans le couloir. Ils se dirigèrent ensemble vers l'escalier.

— Mme Bartleby pense qu'Inkberry est la meilleure librairie de Londres ?

— Bien sûr. Et même si ce n'était pas vrai, je n'oserais pas dire le contraire, ajouta-t-elle en s'engageant dans l'escalier. Les Inkberry seraient profondément blessés si j'étais assez déloyale pour recommander un établissement concurrent.

— Vous connaissez donc les propriétaires ?

— Oh, oui. J'ai fait la connaissance de M. et Mme Inkberry à mon arrivée à Londres. Mme Inkberry était la meilleure amie de ma tante Lydia. Et M. Inkberry est tellement adorable, précisa-t-elle avec un sourire. Dès qu'un nouveau manuel de savoir-vivre paraît, il le met de côté pour moi. J'aime savoir quel genre de conseils donnent les autres auteurs.

— Ah, vous voulez avoir une longueur d'avance, n'est-ce pas ? C'est très bien.

Il ouvrit la porte, s'effaça pour la laisser passer, et la suivit sur le trottoir.

— On m'a dit que c'était une très belle librairie, avec une collection de volumes anciens et rares. Est-ce vrai ?

— Vous n'y êtes jamais allé ?

— Non, je n'ai pas encore eu ce plaisir.

— Voulez-vous...

Elle marqua une pause, s'éclaircit la gorge, avant de suggérer :

— Si vous n'avez pas d'autre engagement, peut-être aimeriez-vous... Inkberry est vraiment la meilleure librairie de Londres. Il y en a de plus connues, comme Hatchards par exemple. Mais Inkberry est supérieure sur tous les plans, du moins selon moi. Et... et d'autre part, vous devriez la voir. Comme vous êtes éditeur, et... et tout...

Elle s'interrompit, prit le temps d'inspirer longuement et finit par proposer :

— Aimeriez-vous m'accompagner ?

Il n'aurait pas dû. Mais il allait le faire. Il faisait toujours le contraire de ce qui était raisonnable.

— Avec grand plaisir.

Une clochette tinta lorsque Marlowe poussa la porte de la librairie. Emma entra, et il lui emboîta le pas. Le vieil homme qui se tenait derrière le comptoir sourit en la voyant.

— Emma ! s'exclama-t-il en venant vers elle.

— Bonjour, monsieur Inkberry. Vous allez bien ?

— Assez bien. Joséphine vous voit chaque dimanche pour le thé à Little Russell Street, mais je n'ai pas cette chance. Il y a trop longtemps que vous n'êtes pas venue au magasin, ma chère enfant.

— Je sais, et j'en suis désolée. Mais je vous promets que ça va changer. Comment va Mme Inkberry ?

— Très bien. Elle est en haut, et il faudra que vous montiez la voir avant de partir. Vous prendrez le thé avec nous.

Il lança un coup d'œil à l'homme qui se tenait derrière elle, et elle déclara :

— Monsieur Inkberry, je vous présente le vicomte Marlowe. J'ai travaillé pour Marlowe Publishing, vous savez. Monsieur le vicomte, voici M. Inkberry.

— Comment allez-vous ? dit Marlowe en s'inclinant. Votre librairie est la plus belle de Londres, à ce qu'on dit.

— Et je sais qui vous l'a dit, répliqua M. Inkberry avec un petit rire. Je crois que nous venons de recevoir de nouveaux manuels de savoir-vivre, et aussi des livres de cuisine.

Il désigna d'un geste de la main le passage qui menait à l'arrière-boutique.

— Je les ai rangés à l'endroit habituel.

Emma s'engouffra dans le petit couloir. Marlowe demeura dans la boutique pour bavarder avec M. Inkberry. Les voix des deux hommes s'effacèrent tandis qu'elle progressait dans la pièce sombre. Les hautes fenêtres laissaient entrer la lumière du dehors, qui éclairait les étagères surchargées. Mais l'intérieur de la pièce demeurait assez obscur, et paraissait frais, par contraste avec la chaleur d'été qui régnait à l'extérieur. L'odeur poussiéreuse des livres emplissait l'atmosphère.

Emma se dirigea tout droit vers le mur du fond où M. Inkberry rangeait les livres destinés à ses clients privilégiés. Les cartons contenant ces volumes étaient entreposés sous l'escalier qui menait aux appartements, situés au-dessus du magasin. Emma tira un carton à la lumière pour en examiner le contenu, mais ne trouva rien d'intéressant. Quelques livres de cuisine de Mme Beeton qu'elle avait déjà lus et les manuels de savoir-vivre de Mme Humphrey, qui n'avaient rien d'extraordinaire. Il y avait aussi un exemplaire du *Manuel de bonne conduite* par M. C., et un excellent classique, *Manières et Règles de la bonne société*.

Emma avait lu tous ces livres. Elle remit donc le carton à sa place et décida de jeter un coup d'œil aux autres volumes de la pièce, car cette partie de la boutique était celle qu'elle préférait. Elle contenait des récits exotiques, des guides de voyage de Baedeker et de Cook, des textes historiques concernant divers pays, et des dizaines de cartes géographiques. Si M. Inkberry avait quelque chose sur le commerce du chocolat, cela se trouvait forcément ici.

Elle examina les étagères, remarquant avec plaisir quelques volumes de poésie arabe. Elle lut les titres un à un, jusqu'à ce qu'elle ait atteint l'étagère la plus haute. Là, un lot de livres reliés de cuir rouge attira son attention.

Se haussant sur la pointe des pieds, sourcils froncés, elle tenta de déchiffrer les titres des volumes rangés loin au-dessus de sa tête. Quand elle comprit ce que ces livres conteaient, Emma poussa une exclamation de surprise et de joie. M. Inkberry ne lui avait pas parlé de ces volumes. Bien sûr que non. Elle se mit à les compter, et sa joie augmenta lorsqu'elle constata que la collection était complète et comprenait dix volumes originaux, parfaitement intacts.

Non que cela ait une grande importance pour elle, songea-t-elle en les contemplant rêveusement. Elle ne pouvait pas les acheter. Cependant, rien ne l'empêchait d'y jeter un coup d'œil. Elle leva la main et étendit le bras, mais les livres demeurèrent hors de portée. Reculant d'un pas, elle poussa un soupir d'impatience.

— Permettez-moi, dit une voix grave derrière elle.

Emma se figea, stupéfaite de découvrir que Marlowe était si près. Elle ne l'avait pas entendu entrer dans cette pièce. Dans le mouvement qu'il fit pour saisir un des livres, son torse effleura l'épaule de la jeune femme, et elle perçut son parfum de bois de santal.

Elle tendit la main mais, au lieu de lui donner le volume, il prit le temps de lire le titre.

— *Les Mille et Une Nuits*, par sir Richard Burton !

Il l'enveloppa d'un regard amusé.

— Quand je pense que cela fait des années que vous me faites des sermons sur la bienséance !

Emma leva le menton d'un air digne.

— Je ne vois pas ce que vous voulez dire.

Il donna de petits coups avec le livre contre le plat de sa main.

— Je me demande si Mme Bartleby jugerait cette lecture acceptable pour une jeune femme aussi convenable que vous ?

Ce n'était pas convenable du tout. Ce livre contenait la version non expurgée des contes de Burton, qui avait la réputation d'être carrément licencieuse. Emma fit une tentative pour détourner la conversation.

— Je suis peut-être convenable, monsieur, mais on ne peut pas dire que je suis jeune.

— Ah non ? Vous ne paraissez pas plus de dix-neuf ans.

Il posa un doigt sur la joue d'Emma, et ajouta :

— Ce doit être à cause des taches de rousseur.

Une sensation étrange se forma dans le ventre d'Emma tandis que les doigts virils de Marlowe glissaient le long de sa joue. Sa main retomba avant qu'elle ait pu lui dire de ne pas la toucher comme ça, et il recula, s'inclinant pour lui présenter le livre.

Elle ne le prit pas. C'était inutile. Elle ne pourrait jamais l'acheter, et avait simplement eu l'intention d'y jeter un rapide coup d'œil. Mais elle ne pouvait pas le faire alors qu'il se tenait là et la regardait, sachant parfaitement ce que contenait le volume de cuir. Elle secoua donc la tête en signe de refus.

— Remettez-le avec les autres, s'il vous plaît.

Loin d'obtempérer, il ouvrit le livre, examina rapidement la page de garde, puis regarda les autres volumes alignés sur l'étagère.

— Ce sont des originaux de la première édition de 1850, dit-il en reportant son attention sur Emma. Les dix volumes sont rassemblés, ce qui est extrêmement rare. Vous ne les voulez pas ?

Elle avait terriblement envie de les avoir.

— Non, répondit-elle néanmoins. Comme vous le disiez, la version de Burton n'est pas une lecture convenable pour... pour quelqu'un comme moi.

— Et alors ? Achetez-les tout de même. Je ne dirai à personne que vous lisez des livres coquins.

— Ils ne sont pas coquins, protesta-t-elle.

— Vous les avez déjà lus ?

— Non, pas dans la version de Burton ! Mais j'ai lu celle de Galland. Je cherchais ceux-ci pour... pour avoir un élément de comparaison.

— Dans le cadre de vos recherches, sans doute.

Ses lèvres formèrent une moue amusée, et elle comprit qu'il n'était pas dupe de ses explications. Mais, à son grand soulagement, elle le vit remettre le livre à sa place sans explorer davantage ses motifs.

— Avez-vous aimé la version de Galland ?

— Oui. Cependant, si j'avais été dans la même situation que Schéhérazade, je pense que je n'aurais pas survécu.

— Pourquoi dites-vous cela ?

— Le sultan n'aurait sûrement pas été assez impressionné par mes leçons de savoir-vivre pour m'épargner. Pour un homme, les histoires de génies et de tapis volants sont bien plus passionnantes que la vaisselle de porcelaine.

— Je suis de l'avis du sultan en ce qui concerne le savoir-vivre et la vaisselle, mais pour ce qui est du reste... vous sous-estimez vos charmes, Emma, déclara-t-il en l'enveloppant d'un regard appuyé.

Ces mots firent surgir chez elle une flamme de plaisir. Mais, quand le regard de Marlowe se posa sur ses lèvres, il lui sembla que la température de la pièce montait de plusieurs degrés, et elle lui tourna le dos. Elle passa les doigts sur la tranche des livres, comme si elle examinait les titres, mais ses pensées n'étaient pas du tout orientées vers la poésie persane.

— *J'aimerais beaucoup vous embrasser.*

Elle éprouva une vague d'excitation un peu étourdissante. Elle ferma les yeux, imaginant une fois de plus les lèvres de Marlowe sur les siennes. Oh, qu'éprouverait-elle s'il l'embrassait ?

Elle ouvrit les yeux, regarda par-dessus son épaule et constata qu'il se tenait juste derrière elle, étudiant les étagères. Emma fit un effort pour se ressaisir et entretenir la conversation.

— Qu'aimez-vous lire, monsieur le vicomte ?

Il prit un livre, lui jeta un bref coup d'œil et le remit à sa place.

— À dire vrai, je n'aime pas lire du tout.

— Vous ne lisez pas ? Mais pourtant, vous publiez des livres.

— Tout à fait. J'aimais lire lorsque j'étais petit. À présent, je suis obligé de lire tout le temps et cela ne me procure plus aucun plaisir. Quand j'ai des loisirs, la dernière chose que j'ai envie de faire, c'est de lire.

— Cela s'explique, je pense. Mais, pour moi, lire est une vraie aventure. Cela fait de moi une voyageuse en fauteuil, et m'entraîne dans des contrées où je ne pourrai jamais aller.

— Et si vous ne voyagiez pas que dans votre fauteuil ? Si vous possédiez un tapis volant et que vous pouviez aller où bon vous semble, quelle destination choisiriez-vous ?

Il se tenait si près qu'elle percevait la chaleur de son corps, dans l'obscurité humide de la librairie. Ses bras se glissèrent de part et d'autre de ses épaules, la retenant prisonnière sans même la toucher. Elle voulut bouger, puis se figea, contemplant les mains solides qui agrippaient l'étagère devant elle. Sa respiration s'accéléra.

— Où iriez-vous ? répéta-t-il.

Son souffle chaud lui effleura la joue, la faisant frissonner.

— Dans le harem du sultan ?

— Certainement pas, répliqua-t-elle d'un ton sec.

Elle prit un livre, l'ouvrit et fit mine de se plonger dans le *Rubayat*.

Il ne se laissa pas décourager. Regardant par-dessus son épaule, il lut le titre imprimé en haut de la page.

— Le jardin persan d'Omar Khayyam est donc votre destination privilégiée ? demanda-t-il avec un rire grave. Est-ce que, sous l'apparence de bienséance de Mlle Emmaline Dove, bat le cœur d'une hédoniste ?

— Quoi ?

Elle referma le livre d'un coup sec, le remit en place et se retourna.

— Je ne suis pas une hédoniste !

Consciente qu'elle avait haussé le ton, elle jeta un regard autour d'elle et constata avec soulagement qu'ils étaient seuls dans cette partie du magasin.

— Je vous prie de ne pas m'insulter.

— Ce n'était pas mon intention. Bien au contraire. Je trouve cet aspect caché de votre personnalité fascinant.

— Comment une description aussi erronée pourrait-elle être fascinante ?

— Parce que je vous connais depuis cinq ans, et que je n'avais jamais soupçonné que vous étiez ainsi. Plus je passe du temps avec vous, plus vous me surprenez.

Il se pencha vers elle et elle poussa son bras pour se dégager, mais il ne bougea pas. Renonçant à s'échapper, elle renversa la tête en arrière et le toisa, sourcils froncés.

— Vous n'avez pas le droit de me traiter d'hédoniste !

— Il n'y a rien de mal à profiter des plaisirs de la vie. Dieu sait qu'il y a assez de souffrances en ce monde. Quant à ma conclusion sur votre personnalité, elle est fondée sur l'aperçu que j'ai eu de vos préférences.

— Mes préférences ? Je ne vois pas ce que vous voulez dire.

— Les chocolats à la liqueur, les pêches mûres et juteuses, les fraises des bois. Les contes de Schéhérazade, et la poésie persane d'Omar Khayyam. Il me semble que vous aimez les plaisirs terrestres.

— Ce n'est pas vrai! affirma-t-elle dans un chuchotement. À vous entendre, le fait d'aimer le chocolat et les fruits mûrs est décadent. Comme... comme des plaisirs charnels.

— La nourriture est quelque chose de très charnel, vous pouvez me croire.

Il baissa les paupières, et ajouta :

— Attribuez cette opinion à ma nature dissolue.

Il recommençait. Elle porta les doigts à ses lèvres, interrompit son geste, et laissa retomber sa main. Cela le fit sourire, comme s'il avait deviné à quoi elle pensait. Et comme s'il pensait à la même chose qu'elle. Comme s'il avait envie de l'embrasser et de faire d'autres choses... des choses charnelles. Elle n'avait qu'une très vague idée de ce que cela pouvait être, cependant son corps fut parcouru de délicieux frissons.

— Au fait, Emma, je suis obligée de vous contredire sur un point.

Elle tenta de se rappeler ce qu'elle avait dit, mais, avec lui se tenant tout près, c'était impossible.

— Me contredire à quel sujet ?

— Si vous aviez dû affronter le sultan armée d'une boîte de chocolats, vous auriez certainement survécu.

Le souvenir de ce qui s'était passé deux semaines plus tôt dans la boutique était à la fois excitant et embarrassant. Emma détourna les yeux. Bien sûr, il la prenait pour une hédoniste. Que pouvait penser d'autre un gentleman, quand une dame lui permettait de coller ses jambes contre les siennes pendant un pique-nique ? Quand elle l'autorisait à lécher ses doigts pleins de chocolat ?

L'éducation extrêmement stricte qu'avait reçue Emma la poussait à condamner ces choses-là. Mais quelque chose d'autre, profondément enfoui en elle, les désirait avec une force effrayante. Désespérée, en proie à une vraie panique, elle soutint son regard et déclara avec fermeté :

— Je suis une femme vertueuse, monsieur. Je ne suis ni décadente ni charnelle.

— Non ?

Il leva la main et lui effleura le menton du bout des doigts, lui renversant la tête en arrière. Puis ses doigts vinrent se poser sur ses lèvres. Elle frissonna, sa panique s'effaça, ainsi que son désir de lui résister.

Ne faites pas cela. Ne me touchez pas. Vous ne devez pas faire ça...

Elle ouvrit la bouche, mais ces paroles de protestation ne franchirent pas ses lèvres. Elle demeura là, sans défense, tandis qu'il contemplait ses lèvres et les caressait du bout des doigts, encore et encore. En proie à un trouble infini, elle eut la sensation que des milliers de papillons voletaient à l'intérieur d'elle-même.

Il fit glisser la main sur sa joue, et elle réprima une légère exclamation.

— Que faites-vous ?

Il se pencha, ses lèvres toutes proches des siennes.

— Je brise les règles de la bienséance, murmura-t-il.

Et alors, il l'embrassa.

À l'instant où sa bouche toucha la sienne, Emma oublia où ils étaient, oublia ce qui était convenable, et tout ce qu'on lui avait appris sur ce qui était bien ou mal. Là, dans la semi-obscurité d'une librairie poussiéreuse, elle oublia que seuls les gens mariés avaient le droit de s'embrasser, et qu'elle était une célibataire de trente ans. Une joie indicible surgit en elle, une joie à la fois belle et douloureuse. Cela ne ressemblait à rien de ce qu'elle avait déjà éprouvé. À rien de ce qu'elle avait imaginé.

C'était comme une explosion de printemps.

Elle ferma les yeux, et ses autres sens prirent le relais. Elle perçut son parfum masculin. Le goût de sa bouche lorsqu'il lui entrouvrit les lèvres. Le bruit de son propre cœur battant à toute allure telles les ailes d'un oiseau affolé.

Ses lèvres étaient sensibles, comme si elles avaient été reliées à toutes les terminaisons nerveuses de son corps. Elle était frémissante, vibrante, électrifiée. La peau autour de sa bouche la brûlait, et elle se rendit compte que c'était à cause de la barbe qui ombrait les joues de Marlowe. Un homme était un être tellement différent, et cependant tellement merveilleux. Si étranger, et si familier.

Elle plaqua les mains sur son torse. Son gilet de soie était doux. Elle sentit ses muscles durs et chauds sous le tissu. Elle fit glisser ses mains sous sa veste, jusqu'à ses épaules, savourant pour la première fois la force qui émanait d'un homme, et consciente qu'en cet instant c'était elle qui maîtrisait cette force. Elle noua les bras autour de son cou et se pressa plus étroitement contre lui, comme pour se fondre à cette puissance virile.

Son geste parut éveiller quelque chose en lui. Étouffant un grognement sourd, il glissa son bras libre autour de la taille d'Emma et l'attira vers lui, la soulevant à demi. Sa main se posa sur sa nuque fragile. Il approfondit son baiser, envahissant sa bouche. Emma émit un petit gémissement choqué, mais presque aussitôt une vague de plaisir déferla en elle et la fit frémir. Pour la première fois de sa vie, elle comprit ce qu'était la sensualité.

Elle se cramponna à lui, pressant son corps contre le sien, avec un manque de retenue qui aurait dû la choquer. Mais les sentiments qui la submergeaient étaient si puissants et si extraordinaires, qu'elle oublia sa pudeur habituelle. Elle sentait son corps dur contre le sien, et cependant cela ne parvenait pas à la satisfaire. Elle le voulait plus proche d'elle, elle voulait quelque chose qu'elle ne pouvait identifier. Ses hanches se plaquèrent contre lui et elle émit un gémissement rauque.

Et puis, ce fut fini.

Il lui agrippa le bras, la repoussa, interrompit leur baiser. Sa respiration rapide et haletante se mêla à la sienne, ses yeux bleus semblaient étinceler.

Il fit remonter ses mains le long des bras d'Emma et lui prit le visage.

— On ne vous avait encore jamais embrassée, n'est-ce pas ? chuchota-t-il.

Elle secoua la tête en silence.

Un sourire se dessina sur ses lèvres, et Emma se raidit, sur ses gardes. Était-il en train de se moquer d'elle ? Avait-elle fait quelque chose de mal ? Soudain, elle se sentit gauche et maladroite, et elle eut peur.

— Vous n'auriez pas dû faire cela, chuchota-t-elle à son tour.

— Sans doute.

Il l'attira de nouveau vers lui et l'embrassa rapidement, avec force.

— Mais je ne fais pas souvent ce qu'il faut. Je ne suis pas très sage.

Sur ces mots, il la relâcha, tourna les talons, et disparut de l'autre côté de la bibliothèque.

Elle l'entendit sortir de la pièce, mais ne le suivit pas. Elle ne le pouvait pas. Pas encore. Elle resta donc là, avec ses vêtements froissés et son chapeau de guingois, dans l'arrière-boutique d'une librairie de Bouverie Street, trop étourdie pour réagir.

Ses doigts se pressèrent sur ses lèvres. Celles-ci étaient gonflées, irritées par le contact de sa barbe. Maintenant, elle savait ce que c'était d'être embrassée. Elle savait… et rien ne serait plus jamais pareil.

Emma éprouva le désir absurde de pleurer. Mais elle ne ressentait ni culpabilité ni remords. Ce baiser était la plus belle chose qui lui soit arrivée, et elle avait envie de pleurer de joie.

14

« La vertu d'une femme est une chose fragile,
et elle doit être préservée avec le plus grand zèle.
Aussi, mes chères amies, ne comptez pas sur
les gentlemen pour vous aider en ce sens.
Car, hélas, ils sont souvent aussi soucieux
de vous ôter cette vertu que vous êtes,
vous, soucieuses de la conserver. »
Mme Bartleby, *Conseils aux jeunes filles*, 1893

Ce fut un bruit de pas sur les marches qui tira
Emma de sa torpeur euphorique. Elle jeta un coup
d'œil de côté, et aperçut la petite silhouette ronde
de Mme Inkberry illuminée par le rayon de soleil
filtrant par la fenêtre du palier.

Elle avait vu ce qui s'était passé.

Emma le comprit tout de suite devant le froncement de sourcils réprobateur qui assombrissait le
visage de la vieille dame, d'ordinaire si doux. La joie
d'Emma s'évapora.

Mme Inkberry lança un regard à la porte par
laquelle Marlowe venait de sortir, puis reporta son
attention sur elle. Son expression se rembrunit un
peu plus.

— Montez, Emma. Venez prendre le thé avec moi.

Sans attendre de réponse, elle pivota sur elle-
même et remonta vers l'appartement. Pour Emma,

il était impensable de refuser. Cela aurait été aussi discourtois et aussi grave que de contredire tante Lydia. En proie à un profond désarroi, elle suivit la vieille dame dans le corridor qui menait au salon.

Mme Inkberry sonna afin qu'on leur apporte le thé, puis prit place dans le canapé. Elle tapota le siège à côté d'elle pour faire signe à Emma de s'asseoir, mais ne dit pas un mot avant que la servante ne soit entrée avec le plateau du thé.

Annie fit une révérence et sourit à Emma.

— Bonjour, mademoiselle Emma.

Le sourire que celle-ci lui adressa en retour était un peu forcé. Il y eut un léger cliquetis de vaisselle lorsque Annie déposa le plateau à côté de sa maîtresse.

— Le maître n'est pas monté, madame ?

— Pas encore. Annie, il doit y avoir un gentleman brun, quelque part dans la boutique. Un monsieur à l'allure prospère, vêtu d'une redingote noire et d'un pantalon rayé. Trouvez-le et dites-lui que je souhaite le voir sortir d'ici sur-le-champ.

En proie à un sentiment de honte qui croissait à chaque mot de Mme Inkberry, Emma baissa la tête. Elle croyait encore sentir les lèvres ardentes de Marlowe sur les siennes, et elle était sûre que tout le monde pouvait voir la trace de leur brûlure.

— Ensuite, continua Mme Inkberry, vous préviendrez M. Inkberry que son thé sera prêt dans une demi-heure. Dites à la cuisinière de le préparer. Et refermez la porte derrière vous.

— Très bien, madame.

La jupe fleurie de la servante et son tablier blanc se balancèrent autour de ses chevilles quand elle pivota vers la porte. Emma entendit le cliquetis de la poignée, mais elle ne leva pas la tête. Elle attendit, les yeux fixés sur ses genoux, que la vieille dame eut fini de servir le thé.

Mme Inkberry lui tendit une tasse du breuvage odorant, et consentit seulement alors à reprendre la parole.

— Emma, ma chère enfant.

Emma crut entendre sa tante. Des paroles affectueuses, prononcées sur un ton grave et inquiet, et soulignées par une nuance de déception.

Car Mme Inkberry était déçue, bien entendu, comme l'aurait été toute personne éprouvant de l'affection pour elle. Elle avait permis à un homme de se comporter de façon insultante envers elle, et elle n'avait rien fait pour le repousser. Pire encore, il avait suffi que sa bouche effleure la sienne pour qu'elle jette aux orties une vie entière de rectitude morale. Elle ne s'était pas contentée d'accepter son baiser. Elle y avait pris plaisir.

— Emma, votre tante vous a élevée selon des principes très stricts, et dans la connaissance de ce qui était bien ou ne l'était pas. Je comprends qu'à présent, privée de ses conseils, vous soyez parfois… en proie à une certaine confusion, conclut Mme Inkberry après une légère pause.

Le terme décrivait parfaitement le désordre qui régnait dans son esprit, et ses actes inexplicables depuis quelque temps. Emma acquiesça d'un hochement de tête.

— Maintenant que Lydia n'est plus là, poursuivit la vieille dame, il n'y a personne pour vous conseiller. Je veux dire personne, à part moi. Je vous connais depuis que vous avez quinze ans et j'aime à penser que si vous vous sentiez égarée, vous aimeriez que je sois là pour vous remettre dans le droit chemin. Je sais bien que vous n'êtes plus une toute jeune fille, mais une femme mûre…

Si je suis une femme mûre, ne me traitez pas comme une enfant. Cessez de m'étouffer !

Ces mots amers et provocants surgirent de nulle part. Emma se mordit les lèvres pour s'empêcher de les prononcer à haute voix.

— Comme vous n'êtes pas mariée, vous êtes parfaitement inconsciente de ce que sont les hommes.

De la grossièreté dont ils sont capables s'ils ne sont pas de vrais gentlemen.

— Il ne s'était jamais rien passé auparavant ! s'écria-t-elle. Il n'a jamais…

Elle s'interrompit en pensant à ce qui était arrivé dans la boutique Au Chocolat. Impossible de mentir à Mme Inkberry. Elle se contenta donc de dire :

— Il n'a jamais été grossier.

— Je suis contente de savoir que c'est la première fois qu'il fait quelque chose d'inconvenant. Cependant, ma chère, il est de mon devoir de prendre la place de Lydia et de vous mettre en garde. Les hommes, quels qu'ils soient, peuvent pousser une femme vers le mal.

Comment quelque chose d'aussi merveilleux que ce baiser pouvait être « le mal » ? Un sentiment de révolte surgit de nouveau en elle, plus ardent que la première fois.

— Est-il donc si terrible d'être embrassée par un homme ?

— Oui, ce peut être terrible, répliqua Mme Inkberry d'une voix douce. Si cet homme n'est pas votre mari, ou au moins votre fiancé. Ce monsieur vous a-t-il demandée en mariage ?

Les yeux rivés sur ses mains gantées, Emma répondit :

— Non.

— Le croyez-vous capable de vous faire la cour de manière honorable et de vous épouser ?

Elle songea à toutes les femmes qu'elle avait vues défiler alors qu'elle travaillait pour Marlowe, et qu'il avait impitoyablement rejetées. Des femmes pour qui il n'éprouvait rien, auxquelles il n'accordait plus la moindre pensée une fois qu'elles étaient sorties de sa vie.

— Non, murmura-t-elle d'une voix morne.

— Un homme qui aborde une femme dans une librairie et lui fait des avances, et qui n'est pas assez honorable pour lui faire la cour, faire la connaissance de ses amis et de sa famille et lui proposer le mariage, n'est pas un gentleman. Vous le savez aussi bien que moi, Emma. Lydia vous a appris ce qui était bien et ce qui était mal.

— Ce baiser n'était pas une mauvaise action, protesta-t-elle avec entêtement.

Mme Inkberry soupira.

— Lydia disait toujours que vous ressembliez à votre mère.

Emma tressaillit et leva la tête, contemplant la vieille dame avec désarroi.

— Tante Lydia vous a dit ça ? Elle vous a parlé de mes parents ?

— Elle m'a dit qu'ils avaient dû se marier, oui.

Sa détresse dut se lire sur son visage, car Mme Inkberry lui tapota le bras d'un geste rassurant.

— Allons, allons. Votre père a quand même épousé votre mère. Il n'y a pas de honte à avoir, maintenant.

— Mais elle vous a dit que mes parents avaient été obligés de se marier. S'ils ne l'avaient pas fait, je serais… j'aurais été… une enfant illégitime. À qui d'autre l'a-t-elle dit ? Mme Morris est au courant ?

— Personne d'autre que moi ne le sait, Emma. Même pas M. Inkberry. Lydia se sentait une grande responsabilité envers vous. Cela pesait lourd sur ses épaules, et parfois elle ressentait le besoin de se confier à moi et de me demander conseil. M. Worthington et elle n'avaient pas d'enfant, vous comprenez. Alors que j'ai élevé quatre filles. Je vous en prie, ne soyez pas triste parce qu'elle me l'a révélé.

Emma secoua la tête. Ce qui la tourmentait le plus, c'était la remarque de sa tante.

— Tante Lydia m'a toujours dit que c'était aux femmes de faire respecter les convenances, car les hommes ne le faisaient pas. Croyez-vous que ce soit vrai ?

— Naturellement, ce sont les femmes qui doivent imposer les limites. Les hommes ne savent pas se restreindre. Ils ont un… un instinct animal qui nous est étranger.

Emma commençait à croire qu'elle était l'exception à cette règle bien établie. Car, mise à l'épreuve, elle avait singulièrement manqué de retenue. La dernière chose à laquelle elle avait pensé lorsque Marlowe l'avait embrassée, c'était à lui imposer des limites !

— Ma mère avait permis à mon père de dépasser les limites avant leur mariage. Et ma tante pensait que j'étais comme elle ?

Était-elle au fond une femme immorale, qui essayait désespérément de bien se conduire ?

— Je ne suis pas une hédoniste ! s'exclama-t-elle. Je ne suis pas immorale. Tante Lydia pensait-elle que je l'étais ?

À sa grande stupéfaction, Mme Inkberry sourit.

— Votre tante pensait simplement qu'il y avait en vous un désir de rêve et d'aventure. Et aussi, une curiosité innée. Étant donné que vous possédez toutes ces qualités, il est naturel que parfois vous vous rebelliez.

Le doigt d'Emma glissa sur la minuscule cicatrice qui marquait sa joue. La rébellion avait toujours des conséquences douloureuses. Elle ne voulait pas être rebelle. Elle laissa retomber sa main et avala une gorgée de thé.

— Mais voyez-vous, Emma, à cause de sa nature, votre mère a commis une erreur qui aurait pu lui coûter très cher, si votre père n'avait pas fait ce qu'il fallait. Je n'aimerais pas vous voir commettre la même erreur. Et si elle était vivante, Lydia penserait comme moi.

Emma s'accrocha à son bon sens, et croisa les yeux bruns et compatissants de la vieille dame.

— Je ne veux pas déshonorer la mémoire de ma tante, dit-elle.

Mais, alors qu'elle prononçait ces mots, elle eut l'impression qu'une masse de plomb pesait sur sa poitrine et l'empêchait de respirer.

— *Il faut regarder ici. C'est là que réside la vérité.*

Le poids se situait exactement à l'endroit où Marlowe avait posé la main en prononçant ces mots. Elle s'efforça de l'ignorer et enchaîna :

— Je ne veux certainement pas me déshonorer moi-même.

L'approbation et le soulagement illuminèrent le visage de Mme Inkberry.

— C'est très raisonnable, Emma. Raisonnable et sensé.

— Oui, admit-elle d'une voix morne. Je sais.

— Il y a une manœuvre, ma chère, dont une femme peut user pour se défendre si un homme prend des libertés avec elle. Un coup de genou bien placé. J'ai appris cela à mes filles. Voulez-vous que je vous montre ?

— Merci, madame Inkberry, mais ce n'est pas nécessaire, balbutia-t-elle en avalant le reste de son thé.

Ce n'était pas nécessaire, car elle ne permettrait plus de familiarités à Marlowe. Plus jamais. Quoi qu'il lui en coûte.

Son carrosse s'éloigna, et Marlowe demeura sur le trottoir de Little Russell Street, dans les ombres du crépuscule, avec à la main un paquet de livres enveloppés de papier brun et noués par une ficelle. Il contempla la maison où vivait Emma, mais ne traversa pas la rue pour entrer. Il vit à la lumière qui filtrait par la fenêtre que plusieurs dames étaient rassemblées dans le salon. Emma n'était pas parmi elles, mais il ne pourrait entrer sans être vu. Il posa les yeux sur la fenêtre du logement d'Emma. Elle passa derrière la vitre.

Comment faire ?

Si quelqu'un lui avait dit, quelques mois auparavant, qu'il se retrouverait sous la fenêtre de Mlle Emma Dove, en proie à un désir fou, il aurait traité ce quelqu'un de dément. Mais, à l'époque, il ignorait quel charme pouvait avoir une jolie rousse au corps menu et au visage criblé de taches de rousseur. Il ignorait la passion qui se cachait sous l'allure modeste et réservée de sa secrétaire. Et à quel point il était grisant de susciter cette passion. Maintenant il savait, et c'était une torture. Une torture à la fois exquise et douloureuse.

Il posa les livres qu'il avait achetés pour elle sur le trottoir, et s'adossa au mur de brique, face à son immeuble. Pour la centième fois de la soirée, il repensa à ce baiser. Il se rappelait chaque détail : ses lèvres douces, ses bras noués autour de son cou, la chaleur de son corps tandis qu'elle se pressait contre lui avec une maladresse innocente. Il avait compris qu'elle n'avait encore jamais été embrassée. Mais le souvenir le plus précis, c'était celui de son visage. Elle ne souriait pas, mais ses traits exprimaient un tel plaisir qu'il en avait eu le souffle coupé. Jamais de sa vie il n'avait vu une femme d'une telle beauté. Il avait dû faire appel à toutes ses forces pour trouver le courage de relâcher son étreinte.

Il l'avait attendue dans la librairie pendant une éternité, s'attardant parmi les volumes de Byron, de Shelley, et d'autres poètes disparus. Mais, au lieu d'Emma, c'était une servante qui était apparue, l'informant que la maîtresse de maison lui demandait de partir. Il avait compris tout de suite, naturellement. Quelqu'un les avait surpris, et il devinait qui.

Mme Inkberry était l'amie de sa tante Lydia, lui avait dit Emma, et il imaginait le genre de sermon qu'elle avait dû subir après son départ. Il jeta un nouveau coup d'œil à la fenêtre. Connaissant Emma, elle était probablement en train de s'accabler de reproches. Il n'avait jamais connu de femme aussi étouffée par les règles et les conventions sociales. Sa tante et son père étaient sans doute responsables de cet état de choses.

Lui-même se moquait des conventions, bien entendu. Il voulait l'embrasser encore et encore. Le goût de ses lèvres avait agi sur lui comme une drogue, il ne pouvait plus se passer de ses baisers. C'est pourquoi il se trouvait là, rempli d'intentions peu honorables, essayant de trouver un moyen de monter chez elle. Une fois qu'il y serait, il espérait bien qu'elle mettrait de côté toutes ces conventions stupides, et lui donnerait des baisers et bien plus encore.

Une fois qu'il aurait mis le pied dans sa chambre, il estimait avoir de bonnes chances de la gagner à son opinion sur le sujet. Sa froideur n'était qu'apparente. Sous la coquille, elle était douce comme du beurre. Elle le désirait, et il pouvait se servir de ce désir et de son expérience pour vaincre son innocence. Pour commencer, il l'enivrerait de baisers. Puis il l'entraînerait sur ce tapis persan exotique et lui montrerait ce qu'était la passion entre un homme et une femme.

Deux matrones passèrent dans son champ de vision. Elles lancèrent un long regard empreint de curiosité à Harry et à ses vêtements luxueux. Il jeta un coup d'œil autour de lui et constata qu'un groupe de garçons qui jouaient aux billes au coin de la rue avaient cessé leur jeu et le dévisageaient également avec curiosité. Il comprit qu'il ne pourrait pas demeurer longtemps dans ce quartier respectable de la classe moyenne sans attirer l'attention.

Au diable ces gens! Ils pouvaient penser ce qu'ils voulaient, après tout!

Il s'écarta du mur, ramassa le paquet de livres et se dirigea vers la porte d'entrée. Puis il s'immobilisa au milieu de la rue.

Articulant un juron, il alla vers le groupe de garçons qui jouaient aux billes. Quelques minutes plus tard, un des gamins avait gagné six pence, Emma avait *Les Mille et Une Nuits* de Burton, et Harry était assis dans un cab, se demandant si ce n'était pas lui qui était dément.

15

« Donnez-moi un baiser, donnez-m'en vingt ;
ensuite à ces vingt ajoutez-en une centaine d'autres. »
Robert Herrick, 1648

Tante Lydia aurait renvoyé les livres. Son père les aurait brûlés. Emma les garda.

Elle n'hésita même pas avant de prendre sa décision, ce qui la surprit elle-même. Encore plus surprenant, elle disposa la collection de livres licencieux sur les étagères de son salon, afin de pouvoir les contempler depuis son bureau. Elle pouvait les regarder à sa guise, tout en écrivant sur les convenances et les bonnes manières. C'était peut-être une forme d'hypocrisie mais, chaque fois qu'elle levait les yeux et voyait les reliures rouges, cela la faisait sourire. C'était un plaisir secret qu'elle pouvait savourer lorsqu'elle en avait envie.

Finalement, elle était bel et bien rebelle. Comme sa tendance à jurer quand elle était irritée, et son goût pour le chocolat quand elle était triste, ces livres représentaient une minuscule rébellion contre les limites trop strictes fixées par son éducation. Cependant, le baiser de Marlowe était quelque chose d'entièrement différent. Une forme bien plus dangereuse de rébellion.

Mme Inkberry avait eu raison de lui rappeler que la vertu d'une femme était fragile, et quelles terribles conséquences elle subissait si elle la perdait. Toutefois, chaque fois qu'Emma pensait à Marlowe et à ce qui s'était passé dans la librairie, un désir brûlant s'insinuait en elle. Un autre secret délicieux, mais qu'elle ne pouvait se permettre de savourer. Lorsqu'elle le sentait surgir du plus profond d'elle-même, elle s'efforçait de le réprimer. Rien de bon ne sortirait de ces rêveries sentimentales pour un homme qui ne ferait jamais l'honneur à une femme de lui donner son nom.

Ils avaient pris l'habitude ces derniers temps de correspondre par courrier. Mais, quand elle reçut un message lui demandant de reprendre leurs rendez-vous, elle fut certaine que suffisamment de temps avait passé et que sa décision était bien établie. Presque deux semaines s'étaient écoulées depuis l'incident de la librairie, et ce laps de temps lui avait permis de recouvrer son sang-froid et de chasser ses élans volages.

Pourtant le mercredi après-midi, en entrant dans son bureau, elle comprit qu'elle s'était complètement trompée. Lorsque le secrétaire l'annonça, Harry se détourna de la fenêtre et son sourire la fit fondre, ramenant à sa mémoire le plaisir douloureux qu'elle avait éprouvé quand leurs lèvres s'étaient unies. Leurs regards se croisèrent et elle vit se refléter dans ses yeux son désir sombre et secret. Elle avait donc fait tous ces efforts en vain. Ce baiser avait créé entre eux une intimité qui ne disparaîtrait jamais. Vingt ans pouvaient s'écouler sans que cela change quoi que ce soit.

Elle avança d'un pas hésitant et s'arrêta au milieu de la pièce, les doigts crispés sur la poignée de sa lourde sacoche de cuir. Elle était clouée sur place, incapable d'esquisser un pas de plus.

— Bonjour, dit-elle.

— Emma.

Le sourire de Harry s'élargit, et le plaisir qu'elle éprouva devint presque insupportable. Elle baissa les yeux, mais cela ne l'aida nullement. Car, dépassant de sa poche de poitrine, elle vit un bout de papier rose : la lettre de remerciements qu'elle lui avait envoyée pour les livres. Elle se mordit les lèvres.

— Ce sera tout, monsieur ?

La voix du secrétaire rompit le charme.

— Oui. Merci, Quinn.

Le secrétaire sortit, et Emma franchit la distance qui la séparait du bureau de Marlowe. Elle s'assit, posa sa sacoche à ses pieds, et tenta de se rappeler la raison de sa présence ici.

— Voulez-vous que nous revoyions les corrections, monsieur ? s'enquit-elle d'un ton sec et professionnel.

La porte était restée ouverte, et l'homme qui occupait son ancien bureau pouvait entendre leur conversation.

— Sont-elles nombreuses ? ajouta-t-elle.

— Non.

— Je pensais que c'était pour cela que vous vouliez me voir en personne.

Il jeta un coup d'œil à la porte ouverte, puis se pencha pour murmurer :

— Je voulais vous voir.

Son cœur se gonfla de joie, et un sourire se forma sur ses lèvres.

— Oh.

Il tira vers lui une pile de documents.

— Mais, puisque vous en parlez, j'ai quelques remarques à faire.

Il se mit à feuilleter les pages, et énuméra :

— Le paragraphe sur le blanc-manger est un peu trop long. Et votre histoire du chocolat ressemble trop à une leçon de professeur. Il faut la pimenter un peu. Si vous avez besoin d'aide, je serai heureux de participer.

218

Emma inspira violemment et il s'interrompit, posant sur elle un regard innocent.

— Quelque chose ne va pas?

— Non. Tout va bien. Quoi d'autre?

Il reporta son attention sur les papiers.

— Je crois que c'est tout. Sauf que dans vos instructions pour la sauce au caramel, vous avez oublié le sucre.

— Vraiment?

Il hocha la tête en souriant.

— Vous aviez de la difficulté à vous concentrer, n'est-ce pas?

Pour rien au monde, Emma n'aurait admis une chose pareille. Elle tendit la main.

— Faites voir.

Il lui donna ses articles, et elle constata qu'elle avait en effet oublié l'ingrédient le plus important dans la recette de la sauce au caramel. Elle découvrit d'ailleurs qu'il ne s'agissait que d'une de ses nombreuses erreurs. Les pages étaient couvertes de corrections et de commentaires ajoutés par Marlowe.

Seigneur! songea-t-elle, consternée. Si elle continuait ainsi, sa carrière d'écrivain était sérieusement compromise.

Quelqu'un toussota discrètement derrière elle. Quinn se tenait sur le seuil.

— J'ai terminé mon travail, monsieur, et il est plus de six heures. Avez-vous autre chose à me demander avant que je m'en aille?

— Non, Quinn, vous pouvez partir.

— Très bien, monsieur. Je vous souhaite une bonne soirée.

Le secrétaire s'inclina. Quelques secondes plus tard, Emma entendit la porte de son bureau se refermer. Marlowe et elle étaient seuls.

— Je vais faire ces corrections ce soir, dit-elle en glissant précipitamment les documents dans sa sacoche. Avez-vous lu mes suggestions pour les prochaines éditions?

— Oui, répondit-il en soulevant une autre liasse de papiers. Elles me paraissent intéressantes, mais il y a cependant une chose dont je voulais vous parler. Donnez-moi une seconde, je vais retrouver le passage…

Elle l'observa, sous le bord de son chapeau de paille, tandis qu'il feuilletait le dossier. Une mèche de cheveux noirs tomba sur son front. Il la repoussa en arrière, mais en vain. Elle eut envie de passer les mains dans ses cheveux, d'enrouler la mèche autour de son doigt. De presser sa bouche contre la sienne. De…

— J'ai trouvé! s'exclama-t-il en tapant une feuille du bout du doigt. Qu'est-ce que le langage des éventails?

Emma respira profondément et mit de l'ordre dans ses pensées.

— Oh, c'est une chose dont ma tante m'avait parlé quand j'étais petite. Comme j'ai décidé d'écrire un article sur les éventails, j'ai pensé qu'il serait amusant d'en parler.

— Mais de quoi s'agit-il?

— Autrefois, les femmes se servaient de leur éventail pour envoyer des messages codés aux hommes qui leur plaisaient. Une femme souhaitait par exemple qu'un homme l'invite à danser, ou bien elle désirait faire sa connaissance. Elle se servait donc de certains gestes avec son éventail pour le lui faire comprendre.

— Des gestes? Je ne comprends pas, dit-il en contournant son bureau pour venir près d'elle. Montrez-moi.

— Quoi, tout de suite?

— Oui. Vous avez un éventail?

— Naturellement.

Elle tira de sa poche son éventail de soie rayée vert et ivoire.

— J'ai toujours un éventail en été.

— Très bien, approuva-t-il en lui faisant signe de se lever. Je ne connais pas ce langage des éventails, et je veux voir à quoi ça ressemble.

Emma se leva, réfléchit un instant, et désigna le coin opposé de la pièce.

— Allez vous placer près de la porte. Faites comme si nous étions au bal, et…

— Impossible. Je ne peux faire semblant d'être au bal alors que vous portez ce chapeau monstrueux.

— Il n'est pas monstrueux ! protesta-t-elle en posant une main sur son chapeau de paille. Que lui reprochez-vous ?

— Tout. Je ne comprendrai jamais pourquoi les femmes mettent autant de plumes sur leur couvre-chef. On dirait que vous avez une autruche sur la tête ! De plus, le bord est si large que je ne vois pas votre visage. Et j'adore regarder votre visage. Enlevez-le.

Le reproche concernant son plus joli chapeau, pour lequel elle avait dépensé un shilling de plumes afin qu'il soit à la mode, fut pardonné sitôt qu'elle entendit le commentaire sur son visage. Emma glissa l'éventail dans sa poche, ôta son épingle à cheveux et son chapeau, et les plaça sur le bureau.

— À présent, disais-je, faites comme si nous étions au bal. Vous venez d'entrer. Nous n'avons jamais été présentés mais, dès que je vous ai vu, vous m'avez plu.

— Pour cela, nous n'avons pas besoin de faire semblant, répliqua-t-il avec un sourire plein d'assurance. Vous avez dit que vous me trouviez beau, n'est-ce pas ?

Elle fronça les sourcils d'un air faussement sévère.

— Soyez attentif, ordonna-t-elle en ouvrant l'éventail. Je tiens l'éventail dans la main gauche, devant mon visage, et je vous regarde par-dessus, comme ceci. Vous voyez ? Cela signifie que je veux faire votre connaissance.

Il pencha la tête de côté et l'observa.

— Si vous le teniez de la main droite, la signification serait-elle différente ?

— Oui, cela voudrait dire que je désire que vous me suiviez. Je sortirais alors de la pièce, et vous feriez de même.

Il la considéra d'un air incrédule.

— Les gens faisaient réellement cela ? Vous n'inventez rien ?

Emma se mit à rire.

— J'ai eu la même réaction que vous ! Je disais à ma tante que, si on veut communiquer un message secret, l'éventail n'est pas le moyen idéal, car tout le monde peut vous voir et comprendre. Mais elle affirmait que ses amies et elle utilisaient ce langage pour s'adresser aux hommes dans les bals et les réceptions.

Harry secoua la tête.

— Je n'y crois pas. Ce langage est trop compliqué et trop subtil pour un homme. Comment savoir si vous souhaitez vraiment faire passer un message, ou si vous utilisez simplement l'éventail pour vous rafraîchir ? C'est une cause de malentendus. Les hommes préfèrent un mode de communication plus direct.

— Oui, mais les femmes n'ont pas le droit d'être directes. Si je voulais faire votre connaissance, je ne pourrais pas aller simplement vers vous et me présenter.

— C'est dommage. Je peux dire, au nom de tous les hommes, que nous adorerions que les femmes fassent ce genre de choses.

— J'en suis sûre, mais cela ne se fait pas. Vous le savez aussi bien que moi. Naturellement, je pourrais demander à des amis de nous présenter, mais je préférerais sans doute ne pas aller jusque-là. Les ragots se répandent si vite.

— Très bien, disons que j'ai correctement interprété votre signal, reprit-il en s'avançant vers elle. Et comme je suis très attiré par les femmes aux cheveux un peu roux, je désire absolument faire votre connaissance.

Surprise, Emma eut un haut-le-corps et ses doigts se crispèrent sur l'éventail.

— Ce sont les femmes aux cheveux noirs que vous aimez.

Il s'immobilisa devant elle et leva une main à hauteur de sa joue. Leurs regards se croisèrent tandis qu'il enroulait une de ses boucles autour de son doigt.

— J'ai changé d'avis.

Il lui effleura la joue, et cala la mèche derrière son oreille. Elle fut parcourue d'un frisson.

— Et vous, Emma ?

Il venait de lui poser une question. Elle cligna les paupières, égarée.

— Pardon ?

— Vous disiez que vous ne m'aimiez pas, expliqua-t-il en laissant son doigt glisser le long de sa joue. Vous trouviez que j'étais débauché.

— Vous l'êtes.

Malheureusement, cela ne l'aida pas beaucoup à maîtriser ses sens. Étourdie, elle ferma les yeux et essaya de se remémorer sa conversation avec Mme Inkberry. Mais le fait de penser à sa vertu ne l'aida pas non plus.

Harry plaqua une main sur sa nuque et lui caressa le cou de son pouce.

— Vous me détestez toujours ?

— Je ne vous ai jamais détesté.

Il émit un petit grognement incrédule, et elle ouvrit les yeux.

— Je sais que j'ai dit cela, et quand je l'ai dit je croyais que c'était vrai, mais ça ne l'était pas. Pas vraiment. Je désapprouve votre façon de vivre, c'est vrai, et je vous en voulais parce que vous refusiez de me donner ma chance comme écrivain. Et quand j'étais votre secrétaire, vous considériez que tout ce que je faisais pour vous était normal. Je détestais cela, et je ne vous laisserai plus jamais me considérer ainsi. Mais j'ai eu beau essayer de vous détester, je n'y suis jamais arrivée. Chaque fois que je me sens vraiment exaspérée, vous trouvez un moyen de me désarmer. Vous dites juste ce qu'il faut, ou bien vous me faites rire.

— C'est peut-être parce que, en dépit de mes défauts, je suis un chic type. Charmant, spirituel, modeste…

Elle ne put s'empêcher de rire. Il *était* charmant, et elle en avait toujours été consciente, même si autrefois elle ne l'appréciait pas autant que maintenant.

Mais ce n'était pas pour autant qu'elle pouvait le laisser profiter d'elle. Lorsqu'elle sentit ses doigts lui serrer la nuque et qu'il se pencha sur elle, elle referma son éventail d'un coup sec et le plaqua contre sa bouche avant qu'il ne puisse poser les lèvres sur elle. Il se redressa et relâcha son étreinte.

— Est-ce une sorte de signal ?

Elle confirma d'un hochement de tête, avant de laisser retomber l'éventail.

— Cela signifie que je n'ai pas confiance en vous.

— Emma ! s'offusqua-t-il.

Il plaça une main sur sa taille.

— Vous n'avez pas confiance en moi ?

— Pas le moins du monde, répliqua-t-elle en repoussant sa main.

— Vous aimez me rendre la vie difficile, n'est-ce pas ?

— J'avoue que cela présente un certain attrait, admit-elle dans un sourire.

— Profitez-en, car j'aurai ma revanche. Où en étions-nous ? Ah oui. J'ai correctement interprété votre signal, et j'ai compris que vous souhaitiez faire ma connaissance. Imaginons que des amis bien intentionnés nous ont présentés. Donc, l'étape suivante est évidente. Mademoiselle Dove, m'accorderez-vous cette danse ? demanda-t-il en s'inclinant.

— Nous ne pouvons pas danser. Il n'y a pas de musique.

— Nous vivons un moment enchanté. Ne le gâchez pas avec des futilités.

Il prit une de ses mains gantées dans la sienne, posa son autre main sur sa taille.

— Nous chanterons, pour remplacer la musique.

— Je ne sais pas chanter, répliqua-t-elle tout en glissant son éventail dans sa poche.

Elle plaça sa main gauche sur l'épaule de Marlowe, comme si elle se préparait à danser.

— Quand j'étais petite, le pasteur a dit à mon père que je chantais comme une casserole. Mon père m'a alors ordonné de remuer les lèvres en faisant semblant de chanter, à l'église.

Elle marqua une pause, étonnée qu'un si lointain souvenir ait encore le pouvoir de la faire souffrir. Elle haussa les épaules et sourit, feignant la désinvolture.

— Je suppose que la communauté a été soulagée.

Marlowe ne sourit pas, et sa soudaine gravité le fit paraître encore plus beau.

— Chantez aussi fort que vous voudrez, Emma. Je me moque que vous chantiez faux.

Elle éprouva un petit pincement au cœur, et détourna les yeux en battant des paupières.

— Merci, mais je préfère que vous vous chargiez de chanter.

— Très bien. Un, deux, trois…

Il se balança d'avant en arrière, l'entraînant avec lui, et entonna une ballade dans une voix de baryton. Emma se mit à rire, sans toutefois manquer un seul pas de danse.

— C'est l'histoire du prince Agib ? s'enquit-elle tandis qu'ils valsaient.

— Oui. Étant donné votre goût pour *Les Mille et Une Nuits*, cela me paraît approprié.

Il continua quelques instants puis soudain, sans raison apparente, ils s'arrêtèrent. Elle leva les yeux vers lui. Dans le silence qui les enrobait, tout sembla s'effacer. Tout, sauf lui. Il lui lâcha la main et, une fois de plus, lui agrippa la nuque.

— Je ne crois pas au langage des éventails, murmura-t-il. C'est trop difficile à interpréter. Par exemple, quand vous posez l'éventail sur votre bouche, vous dites que c'est parce que vous n'avez pas confiance en moi. Mais je crois que ça veut dire autre chose.

— Vraiment ?

Il hocha la tête et lui caressa la nuque, juste au-dessus du col de sa chemise.

— Ça veut dire que vous voulez que je vous embrasse.

— Pas du tout !

Elle fit mine de se dégager, mais son geste manquait de conviction. Marlowe le perçut, car il ignora cette tentative. Il lui caressa la nuque et des vagues de chaleur surgirent dans son corps, l'obligeant à protester.

— Je ne voulais pas vous dire de m'embrasser.

— Comment un homme peut-il être sûr ? C'est ce que je veux dire. Ne pourriez-vous avoir pitié de ce pauvre type qui ne sait plus où il en est, et juste lui dire « je veux que vous m'embrassiez » ? Mais non, cela n'irait pas.

Il cessa de la caresser, et glissa les doigts dans ses cheveux. Puis il lui renversa la tête en arrière, mais ses lèvres demeurèrent suspendues au-dessus des siennes.

— Une dame ne dirait jamais quelque chose comme ça, n'est-ce pas ?

— Non, chuchota Emma en s'humectant les lèvres. Jamais.

Il posa son autre main sur son dos et la plaqua contre lui. Elle étouffa une exclamation en sentant son corps dur pressé intimement contre le sien.

— Je ne voudrais pas mal comprendre, Emma. Car vous pourriez me gifler et me traiter de vaurien. Comment une femme tient-elle son éventail pour dire à un homme qu'il peut l'embrasser ?

— Je... ne sais pas. Ma tante ne me l'a pas dit.

— Diable. Dans ce cas, il faut que je prenne un risque.

Il l'embrassa alors. Lorsqu'elle sentit sa bouche sur la sienne, le peu de résistance qui lui restait finit de s'effriter. Toutes les mises en garde de Mme Inkberry s'évaporèrent, et elle noua les bras autour de son cou.

Il lui effleura les lèvres du bout de la langue, et elle comprit ce qu'il souhaitait. Avec un gémissement, elle entrouvrit les lèvres, et il prit aussitôt possession de sa bouche. Le désir sensuel qu'elle avait éprouvé dans la librairie refit surface, plus vif et plus ardent. Elle s'abandonna sans retenue à son baiser, étonnée de s'apercevoir qu'il y avait en elle une créature audacieuse et sensuelle qui aimait cet échange charnel.

Il avait un souffle chaud et parfumé, comme les fraises qu'ils avaient mangées dans les jardins de Victoria Embankment. Elle plaqua les mains sur son visage, et il demeura immobile tandis qu'elle explorait ce nouveau territoire. Elle toucha sa langue du bout de la sienne, s'arrêtant juste assez longtemps pour reprendre sa respiration, avant de frôler ses lèvres. Puis elle caressa son visage, et s'aperçut qu'il s'était rasé de près. Enfin, elle reprit ses lèvres entre les siennes, les mordilla doucement.

Elle le sentit frémir, et devina qu'il ressentait les mêmes choses qu'elle. Oh, quelle joie ! Savoir qu'elle, une vieille fille de trente ans, pouvait faire éprouver ce genre de choses à un homme ! Elle eut une enivrante sensation de pouvoir.

Cela ne dura que quelques secondes. Harry captura sa bouche et la poussa en arrière d'un pas ou deux. Elle heurta quelque chose et comprit que c'était le bureau. Alors, il fit glisser ses mains sur ses reins, puis plus bas, et elle émit un petit cri choqué en ouvrant les paupières.

Pendant une fraction de seconde ils restèrent ainsi, les yeux dans les yeux, leurs souffles mêlés. Puis il la hissa sur le bord du bureau.

— Vous m'avez énuméré toutes ces règles de bien-séance, murmura-t-il, le souffle court. Mais ce sont des règles faites pour les femmes.

Il retira ses mains et, sans la quitter des yeux, les posa sur le premier bouton de son chemisier.

Emma se raidit et referma les doigts sur ses poignets. Il la regarda intensément et attendit, jouant du bout des doigts avec le bouton… et avec sa vertu.

— Quelles sont…

Elle s'interrompit, partagée entre l'excitation et une prudence instinctive. Mais une force la poussait, un désir désespéré.

— Quelles sont les règles pour les hommes ? s'enquit-elle dans un souffle.

— Quand vous me direz d'arrêter, j'arrêterai. Je vous jure que j'arrêterai.

Le manque d'assurance de sa voix la désarma. Elle relâcha la pression de ses doigts sur son poignet et hocha brièvement la tête, grisée par sa capitulation, et honteuse d'avoir cédé aussi vite.

Elle ferma les yeux pendant qu'il défaisait un bouton, puis un autre, et encore un autre, faisant tomber une à une toutes les barrières. Il pressa les lèvres sur la peau blanche de sa gorge, la léchant du bout de la langue. Emma renversa la tête en arrière, s'offrant à cette délicieuse sensation.

Elle sentit son souffle chaud sur sa peau alors que ses doigts habiles s'attaquaient aux boutons et aux agrafes, tirant sur des pans de lin, de batiste, de satin, afin d'exposer sa peau juste au-dessus des seins. Elle s'agita, crispant convulsivement les doigts sur ses épaules, lorsqu'il embrassa un sein, tout en glissant une main sous les tissus de ses sous-vêtements. Elle savait qu'elle aurait dû lui dire d'arrêter, mais quand ses doigts touchèrent un mamelon, elle éprouva une sensation si enivrante que tout son corps se mit à trembler. Elle cria, mais ne lui ordonna pas de cesser.

Il releva la tête et captura ses lèvres, étouffant son cri. Sa main virile se crispa sur son sein, il approfondit son baiser. Il toucha de nouveau le mamelon dur, le caressant à travers le tissu, et elle frissonna de plaisir. Elle n'avait plus de pouvoir sur son propre corps, qui se pressait contre lui malgré elle. Elle s'entendait pousser de petits cris contre sa bouche, des gémissements sourds, primitifs. Elle eut l'impression de sombrer dans une brume de sensualité. Elle n'avait jamais éprouvé cela de sa vie, et elle aurait voulu que cela ne finisse jamais.

Soudain, de but en blanc, il interrompit leur étreinte, retira les mains de son corsage et s'écarta. Jurant à mi-voix, il entreprit de lui reboutonner ses vêtements.

Étourdie, Emma tenta de reprendre pied dans la réalité. Elle ouvrit les yeux et le dévisagea. Mais il garda les yeux fixés sur ses vêtements, comme absorbé par sa tâche. Les derniers rayons du soleil projetaient une lumière douce dans la pièce, cependant son visage n'avait rien de doux. Il semblait ravagé.

— Je ne vous ai pas dit d'arrêter, marmonna-t-elle, effrayée elle-même par son manque de volonté.

— Je sais, répondit-il avec un rire bref. Par Dieu, je sais…

Brusquement, il lui tourna le dos.

— La nuit tombe, lança-t-il par-dessus son épaule. Il vaut mieux que je vous raccompagne chez vous. Nous prendrons mon carrosse, et je me moque de savoir si c'est convenable ou non.

Emma ne discuta pas. Étant donné ce qui venait de se passer, parler de bienséance semblait ridicule. Surtout qu'une flamme brûlante continuait de la dévorer, prête à exploser s'il la touchait de nouveau. Et il la toucherait. Elle se faisait des illusions si elle croyait qu'elle l'en empêcherait.

Arrêtez. C'était un mot tellement simple, songea-t-elle, consternée. Et pourtant si difficile à prononcer.

16

« Quand on a des amis intéressants, il n'y a rien
de plus plaisant que les relations sociales. »
Mme Bartleby, *La Gazette sociale*, 1893

Le fait de n'avoir pas fait l'amour à Emma était
une des choses les plus difficiles que Marlowe ait
connues dans sa vie. Il commençait aussi à croire
que c'était la plus stupide. Il changea de position sur
son siège, essayant de se détendre. En vain. Car la
cause de son malaise était assise juste en face de
lui, délicieusement sensuelle avec ses cheveux en
désordre et ses lèvres gonflées par ses baisers.

Grâce au Ciel, elle ne le regardait pas. Elle avait
les yeux rivés sur l'affreux chapeau posé sur ses
genoux, et tirait nerveusement sur le revers de
paille. Elle se demandait sans doute s'il n'était pas
en train de l'entraîner tout droit en enfer.

Le carrosse fut secoué d'un cahot. Avec une grimace, il changea de nouveau de position. Fermant
les yeux, il appuya la tête au dossier de son siège et
maudit les vierges, la bienséance et les inexplicables
idées chevaleresques qui avaient tendance à l'envahir ces derniers temps.

— *Quand vous me direz d'arrêter, j'arrêterai.*

Mais où avait-il eu la tête pour proférer une
sottise pareille ? Le pire, c'est que ce n'était pas elle

qui avait mis fin à cette scène, mais lui. Et pourquoi ? Parce qu'il s'était brusquement rappelé où ils
se trouvaient. Il s'était dit que c'était la première fois
pour Emma, et qu'elle ne pouvait pas faire l'amour
sur un bureau.

Harry fut tenté de descendre et de laisser un des
chevaux lui donner un bon coup de sabot dans la
tête. Comme ça, il ne pourrait plus réfléchir.

Le carrosse s'arrêta enfin, et il poussa un soupir
de soulagement. À peine le valet eut-il tiré le mar-
chepied qu'il descendit de la voiture et tendit la
main à Emma pour l'aider. Il la raccompagna jusqu'au perron de la maison.

— Bonne nuit, Emma, dit-il en s'inclinant.

— Voulez-vous…

Elle s'interrompit, s'éclaircit la gorge, et désigna
la porte d'une main.

— Voulez-vous entrer ?

Harry entrevit une lueur d'espoir, et la chassa aussitôt en se rappelant à qui il avait affaire.

— Pourquoi ? demanda-t-il avec brusquerie. Vous
voulez m'inviter chez vous ?

Les joues de la jeune femme s'enflammèrent.

— Non. Bien sûr que non. Je pensais… que vous
voudriez peut-être prendre le thé dans le salon. En bas.

Elle avait envie de prendre le thé ? songea-t-il,
incrédule.

— Du thé ?

— Oui. Je suppose que nous avons tous deux
besoin d'un rafraîchissement.

À certains moments, il se demandait s'il ne rêvait
pas. Quatre mois auparavant, un esprit de la lande
avait dû se fondre dans la personne d'Emma Dove
afin de faire de sa vie à lui un enfer.

— Si vous aviez du whisky, je vous prendrais peut-
être au mot. Mais si vous n'en avez pas, la réponse
est non. Je veux rentrer chez moi.

En fait, s'il avait un brin de bon sens, il se rendrait
plutôt dans une maison de rendez-vous.

— Mme Morris a peut-être une bouteille de whisky quelque part.

Harry l'observa un instant. Débauché comme il était, il se mit à évaluer les possibilités, une fois qu'il aurait pénétré dans l'immeuble. Il pouvait être très persuasif quand il le voulait. Tout bien considéré, il avait de bonnes chances de s'introduire dans sa chambre, où il pourrait lui faire l'amour dans un lit.

— J'accepte, dit-il en la suivant à l'intérieur.

Mme Morris, cette infâme logeuse trop curieuse, était dans le salon. Elle fut enchantée de faire la connaissance de l'ancien employeur d'Emma, et quelque peu bouleversée par l'entrée inopinée chez elle d'un pair du royaume. Emma aurait dû la prévenir qu'il la raccompagnerait. Bien qu'elle soit habituée à recevoir la visite de personnes de la noblesse. La tante d'Emma, par exemple, avait une amie très chère mariée au troisième fils d'un baronnet. Une tasse de thé ? Naturellement, Emma, cela ne présentait aucun problème. À moins que le vicomte ne préfère un whisky ? Et elle serait ravie de faire préparer un plateau avec des sandwichs. Bien entendu, elle superviserait elle-même la préparation de la collation, assura-t-elle en se précipitant dans l'escalier qui descendait aux cuisines.

Emma prit place dans un hideux canapé de crin, et ôta ses gants.

— Pauvre Mme Morris ! Se lancer dans la préparation d'une collation à sept heures du soir !

— J'ai faim, dit Harry en s'asseyant à côté d'elle, et en déposant un baiser au coin de ses lèvres. Très faim.

— Vous êtes vraiment assommant.

C'était une critique, mais prononcée d'une voix si suave qu'il reprit espoir.

— C'est un des privilèges de la noblesse. J'ai le droit d'être assommant.

Il pencha la tête afin de pouvoir l'embrasser sur les lèvres. Elle recula et se déroba.

— Je croyais que vous vouliez boire un verre ?

Il posa un bras sur le dossier sculpté du canapé.

— J'ai changé d'avis. Tant que votre logeuse est en bas avec la cuisinière pour s'assurer que celle-ci me prépare une collation parfaite, je peux avoir un peu de temps en tête à tête avec vous.

Emma lança un regard soucieux vers la porte.

— Nous ne sommes pas seuls. N'importe qui peut entrer d'un moment à l'autre. Je ne suis pas l'unique locataire.

— Nous pouvons prendre le risque, dit-il, déposant un rapide baiser sur ses lèvres. Être téméraires.

— Je ne prends jamais de risques.

— Oui, marmonna-t-il d'un air navré. Je sais.

Il examina son profil, la ligne délicate de sa mâchoire et de son menton. Le soir tombant, la pièce était plongée dans l'ombre. Mais il se tenait si près d'elle qu'il distinguait le bout doré de ses cils, la minuscule cicatrice en forme d'étoile sur sa joue, et le petit grain de beauté juste devant son oreille. Il l'embrassa.

— Harry, chuchota-t-elle en soulevant l'épaule, dans une faible tentative pour le repousser.

— Je surveille la porte, promit-il, les lèvres frôlant sa joue. J'imagine que je ne peux pas la verrouiller ?

— Seigneur, non !

Elle parut si horrifiée qu'il aurait éclaté de rire, si la situation n'avait pas été aussi intenable.

— Puisque ce n'est pas possible, et que je ne peux pas vous séduire comme j'en ai envie, je m'en tiendrai à faire la conversation.

Elle voulut s'adosser au canapé, se rendit compte qu'il avait passé son bras derrière elle, et se pencha en avant.

— Emma, détendez-vous, dit-il doucement en retirant son bras. Appuyez-vous au dossier et fermez les yeux.

Elle obéit, et il l'imita.

— Alors? reprit-il. De quoi voulez-vous parler? Du temps? De la santé de la reine? De la raison pour laquelle vous me rendez fou?

— Pourquoi avez-vous arrêté? chuchota-t-elle.

Il se tourna vers elle, mais elle ne le regardait pas. Elle avait les yeux fixés au plafond. Il lui murmura à l'oreille:

— J'ai pensé bêtement que je ne pouvais pas déflorer une vierge sur mon bureau.

Le visage d'Emma s'enflamma, mais elle évita son regard.

— Je n'aurais pas pu vous arrêter. Je n'en aurais pas eu la force.

— Bon sang, Emma, je ne vous aurais pas contrainte, répondit-il, désarçonné.

— Ce n'est pas ce que je veux dire. J'aurais dû vous dire d'arrêter quand vous avez... euh... Mais je n'ai pas pu, balbutia-t-elle d'un ton un peu étonné. Je n'ai pas pu prononcer le mot.

— Parce que ça vous plaisait trop?

Il y eut un long silence, avant qu'elle ne se décide à acquiescer dans un souffle:

— Oui.

Il lui frôla la joue de ses doigts. Sa peau était douce comme du velours.

— Je pourrais vous donner tant de plaisir, soupira-t-il, pensant tout haut. Un de mes passe-temps favoris est d'imaginer comment je vous ferais l'amour, Emma.

Elle se pressa contre le dossier du canapé, comme si elle espérait que les coussins allaient l'avaler et la faire disparaître.

Comme il était optimiste, Harry prit cela pour un encouragement. Après tout, elle aurait pu se lever et sortir.

— D'abord, j'aimerais défaire vos cheveux, les sentir glisser entre mes doigts. Ces jolis, longs cheveux auburn... Je déboutonnerais votre chemisier et le ferais glisser sur vos épaules. Puis je vous enlèverais votre jupe.

La gorge sèche, il dut s'interrompre un moment.

— Vous voyez ? reprit-il après quelques secondes. J'ai déjà tout imaginé, pas à pas.

Elle laissa échapper une petite exclamation de surprise, troublée.

— Ensuite, ce serait le tour de votre dessus de corset et de votre jupon. Ce qui me fait penser... d'après l'aperçu bref et enivrant que j'ai eu un peu plus tôt, je dois vous dire que vos sous-vêtements sont beaucoup trop simples, Emma. J'aimerais vous voir dans ces absurdes petites chemises de soie, avec des boutons de perle. C'est très égoïste de ma part, je l'admets. J'aime les boutons de perle parce qu'ils se défont facilement. Ensuite, je vous ôterais votre corset...

— Cessez de parler de mes sous-vêtements, chuchota-t-elle, rose comme un coquelicot. Ce n'est pas... pas convenable.

— Convenable ? répéta-t-il avec un petit rire. Emma, quand un homme enlève ses vêtements à une femme, il ne se sent pas convenable. La femme non plus. D'autre part, nous avons simplement une conversation mondaine.

Elle réprima une petite exclamation.

— Pendant tout ce temps, je ne cesserais pas de vous embrasser. Les lèvres, la gorge, les épaules...

— Oh, arrêtez ! Je vous en prie, arrêtez.

— Pourquoi ?

— C'est très embarrassant !

— Vraiment ?

Il se renversa dans le canapé et désigna la porte.

— Si vous ne voulez pas m'entendre, alors sortez.

Elle ne fit pas un geste.

— Mme Morris se donne beaucoup de mal. Je serais mal élevée si je partais maintenant.

— Mais cela vous éviterait d'entendre ce que je ferais ensuite.

Il fit passer son doigt le long de ses mâchoires, toucha ses lèvres.

— Vous voulez connaître la suite, n'est-ce pas ?

Elle marmonna un mot de refus, mais ne quitta pas son siège. Elle ne fit même pas mine d'aller s'asseoir dans le fauteuil de chintz, face à lui. Pressant les lèvres, elle demeura immobile.

— Je crois qu'ensuite, je cesserais un instant de vous déshabiller, et je vous toucherais.

Il posa la main sur sa nuque, et elle tressaillit comme si elle avait reçu un choc électrique.

— Je passerais les mains sur vos épaules, sur vos bras nus. Je toucherais vos seins, votre ventre, vos hanches, à travers le tissu de votre chemise, de votre pantalon...

Elle émit un petit cri inarticulé.

— Est-ce ce que vous portez ? s'enquit-il en lui effleurant le cou de ses lèvres. Quelle est votre habitude ?

Elle ne répondit pas, mais il la sentit frissonner sous ses baisers.

— Emma, Emma, dites-moi. Ainsi, je pourrai vous imaginer. Une chemise et un pantalon ? Une combinaison ?

Elle confirma d'un bref hochement de tête, et il enchaîna :

— Je les laisserais pour le moment.

— Vraiment ?

À peine eut-elle prononcé le mot qu'elle se mordit les lèvres, évitant son regard.

— Il le faudrait. Je ne peux pas vous l'ôter avant d'avoir retiré vos chaussures.

— Oh.

— Comme vous avez de simples chaussures de marche aujourd'hui, et non ces horribles bottines boutonnées que vous portez souvent...

— Je ne porte pas d'horribles bottines ! protesta-t-elle.

Il ignora la remarque. Toutes ses chaussures étaient affreuses.

— Pour l'instant, je suis occupé à vous ôter vos jarretelles, donc nous ne discuterons pas. Mais à la première occasion, mademoiselle Dove, je vous achèterai de jolies chaussures. Des douzaines de petites chaussures délicieusement frivoles, des mules de velours et de brocart. Ne m'interrompez pas, je vous prie. C'est mal élevé. Donc, maintenant que vous n'avez plus vos chaussures, il faut que je vous enlève vos bas…

Cette fois, ce fut un bruit de pas dans l'escalier qui l'interrompit. Il recula avec un grognement de contrariété, et Emma glissa à l'autre bout du canapé, aussi loin de lui que possible. Harry respira profondément plusieurs fois, pour recouvrer son sang-froid.

Mme Morris entra avec le plateau du thé. Une servante vêtue d'une robe fleurie et d'une coiffe blanche la suivait avec un plateau de sandwichs et de gâteaux.

— Posez-le là, Dorcas, ordonna la logeuse en prenant place dans un fauteuil de chintz, près de la table à thé.

La servante plaça son plateau devant Emma et Harry, fit une révérence et se retira.

Harry se pencha vers le plateau, s'efforçant d'oublier le désir qui lui embrasait les reins.

— Par exemple ! C'est le plus beau plateau que j'aie vu depuis des années. Et vous avez préparé tout cela à l'improviste ! Vos locataires ont bien de la chance de vous avoir.

Mme Morris se rengorgea en servant le thé.

— Toutes mes locataires ne prennent pas leurs repas ici, monsieur le vicomte. Mais je me flatte de savoir tenir une bonne table.

Il décocha un regard en coin à Emma, mais celle-ci ne leur prêtait aucune attention. La rougeur avait disparu de son visage et ses joues étaient de nouveau blanches comme de la crème.

— Mlle Dove prend-elle ses repas chez vous ?

237

— Elle n'en avait pas souvent l'occasion quand elle travaillait chez vous, monsieur. Elle quittait le bureau trop tard. Mais maintenant qu'elle est la secrétaire de cette merveilleuse Mme Bartleby, eh bien, elle dîne ici presque chaque jour.

Harry prit un petit gâteau et le mangea tout en cherchant une excuse – n'importe laquelle – pour faire sortir la logeuse du salon.

— Prenez-vous du sucre ? s'enquit Mme Morris. Du lait ?

— Non, merci. Mais peut-être…

Il s'interrompit et examina le plateau en fronçant les sourcils.

— Oui, monsieur ? Y a-t-il quelque chose qui vous ferait plaisir ?

— Non, non, répliqua-t-il avec un petit sourire d'excuse. Je ne veux pas vous déranger davantage.

— Vous ne me dérangez pas du tout. Pas du tout !

— J'espérais que vous auriez peut-être un peu de… de citron ?

— Du citron ? répéta-t-elle, décontenancée. Oh, cette sotte n'y a pas pensé. Je vais en chercher tout de suite.

— Vous êtes vraiment très bonne. Et très attentionnée.

Emma ne put réprimer un petit soupir d'exaspération. Mme Morris ne parut pas s'en apercevoir. Elle s'agita comme une débutante, effleurant ses cheveux du bout des doigts.

— Je reviens dans une minute, annonça-t-elle, les laissant une fois de plus en tête à tête.

Harry glissa aussitôt vers Emma.

— Où en étions-nous ?

— Elle n'a pas de citron. Si elle en avait eu, elle l'aurait apporté avec le thé. Elle va devoir envoyer Hoskins chez le marchand du coin.

— J'espère qu'elle ira elle-même. Cela me laissera le temps de vous déshabiller complètement.

Elle voulut protester, mais il la fit taire d'un baiser.

— Il me semble que j'étais en train de vous enlever vos bas. Comme vous avez de longues et jolies jambes, je veux prendre mon temps. Je les ferai glisser un à un, très lentement. Je dénuderai vos jolis pieds, puis je caresserai vos chevilles, vos mollets, et l'arrière de vos genoux.

À cette pensée, il sentit ses reins s'embraser. Il ne pourrait pas endurer cela très longtemps, songea-t-il.

Elle le regardait, les yeux ronds, les lèvres entrouvertes.

Il décida qu'il pouvait en endurer un peu plus, et pencha la tête pour lui embrasser le lobe de l'oreille.

— Je pense qu'il est temps d'enlever cette combinaison, murmura-t-il. Je veux voir vos seins.

Elle émit un petit cri de protestation.

— Vous ne pourriez pas voir mes… mes… Il ferait nuit !

— Vous faire l'amour dans le noir ? Ce serait un péché, Emma. Non, il faut de la lumière pour que je puisse vous admirer.

Il lui murmura ces mots à l'oreille, la faisant frissonner.

— Ainsi, je pourrais vous voir pendant que je vous touche, je verrais mes mains sur vous.

Aussi tortueuse qu'elle fût, sa stratégie semblait fonctionner, car il entendait sa respiration haletante. La sienne n'était pas très régulière non plus.

— J'ai essayé d'imaginer vos seins des centaines de fois, Emma, dit-il en ponctuant ses paroles de petits baisers brûlants. Un millier de fois.

Son corps était en feu. Sa voix se brisa, et il sentit son contrôle lui échapper irrémédiablement. Au prix d'un effort intense, il parvint à se maîtriser encore un instant.

— Je caresserais vos seins, je les embrasserais… je les mordillerais, ajouta-t-il en lui capturant le lobe de l'oreille entre les lèvres.

Elle inhala une grande bouffée d'air, frémissante, repoussa sa main avant qu'il ait pu l'en empêcher, et bondit sur ses pieds. Elle n'alla pas vers la porte mais vers la fenêtre, souleva le châssis et inspira profondément l'air du soir lourd et humide.

Harry voulut la suivre, mais à cet instant précis il entendit les pas de Mme Morris dans l'escalier, remontant une fois de plus de la cuisine. Bon sang, il avait complètement oublié la logeuse ! Il se laissa retomber dans le canapé, en proie à une vraie torture. Vif comme l'éclair, il déboutonna sa veste et la drapa négligemment devant lui. Il était en train de prendre un sandwich sur le plateau lorsque Mme Morris entra.

— Voilà ! annonça-t-elle d'un ton triomphant. Je suis désolée, monsieur le vicomte, mais il a fallu un temps fou à ma cuisinière pour retrouver les citrons. Ils étaient tout au fond du garde-manger.

Son regard passa de Harry, qui grignotait un sandwich au concombre, à Emma qui s'éventait rapidement près de la fenêtre.

— Emma, vous ne vous sentez pas bien ? s'inquiéta-t-elle.

— Je suis parfaitement bien, répliqua Emma d'une voix étranglée, imprimant à son éventail des mouvements de plus en plus rapides. C'est juste que… il fait très chaud, dans cette pièce.

— En effet, la température monte, déclara la logeuse en s'asseyant. Vous avez bien fait d'ouvrir la fenêtre, ma chère.

Elle déposa l'assiette de tranches de citron sur le plateau et regarda Harry en souriant.

— Emma est toujours très raisonnable. C'est une jeune femme sérieuse et douce. Sa tante Lydia était une amie très chère…

Harry aurait parié n'importe quoi qu'Emma ne se sentait ni douce ni raisonnable en ce moment. Quant à lui, il était dans un état impossible. Son corps était embrasé, son cœur battait à tout rompre, et il savait que son désir ne serait pas satisfait ce soir.

Mme Morris lui servit une tasse de thé, mais il n'avait pas le courage de poursuivre cette conversation mondaine.

— Madame Morris, pardonnez-moi, dit-il en interrompant les louanges de la vieille dame, lancée dans une description de tante Lydia, son amie disparue, ce parangon de vertu.

Il lança un coup d'œil à Emma qui s'éventait toujours près de la fenêtre, et ajouta :

— Je pense que Mlle Dove a trop chaud. Et il me semble que le thé n'est pas indiqué pour elle. Un verre d'eau fraîche, peut-être ?

— Je n'ai pas besoin d'eau, lança Emma.

— Vous me semblez un peu irritée par la chaleur, ma chère, assura Mme Morris. Un verre d'eau vous ferait du bien.

Harry approuva d'un vigoureux hochement de tête, et suivit la logeuse jusqu'à la porte du salon. Ils s'arrêtèrent sur le seuil, et il se pencha pour lui murmurer quelque chose à l'oreille. Stupéfaite, elle ouvrit la bouche, puis elle sortit et ferma la porte derrière elle.

Emma fronça les sourcils.

— Que lui avez-vous dit ?

— Je ne suis pas très patient, Emma. Et le peu de patience que je possède est épuisé depuis longtemps. Je lui ai dit que je voulais rester seul avec vous, et je l'ai priée de nous accorder un moment en tête à tête.

Avec un grognement sourd, Emma se cacha le visage entre les mains.

— Il n'existe qu'une seule raison honorable pour un homme célibataire de vouloir parler à une femme célibataire en tête à tête. C'est pour lui demander sa main, marmonna-t-elle. Et nous savons tous les deux que toute demande de votre part ne peut être que déshonorante.

— Nous n'avons pas beaucoup de temps.

Il la prit dans ses bras et joua sa dernière carte.

— Emmenez-moi dans votre appartement, dit-il en lui embrassant le visage. Faisons l'amour et mettons fin à cette torture.

— C'est impossible. Mme Morris s'en apercevrait.

— Je l'enverrai faire une course. Je ressortirai par l'issue de secours. Je la paierai pour qu'elle garde le silence.

Au moment même où les mots franchirent ses lèvres, il sut qu'il venait de faire une erreur.

— L'argent achète tout, n'est-ce pas ? s'exclama-t-elle en se dégageant. Mme Morris est une femme généreuse et parfaitement respectable. Elle n'accepterait pas votre argent. Elle refuserait de devenir votre complice et de fermer les yeux. Et même si elle le faisait, cela ne résoudrait rien. Car je serais obligée de croiser son regard ensuite.

— Et alors ? On ne vous accrochera pas une lettre pourpre sur la poitrine pour vous exposer à la vindicte publique, si c'est cela qui vous fait peur !

— Vous ne comprenez pas ? C'était une amie de ma tante. Elle me connaît. Je serais obligée de la voir tous les jours, et nous saurions toutes les deux que... que... que je n'ai pas été chaste, acheva-t-elle d'une voix tremblante.

— Pour l'amour du Ciel, Emma, cette femme n'est pas votre amie. C'était l'amie de votre tante. Et vous n'êtes pas obligée de la voir chaque jour, si vous n'en avez pas envie. Vous pouvez déménager. Je vous trouverai un nouvel appartement. Ou mieux encore, une maison.

— Comme Juliette Bordeaux ?

Elle le toisa, et son regard se fit méprisant.

— Et dans quelques mois, votre valet m'apportera un collier de topazes et de diamants acheté par votre secrétaire, et accompagné d'une lettre d'adieu ?

Harry eut l'impression de recevoir une gifle.

— Ce n'est pas la même chose.

— Non ? En quoi est-ce différent ? rétorqua-t-elle en croisant les bras. Je ne suis pas une danseuse de music-hall. Je mérite d'être courtisée de manière honorable ou pas du tout !

Il aurait dû se douter que cela se passerait ainsi.

— Vous voulez que je vous épouse, c'est cela ?

Elle parut si consternée qu'il aurait pu se sentir offensé, s'il n'avait pas éprouvé un tel soulagement.

— Vous épouser ? s'écria-t-elle. Seigneur, non !

Elle le considéra d'un air hautain, digne de la sainte tante Lydia.

— Aucune femme douée de raison ne voudrait vous épouser. Vous êtes le parti le plus lamentable que j'aie jamais vu.

— Tout à fait. Je suis content que nous ayons éclairci ce point.

— Et bon sang, Harry, je ne veux pas me marier, de toute façon. Pourquoi le voudrais-je ? Je suis Mme Bartleby, j'ai une carrière prometteuse.

— Vous n'êtes pas Mme Bartleby, répliqua-t-il du tac au tac. Votre tante Lydia était Mme Bartleby, pas vous.

— Ce n'est pas vrai ! Les idées que j'expose dans mes articles sont les miennes.

— Certaines idées sont les vôtres, je vous l'accorde. Comme cette affaire avec les origamis, et les ronds de serviette. Mais la *voix*, ce n'est pas vous. J'ai publié assez de manuscrits dans ma vie pour le savoir ! Vous n'êtes pas cette Mme Bartleby qui se préoccupe toujours de l'étiquette, comme une vieille matrone. Vous ne croyez pas vraiment que les jeunes filles ne doivent manger que les ailes du poulet. Vous ne croyez pas qu'elles doivent se priver de cailles ou de fromage, et qu'elles ne doivent choisir que les plats les plus simples.

— Les règles de conduite sont très importantes, surtout pour les jeunes filles.

— Pas si ces règles sont idiotes ! Et c'est idiot d'obliger de pauvres jeunes filles à mourir de faim. Vous êtes intelligente, Emma, et vous savez tout cela aussi bien que moi. Pourquoi décrivez-vous ces règles de bienséance alors que vous n'y croyez pas vous-même ?

Elle étrécit les yeux, et il comprit que ses chances de s'introduire dans son lit diminuaient de seconde en seconde. Mais il était si excédé qu'il s'en moquait.

— Vous n'êtes pas Mme Bartleby. Vous n'êtes pas tante Lydia. Vous êtes Emma.

Il lui prit les épaules et la secoua, bien décidé à lui faire entendre raison.

— Vous jurez, vous lisez des livres licencieux. Vous êtes passionnée, chaleureuse, et vous avez les lèvres les plus douces que je connaisse. Vous ne pensez pas vraiment que j'ai eu tort de divorcer, et je suis persuadé que vous ne parvenez pas à désapprouver ma vie autant que vous le prétendez. Si c'était le cas, vous n'auriez jamais accepté de recommencer à travailler et à écrire pour moi. Et je sais parfaitement que vous ne pensez pas qu'il est mal de m'embrasser.

— Lorsque deux personnes ne sont pas mariées, ou au moins fiancées, c'est mal ! C'est mal !

Elle tenta de se dégager, mais il ne relâcha pas son étreinte.

— C'est ce qu'on vous a dit, mais ce n'est pas ce que vous *pensez* ! Je le sais depuis le jour où je vous ai embrassée dans la librairie, car j'ai vu votre visage ensuite. Par Dieu, Emma, vous étiez radieuse, comme illuminée de l'intérieur. Je n'avais jamais rien vu d'aussi beau. Et ce soir, vous ne pensiez pas que c'était mal quand je vous ai touchée, car sinon vous m'auriez repoussé. Vous auriez pu m'ordonner de partir. Vous auriez pu me gifler. Mais vous ne l'avez pas fait. Vous vouliez que je vous dise toutes ces choses, vous aviez envie de les entendre. Je le sais, Emma, je le sais.

— J'ai eu tort de vous écouter, dit-elle en plaquant les mains sur ses oreilles. Mais c'est fini, je n'écouterai plus.

— Si, vous m'écouterez, déclara-t-il en lui prenant les poignets pour les abaisser. La femme que j'ai embrassée dans la librairie et dans mon bureau se moquait de la bienséance. Elle écoutait ses sentiments, elle absorbait mes baisers comme de l'oxygène. Cette femme m'a embrassé comme toute femme devrait embrasser un homme.

— Vous avez embrassé assez de femmes pour le savoir !

Ignorant cette remarque, il continua :

— Ne pouvez-vous admettre honnêtement ce que vous pensez et ce que vous éprouvez ? Où est Emma ? Que lui est-il arrivé ? Qu'est-il arrivé à la petite fille qui aimait jouer dans la boue et chanter faux à l'église ?

Le visage d'Emma se crispa, et elle émit un son étouffé qui ressemblait à un sanglot.

Harry savait qu'il lui faisait mal, mais il était à bout de patience.

— Je vais vous dire ce qui lui est arrivé. Elle a été étouffée par les gens et par leur opinion, pendant toute sa vie.

— Qui êtes-vous pour critiquer ma famille ? Vous ne savez rien d'eux !

— J'en sais suffisamment, merci. Mais ils n'ont pas réussi à supprimer complètement Emma, n'est-ce pas ? Parfois, elle redresse la tête. Et quand elle le fait, Seigneur, elle est si belle que je meurs de désir pour elle.

Elle s'affaissa, et toute sa combativité l'abandonna.

— Partez, dit-elle. Je vous en prie, partez.

— Vous m'avez traité d'hypocrite, Emma, mais c'est vous qui mentez. Vous vous mentez à vous-même. Vous ignorez ce que vous *voulez*, pour vous occuper uniquement de ce que vous *devez*. Vous êtes malhonnête au fond de votre cœur, et c'est la pire malhonnêteté qui soit. Vous vous efforcez absolument d'être une dame. Pourquoi ne vous autorisez-vous pas simplement à être une femme ?

Il lui libéra les mains mais, avant qu'elle ait eu le temps de se retourner, il glissa un bras autour de sa taille et l'embrassa.

Elle ne répondit pas à son baiser, demeura immobile entre ses bras. Il eut l'impression de sentir son propre cœur se briser. Dans un élan de colère, de frustration et de désir, il l'embrassa avec ardeur.

Une larme roula sur ses doigts, le brûlant comme de l'acide.

— Crénom !

Il la repoussa et la lâcha. Pendant des semaines, il l'avait désirée en secret, comme un adolescent. Et pour quoi ? Pour qu'elle lui donne l'impression d'être un mendiant ou une brute ? Il fallait qu'il se débarrasse d'elle. Sur-le-champ. Une fois pour toutes.

Passant les mains dans ses cheveux, il rajusta ses vêtements et essaya de s'exprimer avec calme, alors qu'il avait envie de tout casser.

— Je ne vous toucherai plus, déclara-t-il en allant reprendre sa veste. Plus jamais. Nous reconstruirons un mur de bienséance entre nous, et nous redeviendrons indifférents l'un envers l'autre.

Tout en prononçant ces mots, il dut admettre en lui-même que c'était impossible.

— Je pense qu'il vaudrait mieux que nous ne nous voyions plus pour discuter de votre travail. Nous nous limiterons à des messages écrits.

Il lui tourna le dos et gagna la porte.

— Ainsi, votre précieuse vertu restera intacte, lança-t-il par-dessus son épaule. Et je retrouverai ma santé mentale.

Il ouvrit la porte du salon et ne fut pas étonné de trouver Mme Morris dans le couloir, les yeux au niveau de la serrure. La logeuse se redressa vivement, le visage empourpré. Harry s'inclina et passa devant elle sans un mot. Pourquoi diable Emma accordait-elle de l'importance à une femme qui écoutait aux portes et regardait par le trou de la serrure ? En fait, il y avait beaucoup de choses qu'il ne comprenait pas chez Emma.

Il franchit la porte d'entrée et la fit violemment claquer derrière lui, secouant toutes les fenêtres de la maison.

Les femmes vertueuses sont des enquiquineuses.

17

« Être raisonnable tout le temps est
un très mauvais choix. »
Mlle Emmaline Dove, 1893

Il s'était mis à pleuvoir. Assise sur une chaise près de son bureau, Emma regardait par la porte-fenêtre qui donnait sur l'escalier de secours. La brise soulevait les longues tentures de soie. Elle ne savait pas depuis combien de temps Harry était parti, mais il lui semblait qu'une éternité s'était écoulée. Toute une vie. Bercée par le tic-tac de la pendule, elle avait laissé les souvenirs déferler dans son esprit.

Des robes blanches souillées de boue, et la voix apaisante de maman, trouvant des excuses pour expliquer à papa que la robe d'Emma soit *encore* sale.

Les cantiques chantés en silence à l'église, pour ne pas offenser les oreilles de Dieu.

Ses cheveux que l'on coupait... l'odeur d'un livre brûlé... papa assis au bout de la table, et tout un mois de silence sévère.

Elle posa une main sur sa joue et sentit sa gorge se nouer douloureusement, lui coupant la respiration. Au prix d'un immense effort de volonté, elle fit sortir papa de ses souvenirs pour ne penser qu'à tante Lydia. C'était mieux. Elle put respirer de nouveau normalement. Tante Lydia avait su lui montrer de l'affection. Elle n'avait jamais passé plusieurs jours sans lui adresser la parole. Tante Lydia l'avait aimée, elle n'avait pas le moindre doute là-dessus.

Mais elle devait s'asseoir très droite sur sa chaise, porter des gants, ne jamais courir, ne jamais montrer d'impatience, être toujours d'humeur égale. Pendant une valse, on se tenait à trente centimètres de son cavalier. Les fourchettes à dessert étaient placées au-dessus de l'assiette. Un mouchoir ne doit jamais être amidonné. Les gentlemen ont un instinct animal. Les gens ne doivent pas s'embrasser s'ils ne sont pas mariés ou fiancés.

Les paroles de Harry lui revinrent à l'esprit, des paroles douloureuses parce qu'elles étaient vraies.

— *Vous n'êtes pas Mme Bartleby. Votre tante Lydia était Mme Bartleby, pas vous... Où est Emma ? Que lui est-il arrivé ? Qu'est-il arrivé à la petite fille qui aimait jouer dans la boue et chanter faux à l'église ?*

Elle savait ce qui s'était passé. Dans l'espoir de gagner l'affection et l'approbation de sa tante, elle s'était perdue, petit à petit, acceptant de voir sa personnalité s'effriter en milliers de morceaux. Jusqu'à ce qu'elle ne soit plus qu'une femme étouffée, seulement à moitié vivante.

Puis Harry l'avait embrassée et tout avait changé. Elle s'était éveillée comme après un long sommeil hivernal. Elle avait eu peur, oui, mais elle s'était sentie vivante, dans chaque fibre de son être, chaque parcelle de son esprit, chaque chuchotement de son âme. Cependant, ce soir elle avait rejeté tout cela pour retrouver une sécurité familière et rassurante.

Elle ferma les yeux et inspira profondément, pensant aux choses qu'il lui avait faites dans son bureau, aux choses choquantes qu'il lui avait dites. À cette seule pensée, son corps s'enflammait de honte et de désir.

— *Emmenez-moi dans votre appartement.*

Dieu lui pardonne... Elle aurait jeté au feu toute une vie de vertu pour les promesses brûlantes d'érotisme d'un homme, si elle n'avait pas su que sa logeuse avait l'oreille collée à la porte, espérant contre toute attente que la nièce de Lydia allait recevoir une demande en mariage.

Emma éprouva soudain l'envie absurde d'éclater de rire. Comme Mme Morris avait dû être choquée en entendant la vérité... Le vicomte avait fait une demande d'un genre complètement différent. Et comme elle avait dû être navrée en constatant que la nièce de *sa chère Lydia* était en réalité une hédoniste, qui prenait plaisir à écouter de telles paroles !

— *Où est Emma ? Que lui est-il arrivé ?*

Une vague de ressentiment surgit en elle lorsqu'elle songea à tout ce qui lui avait été refusé. Elle éprouva une vive rancune envers tous ceux dont elle avait quêté l'affection et l'approbation. Et de la rancune aussi envers elle-même, qui avait attendu si longtemps pour découvrir combien la vie était riche, combien il était excitant de prendre des risques, combien les caresses et les baisers d'un homme étaient enivrants. Par peur, elle avait rejeté tout cela.

Il était trop tard à présent. Emma regarda le vase qui contenait des plumes de paon, près de son bureau. Un prix de consolation pour son anniversaire. Une fois de plus, elle avait attendu jusqu'à ce qu'il soit trop tard.

Être raisonnable tout le temps n'était pas un bon choix.

Emma se leva brusquement, prit sa clé dans son réticule et vérifia qu'elle avait assez d'argent pour une course en fiacre. Puis elle éteignit sa lampe, ferma la porte-fenêtre, mais ne la verrouilla pas. Elle sortit, referma la porte derrière elle et mit la clé dans son sac.

Elle descendit à pas de loup par l'escalier de service, et s'engagea dans la ruelle sous une pluie battante. Dans sa hâte, elle n'avait pas pensé à enfiler son mackintosh ou à prendre un parapluie ou un chapeau de pluie. Tant pis. Elle ne voulait pas revenir sur ses pas.

Parvenue au bout de la ruelle, elle s'arrêta, passa une main sur son visage trempé et scruta la rue sombre et déserte. Pas un seul fiacre en vue.

Il y avait toujours des cabs qui attendaient devant l'hôtel Holborn, et elle partit d'un pas vif dans cette direction. Se faufilant parmi la circulation, elle courut d'une seule traite jusqu'à l'hôtel et s'arrêta, haletante, près du premier fiacre de la file.

— 14, Hanover Square! lança-t-elle au cocher. Vous aurez une demi-couronne de pourboire si nous y sommes en moins d'une demi-heure.

Elle sauta à l'intérieur, et la voiture s'ébranla. Ses doigts pianotaient avec impatience sur ses genoux et elle s'agitait sur son siège. Le fiacre se dirigeait vers Mayfair à une allure d'escargot, si bien que, comme elle le craignait, le doute et la prudence eurent tout le temps de refaire surface.

Elle n'était même pas sûre qu'il soit chez lui. Il avait dû sortir. Il était à son club, ou quelque part avec une danseuse de music-hall. Que penseraient les domestiques quand elle apparaîtrait à sa porte, demandant à le voir? Et s'il ne voulait plus d'elle? Si elle était en train de commettre une des plus grandes erreurs de sa vie?

Elle repoussa les doutes qui l'assaillaient. Ce soir, elle avait décidé de renoncer à la chasteté. Emma pressa une main contre son cœur, à l'endroit que lui avait désigné Harry. Elle n'avait pas l'impression de commettre une erreur. Ni un péché. Elle se sentait… un peu folle, libre. Pour la première fois depuis très longtemps, elle était elle-même.

Son corps vibrait de peur, d'excitation. De désir. Le trajet en fiacre était interminable.

Elle ouvrit la vitre et passa la tête à l'extérieur. La pluie lui cingla le visage. Ils étaient presque arrivés à Regent Street. Hanover Square n'était plus très loin.

Cependant, il lui sembla qu'une éternité s'écoulait avant que le cab ne s'engage enfin dans Hanover Square et s'arrête devant le numéro 14. Elle ne vérifia pas l'heure, mais donna tout de même une demi-couronne au cocher en plus du prix de la course. Puis elle sauta sur le trottoir et courut vers la porte, priant intérieurement pour ne pas arriver trop tard une fois de plus. Agrippant le cordon de la sonnette, elle le tira de toutes ses forces.

Un valet vint ouvrir. Il la dévisagea, ébahi.

— Oui, mademoiselle ?

— Je viens voir Marlowe, dit-elle en entrant d'un pas décidé, comme si elle rendait visite au vicomte chaque jour. Est-il chez lui ?

Le valet la regarda de la tête aux pieds, d'un œil suspicieux.

— Je… je n'en suis pas sûr, mademoiselle. Je vais demander. Qui dois-je annoncer ?

— Dites-lui…

Elle réfléchit un instant. Son vrai nom ? Hors de question. Son pseudonyme ? Non.

— Dites-lui que Schéhérazade veut le voir.

Le valet fronça les sourcils, comme s'il pensait qu'elle n'avait pas toute sa tête, mais il s'éloigna, la laissant seule dans le hall d'entrée.

Il y avait un grand miroir sur le mur du fond, placé de façon à réfléchir la lumière filtrant par les hautes fenêtres de part et d'autre de la porte. Emma s'approcha.

Seigneur, elle avait une allure à faire peur ! Rien d'étonnant à ce que le valet l'ait dévisagée avec tant de stupeur. Sa jupe était collée à ses hanches et son chemisier était si trempé par la pluie qu'on voyait clairement la ligne de ses sous-vêtements sous le fin tissu blanc. Ses cheveux retombaient sur ses épaules et ses peignes avaient disparu, probablement perdus pendant sa course jusqu'au fiacre. Elle ne s'en était pas aperçue sur le moment. Des mèches étaient plaquées sur son visage, et le reste de sa chevelure formait une masse informe et humide dans son dos. Une petite flaque s'était formée à ses pieds, sur le sol carrelé.

Emma esquissa un sourire attristé. De toute évidence, elle n'était pas très versée dans la séduction. Toute femme douée pour cela aurait pris la peine de soigner son apparence avant d'apparaître devant la porte d'un homme, surtout si celui-ci avait juré de ne plus la revoir. Elle passa les doigts dans ses cheveux, essayant de remettre de l'ordre dans sa coiffure. Mais ses efforts furent vains.

— Emma ?

Elle affronta son propre regard dans le miroir. Ce n'est pas le moment de reculer, Emma, se dit-elle. Redressant les épaules, elle se tourna vers le large escalier de marbre à la forme arrondie.

Harry se tenait sur la dernière marche, une main sur la rampe de fer forgé. Elle tressaillit de surprise, ne s'attendant pas à le voir dans une tenue négligée. Il ne portait qu'un pantalon de couleur sombre et une veste d'intérieur bordeaux. Il n'avait pas de chemise, et elle vit son torse nu sous les revers de la veste. Les battements de son cœur s'accélérèrent.

Son visage était impassible. Pas de sourire avenant, ni de paroles taquines.

— Je pensais que nous avions renoncé d'un commun accord à nous voir.

— Il n'y a pas eu d'accord. C'est vous qui en avez décidé ainsi. Moi, j'en ai décidé… autrement.

Soulevant les pans de sa jupe trempée, elle alla vers lui.

— Harry, il faut que je vous parle.

— Mon Dieu, vous êtes trempée jusqu'aux os ! s'exclama-t-il.

— J'ai dû courir sous la pluie pour trouver un fiacre. Après votre départ, j'ai réfléchi à ce que vous aviez dit.

Il détourna les yeux, regarda son propre poing, crispé sur la rampe. Puis il reporta les yeux sur elle.

— Vous ne devriez pas être là, Emma. Je suis seul dans la maison avec deux valets. La plupart des domestiques sont partis à Marlowe Park. Les autres sont à Torquay avec ma famille.

Maintenant qu'elle avait décidé de renoncer à sa chasteté, elle voulait aller jusqu'au bout. Mais elle ne savait pas vraiment comment s'y prendre.

— Oui, je sais, mais c'est important, dit-elle en lançant un coup d'œil au valet qui s'attardait dans le hall. Pouvons-nous avoir une discussion en privé ?

Il se passa une main sur le visage.

— Seigneur, rien n'est facile aujourd'hui, n'est-ce pas ? soupira-t-il. Montez.

Il la conduisit au salon du premier étage. Une fois dans la pièce, il tira le cordon.

— Je vais demander à Garrett d'allumer le feu.

— Non, non. C'est inutile, je n'ai pas froid. Nous sommes en août. Et d'autre part, après tout ce que vous m'avez dit, comment pourrais-je avoir froid ? J'ai l'impression d'être en feu.

Il l'observa un instant, puis referma la porte et s'adossa au battant, croisant les bras sur sa poitrine.

— De quoi voulez-vous me parler ? Je trouve que nous en avons déjà dit beaucoup ce soir. Que reste-t-il à dire ?

— J'aimerais vous raconter une histoire.

Il se redressa avec impatience et décroisa les bras.

— Vous êtes venue ici à cette heure, sous une pluie battante, pour me raconter une histoire ?

Emma acquiesça d'un hochement de tête et se mit à rire.

— Oui. C'est fou, n'est-ce pas ?

— Emma…

— Tout a commencé avec cet éventail en plumes de paon. Un énorme éventail, tout à fait extravagant. Il était très cher et peu pratique à utiliser, mais magnifique, et si exotique. Je mourais d'envie de l'avoir. J'ai hésité pendant des jours, je suis retournée plusieurs fois dans cette boutique, sans jamais me résoudre à l'acheter. Il coûtait deux guinées, Harry. Deux! Vous me connaissez.

La remarque faillit lui arracher un sourire.

— Vous êtes radine, lâcha-t-il sobrement.

— Économe.

— Comme vous voudrez.

— Enfin, le jour où vous m'avez annoncé que vous ne vouliez pas publier mon manuscrit, c'était mon anniversaire, et…

— Votre anniversaire? Je l'ignorais. Vous auriez dû me le dire.

— Je ne m'attendais pas à ce que vous reteniez la date de mon anniversaire. Je sais comment vous êtes, pour ces choses-là. D'autre part, aucun patron ne connaît la date d'anniversaire de sa secrétaire. Bref, j'étais très en colère contre vous, car vous ne saviez pas qui était Mme Bartleby, je pensais que vous n'aviez pas lu mon travail et je voulais vous donner ma démission. Mais j'avais changé d'avis avant d'arriver chez moi. Je fais cela parfois. Je me dissuade de faire les choses que je veux faire, car ce n'est pas pratique, ou c'est frivole, ou ce n'est pas convenable.

— Oui. Et à moins que j'aie complètement perdu la tête, il me semble que nous avons eu une discussion à ce sujet ce soir même.

Emma continua comme s'il ne l'avait pas interrompue:

— J'ai donc décidé d'aller acheter cet éventail, pour me faire un cadeau d'anniversaire. Mais quand je suis entrée dans la boutique, une autre femme était en train de l'acheter. C'était en fait une très jeune et jolie fille qui faisait son entrée dans la société, et elle voulait l'éventail pour aller au bal. J'avais trop attendu, voyez-vous, et j'avais laissé passer ma chance d'avoir l'éventail. C'est à ce moment-là, dans ce magasin, que j'ai vu toute ma vie étalée devant moi. Je me suis vue faisant toujours les mêmes choix, des choix sûrs, raisonnables, respectables. J'ai attendu que M. Parker me demande en mariage, attendu pour acheter cet éventail, attendu que vous vous décidiez à publier mon manuscrit, alors que je savais au fond de moi que vous le refuseriez.

Elle fit un pas vers lui, puis encore un autre.

— Le fait est que toute ma vie, je me suis retenue. Je n'ai pas cherché à obtenir ce que je voulais vraiment. Je me suis toujours contentée de peu. Pendant ce temps, la vie continuait autour de moi, comme si je n'en faisais pas partie. C'est ce qui m'a poussée à donner ma démission.

Elle se campa face à lui.

— Lorsque j'ai vu cette jeune fille sortir du magasin avec mon éventail, je me suis dit que c'était bien. Après tout, elle est au printemps de sa vie, et mon printemps à moi est passé depuis longtemps. Je l'ai laissé s'enfuir. J'ai laissé tant de belles choses m'échapper, parce que j'avais peur. Je ne veux plus que ça m'arrive.

Elle prit le visage de Harry dans ses mains.

— Je veux rattraper ce que j'ai manqué, Harry. Je veux vivre mon printemps.

Il lui saisit les poignets, lui écarta fermement les mains.

— Soyez claire. Qu'essayez-vous de me dire, exactement ?

— Je veux faire l'amour avec vous. Est-ce assez clair ?

Il n'eut pas l'air vraiment content. Ses lèvres esquissèrent une moue boudeuse.

— Vous savez que je ne me remarierai jamais.

— Je ne vous ai pas demandé de m'épouser.

— Cela signifie que nous aurons une liaison illégitime. Êtes-vous sûre que c'est ce que vous voulez ?

Emma prit une profonde inspiration, et rejeta trente années de bonne conduite.

— Oui, Harry. C'est ce que je veux.

18

« Beaucoup de gens prétendent que je suis fou.
Parfois, je me dis qu'ils ont raison. »
Lord Marlowe, *Le Guide du célibataire*, 1893

Harry savait qu'il était devenu fou. Il le savait, car
Emma Dove se tenait là, dans son salon, et lui faisait des avances. Quelques heures auparavant, cela
aurait été impossible. Aussi impossible que de voir
des cochons voler, ou les libéraux gagner les élec-
tions. Il devait avoir des hallucinations.

Et pourtant, il voyait clairement Emma debout
devant lui, dans une tenue joliment provocante, avec
ses cheveux défaits et ses vêtements mouillés qui lui
collaient au corps. Il venait juste de l'entendre lui
proposer d'avoir une liaison. Peu importait si tout
cela n'était qu'un rêve. Il allait l'emmener dans sa
chambre et la déshabiller avant de se réveiller.

— Venez, dit-il en lui prenant la main.

Il saisit la lampe la plus proche et l'entraîna hors
du salon, vers sa chambre. Une fois à l'intérieur, il
referma la porte, posa la lampe sur la table de toilette,
ouvrit un des tiroirs et en sortit la petite enveloppe de
velours rouge qu'il gardait là. Emma le suivit des yeux
quand il alla déposer l'enveloppe sur son oreiller.

— Qu'est-ce que c'est ? s'étonna-t-elle.

— Je vous expliquerai plus tard.

Elle hocha la tête. Son doux visage exprimait une telle confiance qu'il fut saisi d'un doute inexplicable.

— Vous êtes sûre de ce que vous faites ? s'enquit-il, maudissant ce dernier tiraillement de conscience. Vous ne voulez pas changer d'avis ? Une fois que ce sera fait, nous ne pourrons plus revenir en arrière, Emma.

— Je sais, répondit-elle en lui prenant les mains. Vous vous rappelez toutes ces choses que vous disiez vouloir me faire ?

Il acquiesça, et elle poursuivit :

— Tant mieux, car je veux que vous les fassiez, Harry. Toutes.

Lorsqu'elle attira ses mains sur ses seins, il sut qu'il était perdu. Il plaqua ses paumes sur elle, à travers les couches de tissu. Ses reins s'embrasèrent.

Il repoussa ses cheveux mouillés sur ses épaules et commença de lui déboutonner son chemisier, comme il l'avait imaginé des dizaines de fois. Mais la réalité se révéla entièrement différente de tout ce qu'il avait vu en imagination. Il ne put réprimer un petit rire grave.

— Pourquoi riez-vous ?

— Quand j'imaginais ce moment, je ne pensais pas que ce serait l'enfer de défaire ces boutons. Ils sont couverts de tissu, et trempés.

Elle rit aussi, mais son rire était nerveux.

— Je peux le faire, si…

— Pas question. C'est mon plaisir et vous ne m'en priverez pas. Contentez-vous de déboutonner les poignets.

Elle obéit, et il put lui ôter son chemisier. Il le jeta sur le sol, et s'attaqua au premier bouton de son protège-corset. Il fit glisser le deuxième vêtement sur ses épaules et sut alors que, même s'il devait défaire encore un millier de boutons, cela en vaudrait la peine.

Ses épaules étaient parsemées d'une poussière de taches dorées, offertes à ses baisers. Toutefois, elles devenaient plus rares au fur et à mesure que son regard descendait vers sa gorge, pour disparaître complètement à la lisière du corset, où sa peau était d'un blanc d'albâtre. Harry fit glisser ses doigts sur ses épaules nues, puis le long de ses bras. Sa peau était douce et tiède comme de la soie et il aurait voulu s'attarder, mais le désir lui dévorait les reins. Il reviendrait plus tard vers cette douceur, pour en profiter à loisir. Tout d'abord, il fallait se débarrasser du reste des vêtements.

Il dégrafa les boutons de sa jupe, et le vêtement de laine trempé tomba lourdement sur le sol. Il lui prit la main, et lui fit faire un pas en avant pour dégager ses chevilles, puis il posa les doigts sur le corset et trouva la première agrafe cachée dans les ruchés. Il défit les agrafes les unes après les autres, tout en lui embrassant les épaules.

Des mèches de cheveux humides lui caressèrent la joue quand il lui embrassa la base du cou. Il sentit son pouls battre sous ses lèvres. Encore quelques boutons... songea-t-il avec soulagement lorsque le corset tomba et qu'il s'attaqua à la combinaison. Bientôt, il n'aurait plus que sa peau nue sous les doigts.

Toutefois, comme cela arrivait de plus en plus souvent ces temps-ci, Emma le déconcerta. Elle lui saisit les poignets et repoussa ses mains. Harry leva les yeux pour la dévisager.

— Ce n'est pas juste, fit-elle. C'est-à-dire... est-ce que je ne...

Elle s'interrompit. Harry devina ce qu'elle était sur le point de demander, mais il voulait l'entendre prononcer les mots. Elle balbutia :

— Est-ce que je ne dois pas vous déshabiller aussi ?

— Voulez-vous le faire ?

Elle acquiesça, les yeux fixés sur son torse.

— Oui. Oui, je le veux.

Il écarta largement les bras.

— Allez-y. Ce soir, vous pouvez faire tout ce que vous souhaitez. Je vous apprendrai toutes les choses que je veux vous apprendre une autre fois.

Emma lui défit sa ceinture et agrippa les revers de sa veste. Elle repoussa en arrière la soie lourde, qui tomba sur le sol avec un bruit mou. Elle recula d'un pas pour le contempler, mais il murmura d'une voix rauque :

— Touchez-moi, Emma. Touchez-moi.

Elle posa les mains à plat sur son torse nu.

— Je n'avais jamais vu le corps d'un homme. À part les statues, bien entendu.

Harry renversa la tête en arrière tandis qu'elle laissait ses mains glisser sur son torse, ses épaules, ses bras, son ventre. Elle se pencha et déposa un baiser sur son épaule. Puis elle rit, et il sentit son souffle sur sa peau.

— Vous êtes beau.

Quelque chose de chaud lui serra la gorge, quelque chose qui n'avait rien à voir avec le désir qui lui brûlait les reins. C'était l'émerveillement naïf de sa voix qui le touchait profondément, l'étourdissait, et lui donnait l'impression d'être le roi du monde.

Elle se haussa sur la pointe des pieds pour l'embrasser, pressant ses lèvres douces et tièdes contre les siennes. Et quand le bout de sa langue effleura la sienne, il fut parcouru de longs frémissements. La sachant inexpérimentée, c'était lui qui avait pris l'initiative chaque fois qu'ils s'étaient embrassés. Mais elle se montrait plus audacieuse à présent, et Harry trouva ce mélange d'innocence et de séduction incroyablement érotique. Trop érotique.

Lorsqu'elle glissa les mains sous la ceinture de son pantalon, il décida que cela avait assez duré. S'il la laissait faire, les choses iraient beaucoup trop vite. Une union rapide était parfois plaisante, mais il l'initierait à ce genre de délices une autre fois. Pas maintenant. Il voulait que la première fois soit très belle pour Emma. Aussi belle que possible.

— Assez, décréta-t-il en lui agrippant les poignets.

— Vous avez dit que je pouvais faire ce que je voulais ?

Elle recula, l'air si contrarié qu'il eut envie de rire.

— Exactement, répliqua-t-il en se penchant pour lui retirer ses chaussures. Vous vouliez que je vous fasse toutes les choses dont j'ai parlé, non ? Je n'ai pas fini. Sans parler de ce que je ne vous ai pas encore dit. Allons, ne discutez pas.

Il jeta une chaussure de côté, puis retira la deuxième. Ensuite, il défit ses jarretelles et fit glisser ses bas sur ses jambes, aussi lentement qu'il le lui avait promis. Quand il lui caressa l'arrière des genoux, elle poussa un petit grognement et vacilla sur ses jambes.

— Oh, Harry. Oh…

— Un de ces jours, murmura-t-il, je vous embrasserai tout le long des jambes, et sur les fesses. Mais pour l'instant…

Il marqua une pause, et se mit à dégrafer le dernier vêtement qui la couvrait.

— Pour l'instant, j'ai une autre idée en tête.

À genoux devant elle, il défit les boutons de sa combinaison et tira sur le vêtement pour dénuder ses seins. Elle leva les bras et fit mine de se couvrir. Pas question. Il lâcha la combinaison qui s'arrêta sur ses hanches, et lui prit les mains.

— J'ai dit que je voulais voir vos seins, lui rappela-t-il. Laissez-moi les regarder.

— Ils sont trop petits, chuchota-t-elle alors qu'il lui écartait les bras.

Comme il s'en doutait, ils étaient absolument ravissants.

— Petits ? Par Dieu, Emma ! Ils sont parfaits. Petits, oui, et ronds, et blancs, avec ces adorables bouts roses…

Sa gorge se noua, et il ne put en dire davantage.

Il lui lâcha les mains pour les caresser. Il taquina les jolies pointes roses du bout des doigts. Elle se mit à gémir doucement, et il constata qu'elle était parcourue de longs frissons. Prenant un sein au creux de sa main, il posa les lèvres sur l'autre.

Emma poussa un cri, et ses genoux se dérobèrent. Harry lui passa un bras autour de la taille pour la retenir, tout en continuant de taquiner le mamelon du bout de la langue. Elle émit un petit son étranglé, et glissa les mains dans ses cheveux, comme pour l'attirer encore plus près. Il resserra son étreinte et poursuivit ses baisers enivrants.

Elle s'agita entre ses bras, essayant instinctivement de bouger contre lui, mais il la maintint solidement.

— Harry, souffla-t-elle. Oh... oh...

Il continua encore quelques secondes, puis s'écarta et fit descendre la combinaison sur ses chevilles. Elle se dégagea de son entrave de tissu, puis il lui prit les hanches et la poussa vers le pied du lit.

— Agrippe le montant derrière toi, ordonna-t-il.

Elle obéit, et ses doigts se refermèrent sur les barreaux de cuivre.

Tout en déposant sur son ventre une série de baisers brûlants, il toucha le triangle de boucles entre ses jambes. Elle lâcha une exclamation étranglée, et resserra instinctivement les jambes. Elle secoua la tête en signe de refus.

— Emma, je dois le faire. Je veux te toucher là.

— Harry, non ! Je ne me touche jamais moi-même à cet endroit... enfin, seulement quand je me lave ! Oh, non !

Elle tressaillit lorsqu'il souffla sur les boucles serrées.

— Laisse-moi faire. Je le veux, Emma. Je veux t'embrasser et te toucher là. Laisse-moi...

— D'accord, chuchota-t-elle, si doucement qu'il l'entendit à peine.

Ses jambes s'écartèrent un peu, et il insinua les doigts entre ses cuisses.

Il eut l'impression de monter au septième ciel. Son parfum le rendit fou de désir. Il caressa ses lèvres, et elle se balança instinctivement au rythme de ses doigts. Quand il toucha son clitoris du bout de la langue, elle poussa un cri choqué et pressa une main devant sa bouche.

Harry lui reprit les mains et les reposa sur le montant du lit. Il ne voulait pas qu'elle étouffe ses cris de plaisir. Pas question de laisser ses stupides idées de respectabilité se mettre en travers du chemin vers le bonheur.

— Emma, Emma, murmura-t-il, les lèvres contre ses boucles, laisse-toi faire.

Il continua de l'embrasser, et au bout d'un moment elle émit un soupir, comme si quelque chose à l'intérieur d'elle-même se détendait. Ses hanches recommencèrent à se balancer au rythme des caresses, de plus en plus vite, jusqu'à ce qu'elle lâche un long gémissement d'extase.

Alors, il se releva et l'enlaça. Elle s'accrocha à lui, haletante, se pressant contre son torse nu. Il la souleva dans ses bras, la déposa sur le lit, et entreprit d'enlever ses chaussures.

Emma le regarda en silence. On ne lui avait jamais parlé des relations entre hommes et femmes, mais elle pensait comprendre les raisons de cette réticence. Comment pouvait-on expliquer cela ? Il n'existait pas de mots pour décrire ce que Harry venait de faire.

Cette douceur, de plus en plus forte, puis cette explosion des sens, ce pur ravissement.

Ce n'était pas fini cependant, car Harry posait sur elle un regard ardent, intense. Il déboutonna son pantalon, le fit glisser sur ses hanches, et Emma le contempla, en proie à un choc immense.

— Seigneur... chuchota-t-elle.

Envahie de panique, elle balbutia :

— Harry ?

Il rejeta son pantalon de côté, et le matelas s'enfonça sous son poids quand il la rejoignit dans le lit. Il ouvrit l'enveloppe qu'il avait placée sur l'oreiller, en sortit quelque chose qu'elle ne vit pas, puis se hissa au-dessus d'elle. Elle sentit le membre dur entre ses jambes, et réprima un nouvel élan de panique.

— Harry ? répéta-t-elle.

Il demeura comme suspendu au-dessus d'elle, et elle sentit sa main s'insinuer entre ses jambes. Une mèche de cheveux bruns retombait sur son front, son visage viril était grave, comme celui d'un ange sombre. Elle ne trouva pas cela très rassurant.

Il la toucha encore, une brève caresse de ses doigts entre les replis secrets de sa chair.

— Emma, écoute-moi.

Sa voix était étrange, comme étouffée, son souffle saccadé. La peur de la jeune femme s'accentua. Mais alors, il lui posa une main sur le visage, et ce geste l'apaisa. Elle tourna la tête, lui embrassa la paume de la main.

— Tu vas avoir un peu mal, Emma, dit-il en pressant les hanches contre les siennes. On ne peut pas l'éviter.

Tandis qu'il bougeait, elle sentit son sexe effleurer l'endroit où il l'avait embrassée un instant auparavant. Cette caresse étrange, extraordinaire, provoqua une nouvelle vague de plaisir délicieux. Elle se cambra pour aller à sa rencontre et le plaisir s'intensifia, lui arrachant un gémissement.

— Emma, je ne peux plus attendre, chuchota-t-il d'une voix rauque. Je ne peux plus.

S'appuyant sur les coudes, il enfouit le visage dans son cou. Son sexe se plaqua sur elle, puis s'insinua *en elle*.

La sensation n'était pas vraiment agréable, et elle s'agita. Avec un grognement sourd, Harry captura ses lèvres. Il l'embrassa profondément et soudain, sans l'avertir de son geste, il donna un puissant coup de reins, pénétrant dans la chaleur de son corps.

Emma fut choquée par la vive douleur qui rem-
plaça le plaisir. Elle poussa un cri aigu et ses bras se
refermèrent sur lui. Le temps sembla se figer.

Puis il l'embrassa. Sur la gorge, la joue, les lèvres,
dans les cheveux. Son souffle était doux.

— Emma, Emma, tout ira bien, murmura-t-il en
pénétrant plus profondément en elle. Je te promets
que tout ira bien.

La douleur commençait déjà de se dissoudre dans
l'océan de sensations qui la submergeait.

— Tout va bien, Harry, acquiesça-t-elle en suivant
instinctivement le rythme de ses mouvements.

Ceux-ci s'accélérèrent, se firent plus puissants. Les
yeux fermés, les lèvres entrouvertes, il sembla presque
oublier la jeune femme. Elle sourit en le regardant,
car il était clair qu'elle lui donnait du plaisir. La douleur se transforma en une vague lourdeur tout au
fond d'elle-même, et elle alla spontanément à la rencontre de Harry, comme dans une danse primitive.

Son souffle était saccadé, il la plaquait contre le
matelas avec force, et elle sentit le plaisir s'épanouir
avec encore plus de force qu'auparavant.

Soudain, il fut secoué de frémissements, et lâcha
un cri rauque. Pénétrant encore une fois en elle, il
s'immobilisa et retomba contre elle, le visage enfoui
au creux de son épaule.

Elle caressa les muscles puissants de son dos, ses
mèches brunes et soyeuses. Quand il l'embrassa en
murmurant son nom, elle éprouva une vague de tendresse infinie, quelque chose qu'elle n'avait encore
jamais ressenti.

Elle était une femme perdue à présent, mais elle
n'éprouvait ni honte ni regret. Juste un bonheur
immense, incroyable, qui se déployait dans son cœur
comme une fleur se tournant vers le soleil. C'était ce
qu'elle avait espéré trouver en venant ici ce soir. Le
bonheur d'être vivante, de se sentir belle et vibrante.

Oui, elle était une femme perdue. Emma se mit à
rire. C'était tellement merveilleux !

19

« L'amour est une chose étourdissante,
qui vous donne envie de rire sans raison.
Il n'y a, selon moi, aucun mal à cela. »
Mme Bartleby, *La Gazette sociale*, 1893

— Emma ?

Harry leva la tête, éberlué, en entendant le rire
d'Emma. C'était bien la dernière chose au monde à
laquelle il s'attendait. Alors que l'ivresse de la jouissance se dissipait, la réalité avait refait surface. Il
était encore allongé sur elle, mais ses appréhensions
surgissaient déjà. Il s'attendait à des larmes, des
récriminations, au moins à des regrets. Cette réaction totalement différente le déconcerta. Se soulevant sur un coude, il contempla le visage rose et
épanoui de sa compagne.

— Pourquoi ris-tu ?

— Je ne sais pas. Je me sens heureuse, c'est tout.

Et elle sourit, comme s'il venait de lui présenter le
paradis sur un plateau. Le soulagement déferla en lui.

Emma rit de nouveau.

— Tu ressembles à un pirate d'opérette, dit-elle.
Tu as pris un vaisseau à l'abordage, tu l'as pillé, et
maintenant tu profites de ton butin.

— Quelle excellente description ! répondit-il en
souriant.

266

Il l'embrassa, puis s'écarta.

— Oh, murmura-t-elle, surprise de le sentir se retirer.

Il roula sur le dos et s'assit pour ôter rapidement le préservatif, mais elle l'aperçut et demanda :

— Qu'est-ce que c'est ?

Froissant le préservatif usagé entre ses doigts, il prit l'enveloppe de velours rouge et la lui tendit. Elle l'ouvrit, et en sortit un des objets en caoutchouc.

— À quoi cela sert-il ?

— C'est pour empêcher que tu sois enceinte.

— Oh…

Ses joues s'empourprèrent, elle remit le préservatif dans l'enveloppe, et lui rendit celle-ci. Puis, les sourcils froncés, elle tira sur la couverture.

— Ta tante ne t'a jamais expliqué comment on fait les bébés, n'est-ce pas ?

Pour toute réponse, Emma secoua la tête.

— Par Dieu, pourquoi les gens ne disent pas cela à leurs enfants ? grommela-t-il en se laissant retomber contre l'oreiller.

— Ton père te l'a donc dit, à toi ? Oh, bien sûr, le jour de ton mariage…

— Pourquoi attendre le jour du mariage ? Non ! Mon père m'a dit cela quand j'avais onze ans. Il s'en est malheureusement tenu aux faits scientifiques. J'aurais aimé qu'il m'en dise plus sur les femmes.

— Ma tante ne m'a rien dit du tout. Elle devait penser qu'une telle discussion était trop inconvenante. Tu trouves cela idiot, n'est-ce pas ?

— Une telle attitude n'est pas seulement idiote, elle est malfaisante. L'ignorance de ces faits peut détruire les gens.

Il songea à Consuelo, se rappela le choc, l'horreur, la répulsion qu'elle avait manifestés la première fois. Il n'oublierait jamais cette nuit de noces.

— Harry, qu'est-ce qui ne va pas ?

Il parvint à repousser le souvenir de son ex-femme.

— Rien. Je pense seulement qu'on devrait dire cela aux gens, au lieu de leur raconter ces stupides histoires de choux, de cigognes, et Dieu sait quoi encore. Cela éviterait beaucoup de chagrins et de désagréments.

— Je suis d'accord avec toi.

— Vraiment ? s'étonna-t-il en lui lançant un coup d'œil.

— Oui. Si je m'étais mariée, j'aurais aimé que ma tante m'avertisse avant ma nuit de noces. Mais je ne suis pas sûre qu'elle l'aurait fait, même dans ce cas.

— Moi non plus. La mère de ma femme ne lui avait rien dit. Cela a rendu les choses très difficiles.

Il roula brusquement sur le lit, se leva et se dirigea vers le dressing. Il jeta le préservatif dans la corbeille, se lava les mains, puis mouilla un linge et le ramena dans la chambre.

— Allonge-toi, dit-il. Étends les jambes.

Elle fit ce qu'il demandait, s'accoudant sur le matelas. Il lui écarta délicatement les jambes pour essuyer deux légères traces de sang sur ses cuisses.

— Tu as eu mal ? s'enquit-il.

— Un peu.

— Je suis désolé. Cela n'arrivera plus, Emma. Mais si un jour tu as mal, tu dois me le dire. Je ne veux te faire souffrir sous aucun prétexte.

Il se pencha pour déposer un baiser sur son ventre, puis ramena le linge dans le dressing. Quand il revint, elle enveloppa du regard son corps nu.

— J'ai vu des statues d'hommes dans les musées, dit-elle. Je me souviens de l'une d'elles, notamment. Il y avait une grande feuille placée sur... sur le...

— Sur le pénis, précisa-t-il en s'allongeant à côté d'elle.

— Oui, c'est cela. Mais, en se penchant sur le côté, on pouvait le voir, et j'étais terriblement curieuse. J'ai essayé de l'observer, mais...

— Mais ?

— Ma tante s'en est aperçue, déclara-t-elle d'un air contrarié. Elle m'a fait sortir de la salle, et je n'ai rien pu voir.

Il sourit et croisa les mains sous sa tête.

— Tu peux regarder tant que tu veux, maintenant.

Emma s'agenouilla sur le lit, repoussa ses cheveux dans son dos et posa sur lui un regard fasciné, comme si son sexe représentait un mystère.

S'efforçant de garder son sérieux, il murmura :

— Ce n'est pas très compliqué, Emma.

Elle hésita, puis tendit la main et le toucha. À l'instant même, son désir resurgit. Il ferma les yeux, savourant la caresse légère de ses doigts. Son sexe se raidit, et elle voulut retirer sa main. Mais il l'en empêcha, refermant sa propre main sur la sienne.

— N'arrête pas.

Elle écarquilla les yeux en voyant son sexe durcir sous ses doigts.

— Je ne savais pas... je n'aurais jamais cru...

Harry ne put réprimer un petit rire amusé. Il prit un autre préservatif dans l'enveloppe, puis roula sur le côté en la faisant tourner en même temps, dos à lui. Il passa un bras sous elle, de façon à la maintenir plaquée contre son torse. Il insinua son sexe entre ses jambes, sans la pénétrer, et fit quelques mouvements de va-et-vient pour la préparer. Quand il glissa une main sur son ventre et entre ses jambes, sa respiration était déjà haletante et elle était prête à le recevoir. Il la caressa du bout des doigts, puis se protégea, avant d'introduire légèrement son sexe dans les replis de sa chair.

Ses mouvements se firent de plus en plus rapides, et très vite il sut qu'elle était proche de la jouissance. Alors, il plongea en elle. En même temps, il effleura son clitoris. Elle eut un cri de plaisir et s'abandonna, l'entraînant avec elle dans un tourbillon enivrant.

Ensuite, il sentit une vague de somnolence s'emparer de lui, et il eut envie de s'endormir ainsi, encore uni à elle. Mais il ne pouvait céder à ce désir, car ils n'avaient plus beaucoup de temps. Il s'écarta et l'embrassa sur la joue:

— Emma, il faut se lever. Je dois te ramener chez toi avant que le jour se lève.

Elle acquiesça d'un mouvement de tête, et se leva en même temps que lui. Ils s'habillèrent en silence, mais Harry savait qu'il y avait certaines choses dont ils devraient discuter avant qu'il ne la dépose devant sa porte. Pendant qu'elle finissait de s'habiller, il partit à la recherche de son valet.

Cummings, qui non content d'être un parfait valet de chambre, était aussi doté de tact et de discrétion, avait compris qu'il devait laisser un peu d'intimité à son maître cette nuit. Abandonnant le lit qu'il occupait habituellement dans le dressing, il était allé dormir dans une des chambres des domestiques à l'étage en dessous. Harry le réveilla et lui demanda d'aller chercher un fiacre.

Lorsque Harry regagna la chambre, Emma était habillée et assise au bord du lit.

— C'est l'heure? s'enquit-elle en se levant.

— Oui, presque. Il pleut toujours, dit-il en prenant un mackintosh pour elle dans son dressing.

— Allons-nous prendre ta voiture?

— J'ai envoyé mon valet chercher un fiacre. Je pense que cela vaut mieux. Je ne veux pas que quelqu'un dans ta rue voie les armoiries sur mon carrosse.

— Il y a peu de chances que cela se produise. Il est trois heures du matin.

— Je préfère ne pas prendre le risque. Ce qui m'inquiète encore plus, c'est comment te faire entrer chez toi sans que quelqu'un s'en aperçoive. La porte d'entrée est verrouillée, n'est-ce pas?

— Oui, Mme Morris ferme à onze heures, à moins qu'une des locataires soit allée au théâtre. Dans ce cas, elle laisse la porte ouverte, avec une servante dans le hall pour verrouiller une fois que la dernière personne est rentrée. Mais...

— Tu n'as jamais fait cela avant ce soir, je suppose ? Tu n'as jamais trouvé une excuse pour rentrer tard ?

— Non, mais…

— Eh bien, nous allons être obligés d'inventer quelque chose. Je ne pense pas qu'il soit convenable qu'une jeune fille se promène dans la rue avec un gentleman à trois heures du matin.

— Ce n'est pas un problème. J'essaye de te l'expliquer depuis un moment, vas-tu enfin m'écouter ? J'ai laissé ma fenêtre ouverte. La *porte-fenêtre*, précisa-t-elle comme il la regardait sans comprendre. Celle qui donne sur l'escalier de secours. Seigneur ! ajouta-t-elle en secouant la tête. Heureusement que je suis raisonnable et capable de réfléchir. Sans quoi, nous serions dans le pétrin.

Elle lui prit le mackintosh des mains et le déplia.

— Je pense que je suis douée pour ce genre de liaison clandestine, Harry. Tu ne crois pas ?

Harry se chargea de tout organiser. Il trouva un cottage dans le Kent, à seulement deux heures de Londres en train, où personne ne les connaissait. Afin d'éviter les commérages, ils se feraient passer pour M. et Mme Williams, un couple aimant la solitude.

Ils s'y rendraient chaque vendredi et reviendraient le lundi, lui avait-il expliqué au cours de leur dernier rendez-vous au bureau. Ils avaient eu cette conversation à voix basse, afin que le secrétaire ne puisse les entendre par la porte ouverte. Leurs projets avaient été élaborés entre les commentaires sur ses articles et les nouvelles idées pour la rubrique de Mme Bartleby. Ils voyageraient en train, séparément, à l'aller comme au retour. Le cottage serait nettoyé et le garde-manger rempli en leur absence. Il n'y aurait pas de domestique avec eux mais, à en juger par ses recettes, la grande Mme Bartleby devait savoir cuisiner, la taquina-t-il. Sinon, ils mangeraient du pain et du fromage.

Il fallut deux semaines pour faire tous ces arrangements clandestins. Pendant ce temps, Emma découvrit un nouveau plaisir : l'anticipation. Lorsque le train atteignit le petit village de Cricket Somersby, elle parvenait à peine à contenir son excitation.

Harry l'attendait sur le quai, et dès qu'elle le vit, Emma sentit son cœur battre plus fort. Elle aurait aimé courir vers lui et se jeter dans ses bras mais, même dans ce village où personne ne les connaissait, elle ne pouvait se permettre une telle liberté. Il prit sa valise et elle le suivit jusqu'à la voiture. Quand ils furent tous les deux assis sur la banquette, le cocher grimpa sur son siège et ils se mirent en route.

Leur cottage était une petite maison de pierre avec un toit de chaume, de grosses lucarnes et une porte d'un rouge vif. Il était environné de bois, et il y avait un ruisseau et un étang non loin. Un jardin potager bien entretenu se trouvait à l'arrière de la maison.

Emma fit une pause dans le petit hall d'entrée, remarquant un salon sur sa gauche et une salle à manger sur la droite. Puis elle entendit la porte se refermer. Elle se retourna et eut le souffle coupé en voyant l'expression de Harry. Lorsqu'il l'enlaça pour l'embrasser, elle pressa instinctivement une main sur son chapeau pour le retenir. Il fallait espérer que ce cottage était pourvu d'un lit confortable.

Il y avait un lit. Il était grand, avec un montant en chêne, un épais matelas de crin, des draps et des oreillers parfumés à la lavande. Mme Bartleby aurait approuvé un tel lit, déclara Emma, mais certainement pas ce qui s'y passait.

Toutefois, elle ne s'attarda pas sur ce sujet.

Comme elle avait surpris leur conversation dans le salon, Mme Morris savait désormais qu'Emma n'était pas la secrétaire de Mme Bartleby, et qu'elle était en fait l'auteur de la célèbre rubrique. La logeuse savait aussi que la nièce de sa chère Lydia n'avait pas reçu de proposition de mariage. Bien qu'enchantée de la célébrité d'Emma, et ayant promis de garder le secret, Mme Morris soupçonnait que ses escapades du week-end n'étaient pas uniquement destinées à faire « des recherches » pour ses articles. Mais, au grand soulagement d'Emma, Mme Morris ne posa pas de question et ne fit pas de sermon.

Emma ne regrettait pas le choix qu'elle avait fait, et n'avait pas le temps de s'inquiéter. Beaucoup de choses absorbaient son attention quand elle était avec Harry. Les moments qu'elle passait avec lui au cottage étaient emplis de découvertes fascinantes.

Elle adorait le regarder se raser. Il ne comprenait pas la raison de cet intérêt, mais ce rituel quotidien ne cessait de la fasciner.

— C'est tellement… viril, tenta-t-elle de lui expliquer un jour. Te voir te raser est…

Elle marqua une pause et s'adossa au mur, à côté de la table de toilette, tandis qu'il essuyait le savon à barbe sur ses joues. Elle laissa son regard glisser sur son torse nu, cherchant les mots justes.

— C'est excitant, dit-elle enfin. Cela m'excite.

— Vraiment ?

Il s'interrompit et se détourna du miroir pour croiser le regard de la jeune femme. Une lueur familière brillait dans ses yeux bleus. Elle adorait cette expression.

Il lui apprit à pêcher, et elle aimait cela aussi. Elle aimait se tenir debout dans le ruisseau, les pieds nus, la jupe relevée jusqu'aux genoux, voyant sa patience récompensée lorsqu'elle attrapait un poisson. Alors qu'il contemplait ses jambes nues, Harry déclara que la pêche était son second passe-temps favori. Elle savait parfaitement quel était le premier.

Il lui apprit des choses dont elle n'avait encore jamais entendu parler, l'initia à des plaisirs dont elle avait toujours ignoré l'existence. Faire l'amour dans l'herbe, la nuit, le laisser lui brosser les cheveux, cuisiner ensemble dans le cottage, faire la sieste l'un contre l'autre dans un hamac...

Les chaudes journées d'août passèrent rapidement. Ils faisaient de longues promenades, exploraient la campagne, croisant parfois un autre couple qui aimait aussi marcher dans les sentiers déserts. Ils semblaient avoir tous deux plus de soixante-dix ans mais, chaque fois que Harry et Emma les rencontraient, ils se tenaient par la main comme des amoureux.

Harry l'emmena faire une promenade en bateau sur l'étang. Emma ne savait pas nager, mais il lui affirma qu'elle avait pied, et lui promit qu'un jour il lui apprendrait à nager. Elle protesta, et ils eurent une petite discussion à ce sujet. Ils discutaient souvent, et passionnément. Sur des sujets aussi divers que la politique, les bonnes manières, la valeur du mariage dans la société, les poèmes de Blake et de Tennyson. Harry la faisait rire plusieurs fois par jour, et elle découvrit qu'elle pouvait le faire rire aussi, particulièrement aux moments où elle ne s'y attendait pas. Mais cela lui était égal. Elle aimait l'entendre rire.

Il lui apprit à jouer au poker, et elle fit une autre découverte stupéfiante sur elle-même : elle aimait le jeu. Bien qu'elle refusât de jouer pour de l'argent, ce qui donna l'occasion à Harry de la traiter encore une fois de radine. Mais il lui suffisait de jouer avec des allumettes, chacune d'entre elles représentant une guinée, car c'était la compétition qui lui plaisait. Comme tous les débutants elle avait beaucoup de chance, ce qui ajoutait à son excitation.

— Je n'ai plus rien, annonça-t-il quand elle eut raflé les dix dernières allumettes qui lui restaient.

— Quel dommage, répondit-elle avec un large sourire. Le jeu s'arrête là, je suppose ?

— Pas nécessairement. Nous pouvons parier autre chose que de l'argent, Emma.

Quelque chose dans sa voix la fit frissonner. Elle jeta un coup d'œil à ses quatre rois, puis posa sur lui un regard innocent.

— Tu as quelque chose qui m'intéresse ?

— Des tas de choses. De quoi as-tu envie ?

Les battements de son cœur s'accélérèrent, mais elle demeura impassible.

— Hum, fit-elle d'un air blasé. Un jour, tu as dit que tu m'embrasserais le long des jambes, et jusque sur les fesses.

— Je l'ai dit. Est-ce cela que tu veux ?

— Je veux plus. Je veux que tu m'embrasses partout. Pendant une heure, précisa-t-elle.

— Une heure ? Je ne tiendrai jamais aussi longtemps.

— Une heure, Harry. Partout. Rien que des baisers.

— Je pourrai te toucher aussi ?

Elle pencha la tête de côté et fit mine de réfléchir.

— Oui, c'est d'accord. Mais rien d'autre pendant une heure.

— D'accord, d'accord.

Il posa sur la table ses deux paires.

Emma obtint une heure de pur bonheur. Harry maugréa, prétendant que des préliminaires aussi longs étaient une vraie torture pour un homme, mais à partir de ce moment ils ne misèrent plus jamais des allumettes.

Et Emma se rendit compte qu'elle avait appris quelque chose de capital : comment admettre ce qu'elle désirait.

Et comment le demander.

20

«Je me suis mis à aimer réellement la campagne.»
Lord Marlowe, *Le Guide du célibataire*, 1893

Le week-end suivant, Harry parvint à ses fins et apprit à nager à Emma. Toutefois, cela n'alla pas sans mal. Tout d'abord, il essaya de la convaincre en lui démontrant que tout le monde devait savoir nager, pour des raisons de sécurité. Cet argument ne parut pas impressionner la jeune femme.

— C'est très gentil, Harry, dit-elle en se retournant dans le hamac pour poser la joue au creux de son épaule. Mais ce n'est pas nécessaire, puisque je ne vais jamais où je n'ai pas pied.

— Tu aimes apprendre des choses nouvelles. De plus, tu es une personne raisonnable, et refuser d'apprendre à nager n'est pas raisonnable.

— *Raisonnable*, répéta-t-elle en faisant la grimace. C'est un mot affreux.

— Pas du tout, dit-il en lui embrassant le bout du nez. J'aime ma raisonnable petite Emma.

Elle secoua la tête et il fronça les sourcils, intrigué.

— Quelle est la vraie raison de ce refus? Dis-moi. Tu n'as pas confiance en moi?

— Bien sûr que si. C'est juste que…

Elle poussa un lourd soupir, mais il continua de la fixer, attendant sa réponse.

— Très bien, si tu veux savoir, je n'ai pas envie d'enlever mes vêtements dehors, au grand jour.

— Eh bien, il suffit de porter quelque chose, comme une combinaison ou des sous-vêtements.

— Une fois qu'on est mouillé, c'est comme si on était nu.

— Oui, admit-il en l'enveloppant d'un regard coquin. C'est exact. Tu es timide ?

— Je l'ai toujours été. Pudique. Tu le sais.

— Bon sang, Emma, tu n'es pas aussi pudique avec moi, tout de même ? Je t'ai déjà vue nue en plein jour, et d'ailleurs je ne l'ai jamais regretté.

— Mais quelqu'un d'autre pourrait me voir, et je mourrais de honte si cela arrivait.

— C'est pour cette raison que tu ne veux pas apprendre à nager ?

Elle hocha la tête, et il se mit à rire en l'embrassant.

— Pourquoi ne l'as-tu pas dit tout de suite ? Je t'apprendrai le soir tombé. Nue. Bon sang, c'est une idée épatante ! Je suis étonné de ne pas y avoir pensé plus tôt.

Ce soir-là, Harry obtint ce qu'il voulait. Il donna à Emma sa première leçon de natation.

— Les chiens sont plus intéressants.

— Pas vrai, répliqua Emma en prenant une mûre dans le panier posé entre eux sur la couverture.

— Si, c'est vrai.

Harry rompit un morceau de pain.

— Les chiens sont reconnaissants et affectueux.

— Les chats aussi.

Il eut un rire de dérision, et étala du beurre sur la tranche de pain.

— Monsieur Pigeon s'est montré très affectueux avec toi. Et comment peux-tu dire qu'il n'est pas reconnaissant ? Il me rapporte des oiseaux.

— Des oiseaux morts.

— Pour un chat, c'est une preuve d'amour.

— Emma, il vomit des boules de poils. C'est dégoûtant. Comment peux-tu aimer une créature qui vomit des touffes de poils ?

— Et toi, comment peux-tu aimer une créature qui bave ? La prochaine fois, je prendrai Pigeon avec moi pour que tu fasses sa connaissance.

— Il n'en est pas question.

— Mais il t'adore déjà !

— J'aimerais pouvoir dire que c'est réciproque, pour te faire plaisir, mais ce n'est pas le cas. Je n'ai rien contre Pigeon, mais je ne supporte pas les chats.

Emma ne répondit pas. Son attention fut attirée par quelque chose, au loin.

— Ils sont là, murmura-t-elle en désignant le couple de vieilles personnes qu'ils voyaient tous les week-ends.

Main dans la main, ils traversaient la prairie.

— Ils marchent toujours en se donnant la main.

— Vraiment ? fit Harry en sortant le pot de moutarde du panier. Je n'avais pas remarqué.

— C'est si romantique… Nous nous promenons souvent, Harry, mais nous ne nous donnons jamais la main.

— C'est parce que nous sommes très britanniques.

Ce qu'elle venait de dire l'agaçait, elle en était consciente, mais elle ne savait expliquer pourquoi. Elle eut envie d'insister, mais quelque chose dans son expression l'en empêcha. Elle finit son morceau de pain, choisit une autre mûre dans le panier, et s'allongea pour contempler les nuages.

— Je me promenais main dans la main avec Consuelo. C'était la seule chose romantique que nous étions autorisés à faire.

Emma se figea. C'était la deuxième fois qu'elle l'entendait prononcer le nom de sa femme. Elle avala la mûre, attendant qu'il en dise plus, mais il garda le silence.

— C'est drôle, dit-elle d'un ton neutre. Les Américains sont généralement plus libres que nous.

— Le père de Consuelo était d'origine cubaine. Il était vieux jeu, très sévère, et sa mère aussi.

Harry se mit à découper des lamelles de fromage, sans la regarder.

— Nous n'avions pas le droit de rester en tête à tête. Toutes nos conversations devaient avoir lieu devant les autres, sauf lorsque nous dansions. Tout était très respectable, très convenable. Je ne fus autorisé à lui parler en privé qu'une seule fois, pour lui demander sa main. Et même à ce moment, sa mère était derrière la porte, et je suis sûr qu'elle écoutait ce que nous disions.

Emma saisit la nuance de mépris dans sa voix, et ne sut que dire.

— Après nos fiançailles, enchaîna-t-il, nous fûmes autorisés à nous tenir par la main, et à parler en aparté. Mais quelle intimité pouvez-vous avoir, quand vous êtes entourés par des gens qui vous regardent et qui peuvent saisir vos paroles ? Quant à s'embrasser, c'était tout simplement impossible. J'ai embrassé Consuelo pour la première fois le jour de notre mariage.

Il eut un petit rire sans joie.

— Faut-il s'étonner que notre mariage ait été voué à l'échec ? J'étais passionnément, follement amoureux d'une femme dont je ne savais rien. Et je n'avais pas les moyens de faire sa connaissance. Si cela avait été possible, j'aurais peut-être compris la vérité. Mais j'étais jeune, et stupide. Il me semblait bien que quelque chose n'allait pas, mais j'avais vingt-deux ans et je me trouvais dans un pays étranger. Je ne voulais pas tout gâcher en offensant sa famille. Pour comble de malchance, nous étions traqués par la presse américaine. Ils nous suivaient partout. Les journalistes étaient persuadés que je l'épousais pour son argent, et qu'elle m'avait choisi pour mon titre et ma position sociale. Ils ne se trompaient pas vraiment, dans le fond.

Ses mains se figèrent, et il leva les yeux.

— Consuelo ne m'a jamais aimé. C'était une fille de dix-sept ans qui avait été poussée au mariage par ses parents. Je crois qu'Estravados a voulu faire de moi son gendre dès l'instant où il m'a vu. Je l'ignorais à l'époque, mais Consuelo était déjà amoureuse d'un autre homme. Quelqu'un dont sa famille ne voulait pas entendre parler.

— Oui, je sais, dit Emma en hochant la tête. M. Rutherford Mills.

— Elle a essayé, mais sans succès, de s'enfuir avec lui. C'est la raison pour laquelle ils la surveillaient si étroitement. Ils craignaient qu'elle ne fasse une nouvelle tentative. À l'époque, je ne valais guère mieux que Mills, mais Estravados s'était pris d'affection pour moi. Et surtout j'avais un titre, un domaine, des relations importantes, et il voulait faire des affaires en Grande-Bretagne. Pour lui, j'étais un bien meilleur choix que Mills, qui n'avait rien à offrir à sa fille.

Harry se servit un verre de vin qu'il avala d'un trait.

— C'est ainsi qu'après une cour très brève, des fiançailles encore plus brèves, et un mariage conclu à la hâte, vous vous retrouvez avec un vicomte dans la famille et des entrées dans la société britannique. Tout le monde était content, sauf Consuelo. Elle passa les quatre années suivantes à pleurer et à me faire des reproches. J'ai pourtant essayé de la rendre heureuse. Parbleu, j'ai fait de mon mieux…

Il s'interrompit brusquement, et se leva. Adossé à un arbre, il contempla la prairie. Emma le voyait de profil.

— On ne peut pas forcer quelqu'un à être heureux. Alors, la frustration et la rancœur s'installent. La souffrance, quand tu t'aperçois qu'on ne te rend

280

pas l'amour que tu donnes. Tu as l'impression d'être un goujat parce que tu as envie de faire l'amour à ta femme, et tu finis par te rendre compte qu'on t'a menti…

Il se passa les mains sur le visage.

— Pendant quatre ans, nous avons été profondément malheureux, Consuelo et moi. Nous en sommes arrivés au point où nous ne pouvions plus nous adresser la parole. Elle s'enfermait dans sa chambre, et je finis par ne plus avoir envie de la convaincre de m'ouvrir la porte. C'était l'enfer.

— Je vois, murmura Emma.

Il avait dû se sentir très seul. Elle connaissait bien la solitude, et elle avait le cœur serré pour lui.

— Je l'ignorais, mais elle entretenait une correspondance secrète avec Mills. Elle lui a écrit des centaines de lettres dans lesquelles elle décrivait le cauchemar qu'elle vivait en Angleterre, et le suppliait de venir à son secours. Et moi, elle me suppliait de lui accorder le divorce. Je refusais.

— À cause de tes sœurs, répondit Emma avec un hochement de tête.

— À l'heure actuelle, dix ans après que j'ai déposé ma demande de divorce, elles subissent encore la réprobation de la bonne société. Mes sœurs, ma mère, et même ma grand-mère se font snober, et elles en souffrent.

Il posa sur elle un regard de défi :

— Et tu t'étonnes que je ne supporte pas les règles de bienséance ? Que je les trouve idiotes, et inutiles ?

— Je comprends parfaitement, admit Emma.

Il haussa les épaules, et sa colère disparut aussi vite qu'elle était venue.

— La suite de l'histoire est connue. Elle s'est enfuie en Amérique avec Mills, de la façon la plus voyante possible, afin de me laisser la possibilité de demander le divorce pour adultère. La dernière fois que j'ai entendu parler d'eux, ils étaient en Argentine.

— Mais pourquoi ne t'a-t-elle pas dit la vérité avant de t'épouser ? questionna Emma, sidérée. Elle a bien dû en avoir l'occasion. Pourquoi t'a-t-elle dit qu'elle t'aimait, si ce n'était pas vrai ?

— Tu ne connais pas ses parents. Estravados était un homme effrayant, et sa femme aussi. Consuelo ne pouvait pas s'opposer à eux. Elle s'est soumise à leur volonté, s'efforçant de ne pas les décevoir.

Leurs regards se croisèrent, et elle décela dans ses yeux une blessure profonde.

— Elle voulait être une gentille fille, obtenir l'approbation de ses parents. C'est pour cela qu'elle m'a menti, et qu'elle s'est menti à elle-même.

Emma encaissa le coup. Combien de fois avait-elle été malhonnête envers elle-même ? Elle se leva, alla vers lui et l'enlaça.

— Je ne t'ai jamais menti, Harry, et je ne te mentirai jamais. Et je ne me mentirai plus à moi-même.

— C'est promis ?

— Promis.

— Je suis nul pour ça, déclara Harry en prenant le couteau à découper la volaille. Je te l'ai déjà dit.

Emma lui montra l'endroit où il devait couper.

— Si tu plantes le couteau là, tu le découperas proprement.

Il suivit ses instructions, et le couteau s'enfonça dans la chair du poulet.

— Tu vois, c'est facile. Il faut simplement savoir positionner le couteau.

— Et les ailes ? Il faut que j'apprenne. Après tout, c'est le seul morceau du poulet que tu as le droit de manger.

— J'ai bien réfléchi, et je suis d'accord avec toi. C'est stupide de ne manger que les ailes. D'ailleurs, je préfère… le reste.

— La poitrine, Emma, rétorqua-t-il en riant. Tu n'arrives toujours pas à dire le mot, n'est-ce pas ?

Elle sourit et se pencha contre lui, lui effleurant le bras de ses seins. Harry déposa le couvert dans le plat.

— Eh bien, Emma Dove? Tu essayes de me séduire?

— Oui, répliqua-t-elle en posant les doigts sur les boutons de sa chemise. Faisons l'amour.

— Excellente idée. Nous mangerons plus tard.

Elle jeta un coup d'œil à la nourriture sur la table.

— Pourquoi ne pas faire les deux en même temps?

— Emma, Emma, répondit-il avec un rire grave. Tu es devenue très débauchée.

— Sous ton influence.

Elle prit un grain de raisin dans le plat, et le pressa contre les lèvres de Harry.

— C'est toi qui m'as dit que la nourriture était charnelle.

— En effet, admit-il en croquant le grain de raisin.

Elle voulut déboutonner son chemisier, mais il la surprit en l'arrêtant d'un geste.

— Monte dans la chambre, va chercher l'enveloppe.

— Tu ne préfères pas monter avec les plats?

— Non, c'est trop compliqué. Et ensuite, je crains de perdre la tête et d'oublier l'enveloppe.

Ces mots provoquèrent chez elle un vague malaise, elle n'aurait su dire pourquoi. Les précautions qu'ils prenaient étaient indispensables, et les conséquences auraient été graves s'ils avaient oublié de le faire. Elle monta donc dans la chambre et prit l'enveloppe de velours rouge, en s'efforçant d'oublier son malaise.

Quand elle revint dans la cuisine, Harry ne portait plus que son pantalon, et il avait disposé leur dîner sur un plateau. Elle le regarda finir d'arranger les bouchées de pain, de poulet et de fromage dans une assiette, à côté de tranches de pêche et d'un pot de miel.

— Du miel ? s'étonna-t-elle.

— Oui, Emma. Du miel.

Il eut un sourire coquin et souleva la cuillère, laissant le liquide s'écouler lentement dans la lumière rougeoyante de la fin d'après-midi.

— Harry, balbutia-t-elle, le souffle court. Tu n'as pas l'intention de…

— Il vaut mieux que tu te déshabilles, annonça-t-il en répétant son geste.

Elle demeura figée, traversée par une vague de désir.

— Mais le miel est… collant, fit-elle remarquer en déboutonnant son chemisier.

— C'est justement l'intérêt de la chose, ma chérie. Et c'est pourquoi il vaut mieux que tu sois nue.

Elle ne portait plus que sa combinaison, quand elle se rendit compte qu'il avait gardé son pantalon. Il jouait toujours avec le miel, tout en la regardant.

— Tu n'es pas censé te déshabiller aussi ? s'enquit-elle en défaisant les derniers boutons de sa combinaison.

— Le fait de garder son pantalon aide un homme à prolonger les choses, et je veux que ce repas soit très long. Je finirai de me déshabiller plus tard.

— Oh non, pas question.

Elle jeta la combinaison sur le sol avec le reste de ses vêtements, et lui prit la cuillère des mains.

— Enlève ce pantalon, Harry. Tout de suite.

— Tu deviens terriblement autoritaire.

— Oui.

Elle rit, stupéfaite de cette découverte. Stupéfaite aussi de se retrouver nue dans une cuisine avec son amant, songeant à faire des choses coquines avec un pot de miel.

— Maintenant que tu t'en es aperçue, que tu sais que je suis aussi malléable qu'une pâte entre tes mains, tu ne feras plus jamais les choses comme je le veux, moi.

— Dépêche-toi, gronda-t-elle en portant la cuillère de miel à sa bouche. Je meurs de faim.

Elle lécha le miel sur la cuillère avec une sensualité et une audace nouvelles, et Harry parut aussi étonné qu'elle, car il écarquilla les yeux.

Avec un grognement sourd, il se débarrassa de son pantalon.

— J'espérais que ce repas comprendrait toute une série de plats, mais c'est raté.

— Peu importe, tant que j'ai un dessert. Tu sais que je suis gourmande.

Elle posa la cuillère et plaça le plateau entre eux, sur le sol. Harry prit un morceau de pain, le trempa dans le miel, et l'approcha des lèvres d'Emma. Elle le mangea et, se rappelant ce qu'ils avaient fait dans le salon du magasin de chocolat, elle lui lécha les doigts.

— Qu'est-il arrivé à la petite Emma si sage et si pudique ? demanda-t-il, retirant ses doigts pour saisir une tranche de pêche et la plonger dans le miel.

— Je te l'ai dit. Je ne suis pas pudique avec toi.

Il posa la pêche sur ses lèvres, la caressa.

— Comment te sens-tu ? s'enquit-il.

— Belle.

Il retira le morceau de pêche et lui embrassa les lèvres. Emma plaqua les mains sur son torse, caressant les muscles puissants de sa poitrine.

— Allonge-toi, ordonna-t-il en reculant.

Elle obéit, et il se pencha au-dessus d'elle. Il fit lentement glisser le fruit le long de son cou, et elle s'étira, traversée d'un long frisson sensuel.

— Tu te rappelles le jour où je t'ai accompagnée à Covent Garden ? demanda-t-il.

Elle ferma les yeux.

— Je me rappelle.

— Nous étions devant un étal de fruits, et tu as dit que tu aimais les pêches. Les pêches bien mûres et juteuses.

Il fit glisser le morceau de pêche sur l'un de ses seins, et elle étouffa un petit cri.

— Tu as trouvé que j'avais une drôle d'expression. Tu t'en souviens, Emma ?

— Oui, balbutia-t-elle alors qu'il effleurait son mamelon avec le fruit.

— Je pensais à cela.

Abasourdie, elle ouvrit les yeux et rencontra son regard.

— Tu pensais à faire cela ? Avec moi ?

Il acquiesça, puis lui fit manger la tranche de pêche et en choisit une autre qu'il plongea dans le miel. Il recommença ses mouvements, caressant une pointe de sein avec le fruit enduit de miel. La sensation était si incroyablement érotique qu'elle avait le souffle coupé. Son désir se fit plus intense, plus profond. Quand il abandonna le morceau de fruit pour aspirer la pointe du sein entre ses lèvres, elle se cambra pour mieux s'offrir à son baiser.

— Harry... Oh, mon Dieu...

Il rit, mangea le morceau de fruit et releva la tête. Il tendit la main vers le plateau, mais elle lui saisit le poignet.

— Non, non. Je t'ai dit que j'avais faim.

Elle s'assit, et posa les mains sur ses épaules pour qu'il s'allonge à son tour.

— Tu préfères les saveurs salées, n'est-ce pas ? s'enquit-elle en lui donnant un morceau de fromage, puis une bouchée de poulet.

Elle enduisit de miel une tranche de pêche, la prit entre ses dents, et se pencha pour la lui donner.

— Hum, dit-il en mordant dans le fruit. Tu apprends vite.

Elle avala sa bouchée de pêche, l'air soucieux.

— Je ne sais pas, Harry. Je crois que j'ai encore besoin d'entraînement.

Elle trempa un autre morceau de pêche dans le miel et le plaça sur le torse de Harry, reproduisant les caresses qu'il lui avait prodiguées. Il murmura son nom d'une voix sourde. Elle sourit et prit son sexe dans sa main.

Elle le caressa comme il le lui avait appris. Très vite, sa respiration s'accéléra et elle sut que le reste du repas devrait attendre. Il souleva les hanches et ordonna, la voix rauque :

— Prends-moi en toi.

— Mais j'ai encore faim, protesta-t-elle en continuant ses caresses enivrantes.

— Tu me tues. C'est une torture.

Emma ne s'était jamais sentie aussi audacieuse, aussi sûre d'elle.

— Tu veux vraiment être en moi ?

— Par Dieu, oui. Viens, Emma. Viens.

Elle chuchota d'un air coquin :

— Quand tu veux quelque chose, il faut dire « s'il te plaît ».

— S'il te plaît. S'il te plaît, Emma. Bon sang...

Elle se mit à rire, se hissa à califourchon sur lui et accueillit son sexe en elle. Elle renversa la tête en arrière et ses cheveux retombèrent, épars, sur ses épaules. Ses mouvements étaient lents et voluptueux.

Harry plaqua une main sur son ventre, et la toucha à l'endroit le plus doux et le plus secret. Elle gémit sous la caresse.

— Tu aimes cela, n'est-ce pas ? demanda-t-il.

Emma sentit le plaisir surgir, ses mouvements se firent plus rapides. Ses hanches se soulevèrent et Harry épousa son rythme, jusqu'à ce qu'ils atteignent tous deux le point culminant. Elle céda la première à la vague puissante, et retomba sur lui en criant son nom. Il la suivit, emporté dans un tourbillon éblouissant.

Elle le sentit lui embrasser les cheveux et elle sourit, rassurée par ce geste devenu familier.

Ils demeurèrent ainsi plusieurs minutes, intimement unis, la joue d'Emma blottie contre l'épaule de son bien-aimé. Ces minutes avaient une douceur spéciale, quelque chose de poignant et de précieux à la fois.

Elle frissonna tout à coup, comme si une brise d'automne s'était engouffrée dans la pièce.

— Tu as froid ? s'enquit Harry en resserrant les bras autour d'elle.

— Non.

Elle s'assit, lui caressa le visage, et sourit.

— Tu avais raison, tu sais.

— Pour le repas ?

— Oui, mais aussi pour autre chose.

Elle se pencha de nouveau sur lui et ses cheveux les enveloppèrent tous deux. Elle l'embrassa, savourant la saveur sucrée de la pêche et du miel sur ses lèvres.

— Je suis une hédoniste.

21

« Le mariage est un état honorable, institué par Dieu,
ordonné pour la procréation des enfants,
afin de remédier au péché et d'éviter la fornication. »
Cérémonie du mariage, *Book of Common Prayer*, 1689

Les chaudes journées du mois d'août cédèrent la
place à la fraîcheur de septembre. Une nouvelle rou-
tine s'installa dans la vie d'Emma et de Harry. Ils
avaient leur rendez-vous de travail chaque mercredi,
le vendredi ils quittaient Londres pour se rendre à
Cricket Somersby, et ils revenaient le lundi matin.
L'euphorie et l'excitation du premier mois s'apaisè-
rent. Au cours du deuxième mois quelque chose
de différent s'établit entre eux, un sentiment plus
confortable qu'Emma trouvait plus profond et plus
riche.

Pendant la semaine, quand elle était chez elle, le
ronronnement régulier de son chat ne parvenait pas
à combler le vide qu'elle éprouvait à dormir sans
Harry. En fait, elle ne se sentait plus chez elle dans
le petit appartement. Sa vraie maison était le cottage.

Elle s'efforçait d'éviter Mme Morris autant que
possible car, chaque fois qu'elle voyait sa logeuse,
elle avait l'impression que la vieille dame savait

qu'elle faisait des choses inconvenantes. Mme Morris ne posait jamais de question mais, pour Emma, le secret devenait de jour en jour plus lourd à porter.

Les choses empirèrent lorsqu'elle passa à la librairie Inkberry, un après-midi. Elle avait l'intention de chercher des livres pour stimuler son imagination, car elle avait rendez-vous avec lady Eversleigh dans moins de deux semaines, et n'avait pas une seule idée originale pour son mariage. M. Inkberry l'incita à rester prendre le thé avec eux.

— Joséphine serait furieuse si je vous laissais partir, ma chère, dit-il en fermant la porte de la boutique et en accrochant le panneau de fermeture derrière la vitre.

Elle prit donc place dans le salon des Inkberry, comme elle l'avait fait des douzaines de fois auparavant. Mais, cette fois, tout était différent. Elle était différente.

— J'espère que votre nouvelle situation vous plaît, ma chère Emma.

Elle tressaillit en entendant ces mots, et se retourna. Mme Inkberry se tenait à la porte du salon. Emma sentit ses joues s'empourprer.

— Quelle situation ?

— Vous travaillez pour Mme Bartleby.

Mme Inkberry marqua une pause et posa sur Emma un regard appuyé.

— C'est bien mieux que d'être la secrétaire de ce vicomte Marlowe, qui est divorcé et a une réputation de vaurien dévoyé.

Emma regarda M. Inkberry, à qui elle avait présenté le vicomte. C'était lui qui avait dû révéler à sa femme le nom de l'ami d'Emma, qui l'avait embrassée dans l'arrière-boutique. Rien d'étonnant à ce que Mme Inkberry la considère avec une telle sévérité. Et encore, elle ignorait tous les baisers qui avaient suivi celui-là...

Elle s'efforça de garder son sang-froid.

— Oui, ma nouvelle situation me convient parfaitement. Il fait terriblement chaud pour un mois de septembre, n'est-ce pas ?

En fait, elle vivait dans le mensonge. Non seulement elle avait une liaison secrète, mais elle n'était pas la secrétaire de Mme Bartleby, et elle travaillait toujours pour le vicomte Marlowe.

Une soudaine mélancolie la submergea. Assise dans le salon de M. et Mme Inkberry, évitant les questions tout en sirotant son thé, elle se rendit compte qu'elle ne pouvait plus parler de sa vie avec les gens qu'elle avait toujours considérés comme ses amis.

Elle se trouvait seule, prise au piège dans la toile embrouillée de ses mensonges.

Harry l'attendait comme d'habitude sur le quai de la gare de Cricket Somersby, ce vendredi-là. Il prenait toujours le train précédent, afin qu'on ne les voie pas ensemble à Victoria Station. Il souleva sa valise et se dirigea vers la voiture. Mais une voix sonore retentit derrière lui, l'arrêtant dans son élan.

— Marlowe ! Quelle merveilleuse surprise !

Emma jeta un coup d'œil par-dessus son épaule, et vit un homme blond de l'âge de Harry traverser le quai en souriant.

— Attends-moi ici, marmonna Harry en posant la valise sur le sol, pour aller à la rencontre de son ami. Weston, quel plaisir de te voir. Que diable fais-tu dans ce trou perdu ? Tu viens de descendre du train ?

Emma observa les deux hommes du coin de l'œil. Harry s'éloigna avec le dénommé Weston, visiblement pour éviter d'avoir à faire les présentations. Elle remarqua aussi que l'homme lui adressait un regard rapide, mais perçant.

Elle tourna vivement le dos et fit mine de s'absorber dans la contemplation de la campagne environnante, essayant de ne pas se demander quel genre de questions l'ami de Harry allait poser sur elle. Quand celui-ci revint enfin, il lui sembla qu'une éternité s'était écoulée.

— Allons-y, dit-il en soulevant sa valise.

Elle lui emboîta le pas, sans jeter un seul regard en arrière.

— Qui était-ce?

— Le baron Weston. Nous étions à Harrow ensemble.

Il tendit le bagage au cocher, aida Emma à monter dans la voiture, et prit place à côté d'elle.

— Il te connaît bien?

Harry acquiesça d'un hochement de tête, et elle ajouta à voix basse, pour ne pas être entendue du cocher:

— Assez bien pour savoir que je ne suis ni ta sœur ni ta cousine?

— Oui.

— T'a-t-il demandé qui j'étais?

— Non, Emma, il n'a posé aucune question. Les hommes ont un code de conduite précis dans ces cas-là.

— Rien vu, rien entendu?

— Tout à fait.

Ils n'échangèrent plus un mot à ce sujet, mais Emma savait ce que devait penser d'elle le baron Weston, et cela ne lui plaisait pas du tout.

Pendant toute la soirée, elle ne put s'empêcher de songer au baron Weston, à Mme Morris, aux Inkberry, et aux réalités déplaisantes d'une liaison secrète. Cela la mit d'humeur lugubre.

— Tu es terriblement silencieuse ce soir, fit remarquer Harry tandis qu'ils faisaient la vaisselle. Tu boudes à cause de Weston?

— Je ne boude pas.

— Emma, il ne te connaît pas, dit Harry en essuyant une assiette. Il ne sait pas comment tu t'appelles. Il est simplement venu voir courir un de ses chevaux au derby de Kent Field. Il n'a pas de famille dans la région, et nous ne le reverrons sans doute jamais.

— Il doit me prendre pour une danseuse, une actrice ou une femme de mauvaise réputation.

— Eh bien, si c'est le cas, il se trompe.

Harry posa le torchon sur une chaise et se glissa derrière elle pour lui enlacer la taille.

— Weston ne peut pas salir ta réputation. Il ne te connaît pas, et de toute façon il tiendra sa langue. Alors peu importe ce qu'il pense.

— C'est important pour moi, Harry. Je ne suis pas comme toi. Je ne peux pas négliger l'opinion des autres comme tu le fais.

Elle leva les yeux, regarda par la fenêtre, et ne put s'empêcher de se dire que son horizon avait rétréci. Elle pensait à l'avenir, et elle savait que tout ce qu'elle aurait avec Harry, c'étaient des week-ends clandestins à la campagne.

Elle songea au vieux couple qui se promenait toujours main dans la main. Elle n'aurait jamais cela avec Harry. Ils ne vieilliraient pas ensemble. Puis elle pensa à l'enveloppe de velours rouge. Il n'y aurait pas d'enfant non plus. Soudain, elle eut l'impression que son cœur se changeait en plomb. Un jour, leur histoire se terminerait, et elle n'aurait plus que des souvenirs.

Les bras de Harry se resserrèrent autour de sa taille.

— Il est inutile de te tourmenter pour Weston, dit-il en lui embrassant la tempe. D'ailleurs, nous n'y pouvons rien.

Tu pourrais m'épouser.

Au moment où cette idée l'effleura, Emma la repoussa. Elle avait toujours su que Harry ne se remarierait pas. Quand elle s'était embarquée dans cette aventure, elle avait fait un choix. Et au cours des deux derniers mois, elle ne l'avait jamais regretté. Elle était heureuse.

Merveilleusement heureuse. Elle se sécha les mains, et s'abandonna contre son torse puissant et rassurant. Plus heureuse qu'elle ne l'avait été dans toute sa vie. Et c'était cela le plus triste…

Le jour suivant, Emma était toujours d'humeur maussade. Elle n'avait jamais été bavarde, mais elle semblait particulièrement perturbée ce week-end, et Harry savait que c'était à cause de ce qui s'était passé la veille. Parfois, il aurait aimé qu'elle cesse de s'inquiéter autant de l'opinion des gens.

Levant le nez des contrats qu'il relisait, il la regarda, assise à côté de lui dans le lit. Elle avait posé un dossier sur ses genoux et tenait sa plume à la main, mais elle n'écrivait pas. Ses yeux fixaient le vide.

Il se pencha, et remarqua que la page était blanche.

— Je vois que tu as beaucoup d'idées pour le mariage de Diana. C'est bien à cela que tu comptais travailler ce soir, n'est-ce pas ?

— Oui.

— Ah, je comprends. Les pages blanches sont à la mode, cette année ?

— Seigneur ! s'exclama-t-elle en riant. Je n'ai encore rien écrit.

— Que se passe-t-il, Emma ? C'est encore cette rencontre avec Weston qui te préoccupe ?

— Non, je pensais à ce couple.

— Quel couple ?

— Tu sais bien, ces vieilles personnes que nous croisons parfois dans nos promenades.

— Nous ne les avons pas vus aujourd'hui. Qu'est-ce qui t'a fait penser à eux ?

— Le mariage de ta sœur. J'étais assise là, et je laissais les idées défiler dans ma tête. Et je me suis demandé si Rathbourne et ta sœur seraient comme ce vieux couple dans quelques années, s'ils se promèneraient dans la campagne en se tenant la main. J'ai commencé d'imaginer comment étaient ces deux personnes, à me demander s'ils étaient mariés. Peut-être sont-ils comme nous et vivent-ils dans le péché, dans un petit nid d'amour. Peut-être leur couple fait-il scandale au village. Peut-être…

— Écoute-toi, dit-il en riant. Tu inventes des histoires. Tu devrais écrire un roman.

— Moi ? Écrire un roman ?

— Pourquoi pas ? Tu écris bien, tu pourrais le faire.

— Et toi qui me disais que c'était la voix de tante Lydia qui me dictait mes manuscrits ! rétorqua-t-elle avec une moue de tristesse.

— J'étais dans un état de frustration aiguë quand j'ai dit cela. Désolé si je t'ai offensée.

— La vérité est souvent dure à entendre.

— Emma…

— Mais cela m'est égal à présent. De toute façon, tu avais raison. Quand Mme Bartleby écrit, j'entends la voix de tante Lydia dans ma tête. Ce n'est pas un problème, puisque je ne donne que des conseils pratiques. Mais je ne pourrais pas écrire de la fiction. Je n'ai pas ma propre voix.

— Tu en as une, bien entendu. Il faut la trouver, et pour cela il faut un peu d'entraînement. Tu devrais essayer d'écrire un roman. Ou des nouvelles, pour commencer.

Emma reposa sa plume dans l'encrier, et déposa son dossier sur le sol, près du lit. Puis elle souffla la bougie sur sa table de chevet.

— Je ne sais pas raconter les histoires, Harry, dit-elle en se glissant sous le drap.

— Balivernes. Raconte-moi une histoire.

— Tout de suite ?

— Tout de suite, confirma-t-il en s'appuyant à l'oreiller. Essaie, Schéhérazade.

— Et si mon histoire ne te plaît pas, je serai exécutée à l'aube ? demanda-t-elle en souriant.

— Au pire, je pourrais te critiquer. Mais je ne le ferai pas, c'est promis. Je me contenterai d'écouter. Je peux même t'aider et commencer à ta place. Il était une fois…

— Bon, d'accord. Il était une fois une petite fille qui voulait un cahier pour écrire son journal.

— Bien. Très bien. Continue.

Emma s'assit, le dos calé contre l'oreiller.

— Elle était seule, elle n'avait personne à qui parler. Sa mère était morte cinq ans auparavant, elle était très timide et n'avait pas d'amis. Elle avait treize ans, et les filles sont terriblement perturbées à cet âge-là. Elle avait peur aussi, car elle saignait tous les mois et ne savait pas pourquoi. Elle pensait qu'elle allait mourir. Personne ne lui avait jamais rien dit.

Harry éprouva un pincement douloureux dans la poitrine. Emma n'inventait rien. Adossé au montant du lit, il la regarda se pelotonner sous le drap, ramenant les genoux vers sa poitrine.

— Elle n'avait personne à qui poser des questions. Elle n'avait pas le droit d'écrire à sa tante, qui ne s'entendait pas avec son papa. La servante qui venait chaque jour à la maison était une grosse dame allemande à l'allure terrifiante, et la petite fille était bien trop timide pour lui parler.

— Il était donc parfaitement logique qu'elle ait envie de tenir un journal.

— Son père ne voulait pas lui donner d'argent pour acheter un cahier. Ils étaient pauvres, et il ne pouvait faire une dépense aussi futile, disait-il. Mais elle en avait tellement envie qu'elle alla voir le barbier du village et se fit couper les cheveux. Elle vendit sa chevelure, et utilisa l'argent pour acheter un cahier. Quand elle rentra chez elle, son papa était déjà parti au pub.

Harry sentit une rage sourde l'envahir. Il ne pouvait pas acheter un cahier, mais il pouvait aller au pub ? Le salaud.

— Elle veilla très tard cette nuit-là pour écrire, écrire, écrire. Les garçons, les belles robes, son mariage... toutes les choses dont rêvent les jeunes filles. Comme tu es un homme, tu ne sais probablement pas tout ça.

— Oh, je le sais très bien. J'ai trois sœurs.

— Alors, tu comprends un peu ce qu'elle ressentait.

Emma posa la joue sur ses genoux et lui sourit.

— C'était merveilleux. La petite fille était tellement soulagée de pouvoir formuler tout ce qu'elle pensait, ce qu'elle ressentait, ce qu'elle voulait savoir. Puis son père rentra à la maison et découvrit ce qu'elle avait fait. Elle savait qu'il serait en colère, mais elle l'avait fait tout de même. Après tout, les cheveux repoussent, s'était-elle dit. Ce n'était pas grave. Mais son père ne voyait pas les choses de la même façon.

Harry ferma les paupières un instant. Il n'avait pas envie d'entendre la suite. Serrant les mâchoires, il se décida à ouvrir les yeux.

— Continue, dit-il.

Emma souleva la tête et plaça une main sur sa gorge. Ses yeux fixaient un point dans l'espace.

— Son père portait une bague en argent, avec un motif en forme d'étoile.

Harry éprouva une nausée.

— Et quand il vit ce qu'avait fait sa fille, quelle fut sa réaction ?

Il y eut une longue pause.

— Il l'insulta, la frappa au visage, et brûla le cahier. Il ne lui adressa plus la parole pendant un mois. Par la suite, cette petite fille n'écrivit plus jamais son journal.

Harry eut l'impression que la colère l'étouffait. Sa poitrine était en feu. Il voulut parler, mais aucun son ne franchit ses lèvres. Seigneur... qu'aurait-il pu dire ?

Emma resta pelotonnée sur le lit, comme l'avait sans doute fait la petite fille, les yeux fixés sur le mur.

Harry inspira profondément, en tremblant, et posa une main sur sa joue. Il lui fit tourner la tête vers lui, l'obligeant à quitter les images du passé.

— Emma, Emma, dit-il avec douceur. Et tu prétends que tu ne sais pas raconter les histoires ?

— Je n'ai pas inventé celle-ci, Harry, chuchota-t-elle.

Il caressa de son pouce la marque en forme d'étoile sur sa joue.

— Je sais. Mais si tu as souffert comme ça, tu as de grandes histoires cachées en toi, Schéhérazade.

Elle se mit à pleurer.

— Emma, non...

Harry l'entoura de ses bras et l'attira avec lui sur le matelas. Il lui caressa les cheveux, embrassa les larmes qui roulaient sur ses joues, et la tint contre lui jusqu'à ce qu'elle s'endorme.

Puis il souffla la bougie de son côté du lit, mais il ne put dormir. Il demeura allongé dans l'obscurité, à réfléchir. D'un côté, il était content que son père soit mort. Mais, de l'autre, il aurait aimé que ce sale type soit encore vivant pour le tuer de ses mains.

22

« Très chers lecteurs, j'espère sincèrement que
les renseignements et les conseils que je vous ai
donnés au cours des six derniers mois ont été à la
fois utiles et distrayants, mais hélas, l'heure est
venue pour moi de vous dire adieu. »
Mme Bartleby, *La Gazette sociale*, 1893

Assise à son bureau, Emma contempla la page
blanche sur sa machine à écrire. Dans quelques
jours, elle devrait se rendre à Marlowe Park pour
voir lady Eversleigh, mais elle n'avait toujours pas
d'idées. Des serviettes de lin pliées en forme de
cygnes... c'était sa seule inspiration pour le moment.

Pelotonné sur ses genoux, Monsieur Pigeon ron-
ronnait. Elle devait lui manquer lorsqu'elle partait
pour le week-end, car à son retour il la suivait partout, comme un amoureux. Harry était fou. Les
chats étaient tellement plus attachants que les
chiens.

Elle reporta son attention sur la pile de feuilles
dactylographiées, à côté de sa machine. Ses articles
pour la prochaine publication étaient terminés,
mais elle avait pris les sujets dans d'anciens manuscrits. Elle semblait être en manque d'inspiration.
Harry avait vu juste. C'était la voix de tante Lydia
qui s'exprimait dans ses articles, pas la sienne. Elle

avait de plus en plus de mal à s'intéresser aux boutiques qui fournissaient le meilleur pudding aux prunes, ou bien le velours au meilleur prix, et à se demander s'il était vraiment comme il faut de serrer la main de quelqu'un au petit déjeuner.

Harry lui avait conseillé d'écrire un roman. Elle devrait peut-être essayer. L'idée était excitante. Elle le ferait sans doute, un de ces jours. Mais, avant tout, elle devait mettre sur pied ce projet pour la sœur de Harry. Il fallait qu'elle ait quelques idées à suggérer en arrivant à Marlowe Park. Elle avait fait une promesse à lady Eversleigh, et il fallait toujours tenir ses promesses. Malgré la liberté enivrante de ces deux derniers mois, malgré la joie qu'elle avait éprouvée à mal se conduire, Emma savait qu'au fond elle resterait toujours une petite fille raisonnable.

D'une certaine façon, elle était revenue à son point de départ.

Emma souleva Pigeon et le déposa gentiment dans le fauteuil le plus proche. Puis elle alla à la fenêtre, et sortit sur la galerie qui servait d'issue de secours. Elle sourit en se revoyant montant l'escalier après la première nuit qu'elle avait passée avec Harry. Il y avait eu tant de jours et de nuits merveilleux par la suite.

Agrippant la rampe de fer forgé, elle contempla la ruelle, quatre étages plus bas. Une soudaine vague de mélancolie la submergea. Cela lui arrivait souvent depuis quelque temps. Depuis ce fameux jour, sur le quai de Cricket Somersby, quand Harry n'avait pas pu la présenter à son ami.

On frappa à sa porte. Emma rentra dans l'appartement, alla ouvrir et découvrit un jeune garçon qui lui tendit un paquet enveloppé de papier brun.

— Mademoiselle Emma Dove ?

— Oui.

— Un colis pour vous, mademoiselle.

Emma prit la boîte, donna un demi-penny de pourboire au garçon et referma la porte. Son cœur fit un bond lorsqu'elle reconnut l'écriture. C'était celle de Harry. Elle déchira vivement le papier d'emballage. Que pouvait-il bien lui envoyer ?

À part la collection complète des *Mille et Une Nuits*, Harry ne lui avait jamais fait de cadeau. Et elle n'en attendait pas. Elle lui avait dit clairement qu'elle ne voulait pas des colifichets qu'il offrait habituellement à ses danseuses de cancan. Des livres, ou des fleurs, lui avait-elle expliqué. C'étaient les seuls présents corrects qu'un homme pouvait faire à une femme qui n'était pas son épouse. Pas de bijoux, ni de parfums, ni de jolies petites mules en satin. Aussi, quand Emma repoussa le papier brun et vit un livre relié de cuir bleu, ne fut-elle pas surprise. Mais lorsqu'elle le sortit du paquet et comprit ce que c'était, son cœur se brisa en mille morceaux.

C'était un agenda pour écrire son journal intime.

Emma attendit six heures et demie du soir avant de se rendre à Marlowe Publishing pour son entrevue du lundi avec Harry. Quinn était déjà parti. Satisfaite, elle entra et referma la porte derrière elle. Harry et elle seraient en tête à tête, et c'était absolument nécessaire pour ce qu'elle avait à lui dire.

Harry dut entendre la porte, car il apparut aussitôt sur le seuil de son bureau.

— Tu es en retard. J'étais inquiet.

Elle le regarda, et son cœur se serra. Il était d'une beauté à couper le souffle, comme toujours. Mais ce qui la toucha le plus, ce fut son expression soucieuse. Elle fut presque tentée de revenir sur sa décision. Presque. Il avait de l'affection pour elle, elle le savait. Mais elle, elle l'aimait. C'était entièrement différent.

En fait, elle savait depuis le début que cela arriverait. Il était sans doute inévitable qu'une timide vieille fille de trente ans tombe amoureuse de son bel employeur. Qu'une femme qui n'avait encore jamais été embrassée tombe amoureuse d'un homme dont les baisers la comblaient. C'était tellement prévisible que c'était presque un cliché. Et tout ce qu'elle avait vécu était si beau qu'elle avait envie de rire et de pleurer en même temps. Elle avait aussi envie que ça continue. Mais c'était fini. Et cela aussi, elle l'avait su dès le début.

Les doigts crispés sur la poignée de sa sacoche, elle passa devant lui et pénétra dans son bureau.

— J'ai apporté les articles de Mme Bartleby pour l'édition de cette semaine.

Il la suivit mais, au lieu d'aller s'asseoir dans son fauteuil, il demeura à côté d'elle.

— Que se passe-t-il ?

Elle posa son porte-documents sur la table de travail, et sortit une liasse de feuillets.

— En revanche, je n'ai pas d'article pour le samedi suivant, annonça-t-elle en déposant les documents sur la table. Je n'ai pas eu le temps d'y réfléchir.

Un mensonge. Alors qu'elle avait juré de ne jamais lui mentir.

Il plaça les mains sur ses épaules et la fit pivoter vers lui, mais elle évita son regard.

— Emma, as-tu reçu le colis que je t'ai envoyé ?

— Oui, Harry. Je te remercie.

Elle esquissa un sourire, sans le regarder.

— Tu as toujours dit que tu ne savais pas choisir les cadeaux, mais ce n'est pas vrai. Tu choisis merveilleusement bien. Ne laisse jamais Quinn le faire à ta place.

— Non, mais… que signifie cette humeur étrange ? demanda-t-il en resserrant l'étreinte de ses doigts. Tu commences à m'inquiéter vraiment. Tu ne veux pas me dire ce qui ne va pas ?

Elle désigna les papiers sur le bureau.

— Ces articles sont les derniers que j'écris pour toi.

— Quoi ? Mais pourquoi ?

— Parce que je vais écrire un roman.

— Excellente idée ! Je te l'ai dit. Mais pourquoi arrêter la chronique de Mme Bartleby ? Tu penses que tu n'auras pas le temps de faire les deux ?

Elle secoua la tête, se dégagea doucement et recula de quelques pas.

— Non, ce n'est pas cela. Tu avais raison quand tu disais que Mme Bartleby n'était pas vraiment moi. C'est tante Lydia, et je ne suis plus la même qu'il y a six mois, lorsque je croyais que tout ce que disait tante Lydia était vrai. Je suis différente, à présent. Grâce à toi.

Ces mots le firent sourire.

— Tu penses que les jeunes filles devraient avoir le droit de manger des cailles et de boire deux verres de vin pendant le dîner ?

— Oui. Je sais que je te fais faux bond, Mme Bartleby est devenue si populaire. J'espère que sa disparition ne nuira pas trop à *La Gazette*.

— Cela m'est égal. Je n'aime pas perdre de l'argent, tu le sais, mais je veux que tu fasses ce qui te plaît. Je suis content que tu t'attaques à un roman. Je te promets de le lire et de l'éditer.

— Je ne vais pas l'écrire pour toi, Harry.

Il la regarda sans comprendre, et une ride creusa son front. Il voulut dire quelque chose, mais elle le devança.

— Je ne peux plus écrire pour toi, j'en souffrirais trop. Tu comprends, je suis amoureuse de toi.

Harry sembla si abasourdi qu'elle sourit.

— Est-ce si étonnant que cela ? s'enquit-elle avec tendresse. Cela me paraissait inévitable. Même au tout début, quand j'ai commencé à travailler pour toi… j'ai senti que cela arriverait. Tu m'as dit un jour que lorsque j'étais ta secrétaire il y avait un mur entre nous, et tu avais raison. C'est moi qui avais élevé ce mur de convenances et de froideur, car je savais que s'il n'était pas là pour me protéger, je tomberais amoureuse de toi et tu me briserais le cœur. Chaque fois qu'une femme entrait dans ta vie ou en sortait, chaque fois que je lisais un de tes éditoriaux contre le mariage, je me disais qu'aucune femme raisonnable ne pouvait tomber amoureuse d'un homme tel que toi.

— Emma, tu n'es pas comme ces femmes qui...

— Je t'en prie, Harry, laisse-moi continuer. La vérité est déjà assez difficile à dire. Et je suis obligée de te dire la vérité, car c'est ce que tu m'as appris. Dire ce que je pense réellement, faire ce que je veux, comprendre ce que je ressens. C'est le plus grand cadeau qu'on m'ait jamais fait.

Sa voix se mit à trembler. Il fallait en finir vite, avant qu'elle ne fonde en larmes devant lui.

— C'est pourquoi je dois mettre fin à notre liaison.

— Mettre fin ? Mais que diable veux-tu dire ?

— Je dois rompre, Harry. Je ne peux pas vivre de cette façon, mentir à mes amis, et voir les tiens me regarder d'un air narquois.

— Weston n'a pas fait cela, Emma. Tu le sais.

— Mais d'autres le feront. Et puis, il y a ta famille. Je ne peux pas aller chez toi ce week-end, organiser le mariage de ta sœur, dîner avec ta mère et ta grand-mère, en sachant que je suis ta maîtresse et que nous vivons dans le péché.

— Nous ne commettons pas de péché, Emma ! Et je me moque de l'opinion du monde !

— Moi non, répliqua-t-elle doucement. C'est toute la différence entre nous. Notre liaison a été merveilleuse, et j'en garderai toute ma vie un souvenir enchanté. Je n'ai pas de regrets, je n'éprouve pas de honte. Mais je veux qu'elle cesse maintenant, tant qu'elle est encore belle, avant que je ne commence à espérer que tu vas m'épouser. C'est ainsi que toutes ces femmes te perdent, tu sais. Quand elles commencent à s'accrocher à toi. Je ne veux pas être comme elles.

Elle ne distingua pas l'expression de son visage, car sa vue se brouilla. Il fallait qu'elle parte. Sur-le-champ. Elle tourna les talons.

— Emma, attends! s'exclama-t-il en l'enlaçant pour l'attirer contre lui. Ne fais pas cela. Ne nous fais pas cela.

Elle ferma les yeux, luttant contre le chagrin.

— Il n'y a pas de *nous*, répondit-elle dans un sanglot. Il n'y en aura jamais. Pas en dehors du mariage.

Elle fit un effort immense pour se maîtriser. Juste le temps d'échapper à ses bras, de passer la porte, de sortir de sa vie. Elle voulut se dégager mais il la retint, et la panique s'empara d'elle.

— Laisse-moi partir, Harry! s'écria-t-elle en se débattant. Pour l'amour du Ciel, laisse-moi partir!

Ces mots eurent raison de la résistance de Harry. Il poussa un juron, la libéra, et elle courut à la porte sans un regard en arrière. Il n'essaya pas de la suivre. Alors qu'elle dévalait l'escalier, elle eut conscience qu'elle avait espéré qu'il le ferait. Dans un recoin secret de son âme, elle avait nourri une lueur d'espoir, elle avait cru qu'il n'accepterait pas sa décision, qu'il reconnaîtrait comme par magie que le mariage était merveilleux, qu'il tomberait à genoux devant elle pour lui déclarer son amour et demander sa main. Seigneur, elle avait certainement assez d'imagination pour écrire des romans!

Ravalant ses sanglots, elle sauta dans le fiacre qui l'attendait devant la porte. Lorsque la voiture se fut éloignée dans la rue et que la fenêtre du bureau de Harry eut disparu, elle laissa enfin libre cours à ses larmes. Elle pleura. Pas parce qu'elle venait de mettre fin à la plus belle chose qui lui soit arrivée dans la vie. Non, elle pleura parce qu'il l'avait laissée faire.

— *Laisse-moi partir, Harry.*

Les mots résonnèrent encore et encore dans sa tête. Quand elle les avait prononcés, il avait eu l'impression de recevoir un coup de poignard en plein cœur. Et maintenant, ils claquaient comme un fouet, au rythme régulier du train qui filait vers le Kent. Il s'était rendu chez elle mais elle n'y était pas, et sa maudite logeuse prétendait qu'elle était partie en emmenant son chat.

Il avait télégraphié à Diana, et la réponse de sa sœur avait confirmé qu'Emma n'était pas non plus à Marlowe Park, dans le Berkshire. Espérant contre toute vraisemblance la trouver à Cricket Somersby, il se rendait au cottage.

Mais elle n'était pas là lorsqu'il arriva, et sans elle la maison lui fit l'effet d'une coquille vide. Pensant qu'elle prendrait peut-être le train du lendemain, il passa la nuit dans le cottage. À chaque craquement du lit, chaque balancement du hamac, il croyait entendre sa voix. Si bien qu'il ne put dormir ni dans l'un ni dans l'autre.

— *Je suis amoureuse de toi.*

Il contempla l'étang où il lui avait appris à nager, son visage lumineux dans la clarté argentée de la lune. Il la revit allongée nue dans la cuisine, en train de manger des pêches.

— Je t'aime, chuchota-t-il au miroir où il distinguait le fantôme de son reflet.

Il se détestait de ne pas le lui avoir dit plus tôt. De ne pas se l'être dit à lui-même. Parce qu'il ne s'en était rendu compte qu'une fois qu'elle était partie.

Désespéré, il alla se promener dans la campagne, regrettant de ne lui avoir jamais tenu la main quand ils marchaient ensemble.

— *Je veux vivre mon printemps.*

Harry regarda autour de lui. Le printemps avait disparu, l'été aussi. C'était l'automne, et les feuilles changeaient de couleur. Ils ne s'assiéraient pas ensemble près de la cheminée pour faire griller du pain. Cela n'arriverait plus.

C'était stupide. Elle n'allait pas venir au cottage. D'ailleurs, pourquoi l'aurait-elle fait ? Il pivota sur lui-même et reprit le chemin de la maison pour faire ses bagages. Mais il se figea en voyant apparaître au bout du chemin le vieux couple qui avait tant frappé l'imagination d'Emma. Ils avançaient main dans la main, comme toujours. Harry les salua quand ils se croisèrent, et ils firent de même.

— Excusez-moi, lança-t-il en se retournant.

Ils s'arrêtèrent et lui lancèrent un regard interrogateur.

Harry eut un petit rire gêné, et désigna leurs doigts entrelacés.

— Pardonnez-moi si je suis impertinent, mais... êtes-vous mariés ?

Ils rirent en se regardant, et ce fut la femme qui répondit :

— Bien sûr. Vous êtes marié aussi, monsieur... hum... Williams.

Elle posa sur lui un regard entendu, et ajouta avec un sourire doux et plein d'indulgence :

— Simplement, vous ne le savez pas encore.

Ils reprirent leur chemin, et Harry les regarda s'éloigner, éberlué. Juste avant qu'ils disparaissent sous le couvert des arbres, il entendit l'homme dire à sa compagne :

— Ils ont l'air tellement heureux, ces deux-là. J'espère qu'il ne tardera pas à faire d'elle une honnête femme.

Harry eut l'impression que la terre tremblait sous ses pieds et que le monde basculait, comme si tout se mettait en place pour la première fois dans sa vie.

Il se mit à courir vers le cottage. Il lui restait vingt minutes s'il voulait attraper le prochain train pour Londres.

C'était dimanche, et on s'apprêtait à prendre le thé à Little Russell Street. Emma était assise dans le salon avec Mme Morris, Mme Inkberry et les autres jeunes filles de la maison, et la conversation tournait autour des sujets habituels. Le temps, toujours incertain. La santé de la très chère reine Victoria, toujours inquiétante. Et la mode, toujours changeante.

On échangea beaucoup de commérages en grignotant un grand nombre de gâteaux. Excepté Emma, qui n'aimait pas les cancans, qui avait perdu son travail et qui la veille, dans un accès de désespoir, avait mangé presque une livre de chocolats. La seule vue du plateau chargé de friandises lui soulevait le cœur.

Les dames parlèrent du prochain mariage de leur chère Béatrice. Celle-ci était rayonnante de bonheur, et Emma s'efforça de ne pas s'apitoyer sur elle-même. Ensuite, naturellement, on aborda le sujet des adieux officiels de Mme Bartleby, parus dans le journal de la veille. Tout le monde demanda à Emma des détails sur cette affaire, mais elle demeura évasive, et grâce au Ciel ses amies se lassèrent et parlèrent d'autre chose.

Elle avait fait ce qu'elle devait faire. Mais en être consciente n'était qu'une maigre consolation. Harry lui manquait. La semaine avait été insupportable, mais aujourd'hui c'était pire que tout. On était dimanche après-midi, et elle n'était pas en train de faire la sieste dans un hamac avec Harry. Elle se retrouvait dans le salon de Mme Morris, à prendre le thé avec ses compagnes.

Les yeux fixés sur le canapé où Prudence et Maria étaient assises, elle se rappela le soir où Harry lui avait murmuré des paroles coquines, puis toutes les nuits passées au cottage avec lui, tous ces plaisirs délicieux.

Elle détourna les yeux. Elle n'était plus Mme Bartleby. Et elle n'était plus Schéhérazade. Elle n'était plus la maîtresse d'un homme. Elle n'était plus qu'Emma Dove, une femme ordinaire destinée à devenir vieille fille.

Elle s'efforça de montrer de la bonne humeur. Elle avait commencé son roman, et avait écrit sept pages. Mais elle savait déjà que ce serait un roman d'amour, et cette pensée la déprimait. Ce n'était pas du thé qu'il aurait fallu pour lui donner du courage, mais un verre de gin, se dit-elle en contemplant sa tasse d'un œil morne.

Elle entendit la porte d'entrée s'ouvrir, sentit le vent glacé d'automne s'engouffrer dans la maison, mais elle garda les yeux rivés sur sa tasse, maussade.

Et puis elle sentit quelque chose. Un changement indéfinissable dans l'atmosphère de la pièce. Un frémissement parmi les femmes présentes. Le silence se fit, seulement brisé par des bruissements de jupons et quelques soupirs. Face à elle, Prudence Bosworth et Maria Martingale tapotèrent les boucles de leur chignon.

Emma tourna la tête, regarda par-dessus son épaule. Aussi invraisemblable que cela parût, Harry se tenait devant la porte du salon de Mme Morris. Quand elle le vit, son cœur fit une embardée, une joie délicieuse déferla en elle, aussitôt suivie par un chagrin accablant.

Elle détourna les yeux, résistant à l'envie de prendre ses jambes à son cou. Elle l'aurait peut-être fait, si la grande silhouette de Harry n'avait pas bloqué le passage.

— Bonjour, mesdames, lança-t-il d'une voix grave.

Il y eut quelques murmures.

— Madame Morris, je suis enchanté de vous voir. Vous avez une mine splendide. Du thé ? C'est très aimable à vous. Oui, je vais en prendre une tasse.

Pourquoi, mais pourquoi est-il venu ? se demanda-t-elle, désespérée, tandis que la logeuse faisait les présentations.

— Madame Inkberry, comment allez-vous ? La librairie de votre mari est la plus belle de Londres.

Emma ferma les yeux. Il était venu pour la séduire et regagner son cœur, songea-t-elle, terrorisée. S'il parvenait à se retrouver en tête à tête avec elle et parlait de lui enlever ses bas, elle était perdue.

Comme elle était fragile ! Il suffirait d'un geste, d'un baiser pour que toute sa fierté s'envole en fumée. Elle redeviendrait sa maîtresse, elle nagerait dans le bonheur à l'idée des plaisirs charnels qu'elle connaîtrait encore entre ses bras. En secret. Jusqu'à ce qu'il se lasse d'elle et le lui fasse savoir avec une lettre et un collier.

Emma sentit une goutte de thé lui brûler les doigts, et se rendit compte que ses mains tremblaient. Elle serra sa tasse si fort qu'elle fut étonnée que la porcelaine ne se brise pas.

Tout à coup, des mains viriles apparurent dans son champ de vision.

— Vous avez renversé votre thé, mademoiselle Dove, dit-il d'une voix douce.

Il prit la tasse et la soucoupe, et elle s'obligea à desserrer les doigts. La porcelaine disparut, ainsi que les mains de Harry.

— Mesdames, je ne suis qu'un homme et j'avoue ne pas être versé dans les questions d'étiquette.

Il déposa la tasse, et ses mains réapparurent sous les yeux d'Emma, avec un mouchoir. Il se pencha, lui saisit la main et essuya le thé sur ses doigts avec le carré de batiste. Ce geste fut ponctué d'une série d'exclamations étouffées dans l'assistance.

— Étant donné mon ignorance, reprit-il, la présence d'autant de dames est providentielle.

Il parlait d'un ton neutre, comme s'ils discutaient du temps, et comme s'il était parfaitement convenable pour un homme de toucher les mains d'une dame de cette façon.

— Mon Dieu, chuchota Emma, consternée, en voyant les expressions choquées de ses amies. Harry, arrêtez !

Mais la voix de Marlowe couvrit ses paroles.

— Mesdames, je voudrais que vous m'éclairiez sur un point particulier.

Elle fit mine de se dégager, et il resserra les doigts sur sa main.

— Quand un gentleman souhaite demander une dame en mariage, doit-il s'agenouiller ?

Sans attendre de réponse, il se mit à genoux devant elle. Emma plongea les yeux dans ses prunelles bleues comme l'océan. Mais elle n'y décela aucune lueur taquine. Pas de sourire ravageur. Il était simplement très grave, et très beau.

— Conseillez-moi, Emma, dit-il en lui embrassant la main. Comment un homme doit-il demander sa main à la femme qu'il aime ?

Il y eut quelques soupirs rêveurs parmi les dames présentes. Emma elle-même étouffa une sorte de sanglot.

Et soudain, les dames se levèrent d'un seul mouvement, comme si elles avaient été manipulées par des ficelles invisibles. Avec des chuchotements et des petits rires, elles se dirigèrent vers la porte du salon et sortirent à la file. Harry attendit que la porte se soit refermée pour reprendre :

— Cette fois, je veux tout faire dans les règles, à commencer par cette demande en mariage.

Emma le regarda, stupéfiée.

— Mais tu ne voulais plus jamais te remarier, protesta-t-elle, revenant au tutoiement. Tu me l'as dit. Tu l'as dit à tout le monde. Tu as même écrit des articles à ce sujet.

— Il faudra que je fasse amende honorable, n'est-ce pas ? C'est tout ce que je mérite, après avoir été aussi cynique pendant toutes ces années.

Il pencha la tête de côté, et enchaîna :

— Dis-moi, est-il normal que la dame hésite aussi longtemps ? N'est-elle pas censée mettre fin à l'attente insupportable et dire oui, afin que le pauvre gars qui est à genoux devant elle sache qu'il ne vient pas de se couvrir de ridicule ?

— Non, répliqua-t-elle d'une voix étouffée. Il mérite de souffrir, jusqu'à ce qu'elle soit convaincue de la profondeur et de la sincérité de ses sentiments.

— Est-ce qu'une bague l'aiderait à se décider? dit-il en fouillant dans sa poche. J'espère que la taille sera bonne…

— Tu as acheté une bague de fiançailles?

— C'est ce que j'étais censé faire, non? J'espère qu'elle t'ira. Mme Morris m'a donné ta taille, mais…

— Mme Morris était au courant? Elle savait que tu allais faire ta demande?

Il cessa de chercher et secoua la tête d'un air apitoyé, comme s'il estimait que le cas de la jeune femme était sans espoir.

— Et comment aurais-je pu connaître ta taille, sinon? Elle s'est donné un mal fou pour entrer dans ta chambre et te chiper une bague. Il paraît que tu passais toutes tes journées dans ta chambre, à broyer du noir.

— Ce n'est pas vrai! J'écrivais mon roman.

— Ah, pardon. Cela m'apprendra à écouter les ragots. Tout ce que je peux dire, c'est que nous avons eu de la chance que tu sois sortie hier, pour acheter des chocolats. Ce devait être pour Monsieur Pigeon, puisque tu n'es pas déprimée du tout… Ah, la voilà!

Il brandit d'un air de triomphe un anneau de platine et d'émeraudes.

— J'espère qu'elle te plaira. Mme Morris n'a pu m'appeler qu'hier pour me donner ta taille, et elle m'a dit que tu aimais les émeraudes. J'ai passé l'après-midi dans Bond Street à visiter les bijouteries. Une vraie torture, précisa-t-il en faisant glisser la bague sur le doigt d'Emma. Comment peux-tu aimer faire les boutiques? Je ne comprendrai jamais! Elle te va?

Emma ouvrit la bouche, mais aucun son n'en sortit. Elle regarda stupidement la bague, et ses yeux se brouillèrent de larmes. Harry voulait donc l'épouser? Elle ne parvenait toujours pas à le croire.

Il soupira.

— La dame n'est toujours pas convaincue ? Elle attend encore un acte héroïque de la part du gentleman ?

Elle leva les yeux, et s'obligea à articuler quelques mots.

— Ce serait bien, puisque je n'ai pas encore été courtisée de façon honorable.

— Tu es cruelle, Emma. Très cruelle.

Il fronça les sourcils, réfléchit un moment, puis son visage s'éclaira.

— Très bien. Pour te prouver à quel point je t'aime, je vais faire un immense sacrifice : j'accepte que Pigeon vienne vivre avec nous. Il pourra chasser les oiseaux de Marlowe Park, mais je refuse qu'il dorme dans notre lit. Je ne veux pas me réveiller avec des poils de chat dans la bouche.

— Harry, sois sérieux pour une fois.

— Je débite des sottises, je sais. J'ai la langue trop bien pendue. Mais… je t'aime. J'aurais dû te le dire depuis longtemps, mais c'est tellement difficile de dire les choses importantes. Et cela s'est fait graduellement, si naturellement que je ne m'en suis même pas rendu compte. J'aurais dû le dire quand tu as voulu rompre, mais j'étais si abasourdi que je ne pouvais pas croire que tu allais me quitter. Emma… comment as-tu pu penser que je te laisserais partir ?

— Oh, Harry ! s'exclama-t-elle en nouant les bras autour de son cou. Je t'aime tant !

— Et je t'aime aussi. Alors, tu veux bien m'épouser ?

— Oui, dit-elle en riant. Oui, je veux t'épouser.

— Nous sommes déjà mariés, tu sais, ajouta-t-il en lui caressant la joue. Nous n'avons plus qu'à prononcer nos vœux à l'église pour que tous nos amis le sachent.

— Que veux-tu dire ? s'exclama-t-elle, intriguée. Tu me taquines encore ?

Il se mit à rire.

— Je t'expliquerai plus tard. Pour l'instant, j'ai quelque chose de plus important à faire.

Alors, il l'embrassa.

Emma lui rendit son baiser avec passion. Après tout, il était tout à fait convenable qu'un homme embrasse sa fiancée. Tout le monde savait cela. Même Harry.

Le 1er décembre :
La ronde des saisons — 5. Retrouvailles ☙
Lisa Kleypas

Noël 1845. Rafe Bowman vient de rentrer en Angleterre, où il doit rencontrer la ravissante fille de Lord Blandford. Les fiançailles sont presque assurées, il suffit seulement qu'il apprenne quelques règles de la bonne société londonienne. Son physique avantageux fera le reste.
Mais lorsque ses quatre sœurs décident de s'en mêler, nul ne sait ce qui pourrait advenir… et trouver une épouse se révèle bien plus compliqué que prévu.
Heureusement, Noël transforme les cyniques en romantiques, et les jeunes filles timides en femmes passionnées…

Les flammes de la passion ☙
Kathleen E. Woodiwiss

1803. Lorsque la jeune Raelynn Barrett épouse le très séduisant Jeff Birmingham, une vie de rêve semble s'offrir à elle. Mais hélas, tout bascule lorsque l'on retrouve Jeff, une arme à la main, le corps d'une jeune fille assassinée à ses pieds… La victime clamait qu'il était le père de son enfant…
Le prince charmant est-il en réalité un monstre ? Jeff parviendra-t-il à convaincre son épouse de son innocence ?

Les brumes de Cornouailles ☙   Eve Silver

Dans les brumes mystérieuses de Cornouailles, on découvre le corps d'une jeune femme, et les rumeurs commencent à se répandre : le mal hanterait les ombres du manoir de Trevisham.
C'est justement là que travaille Jane Heatherington. Elle sait ce que l'on dit sur le maître des lieux, Aidan Warrick : c'est un pirate, un contrebandier, peut-être pire encore. Mais il la regarde avec un tel désir… Est-elle en train de tomber amoureuse du prince de ses rêves, ou d'un fou sans cœur ?

Passion
intense

Quand l'amour vous plonge dans un monde de sensualité

Le 1ᵉʳ décembre :

Les combattants du feu — 1.
L'épreuve des flammes ⊗ Jo Davis

Ce premier tome s'intéresse au lieutenant Howard Paxton. Cet homme aime trois choses dans la vie : être pompier, conduire sa Harley, et son célibat. Du moins jusqu'à ce que la voluptueuse Kat McKenna lui tombe littéralement dans les bras lors d'un incendie…
Mais le désir de vengeance d'un impitoyable pyromane va bientôt venir perturber la passion qui les consume…

Invitation au plaisir ⊗ Renee Bernard

Merriam Everett a toujours été timide et docile. Mais cette nuit, elle a décidé d'oublier « Merriam la souris » pour devenir une tentatrice pleine d'assurance, qui séduira le duc arrogant qui l'a un jour insultée, et l'abandonnera dans les affres d'un désir insatisfait. Un plan parfait… si seulement Merriam ne s'était pas trompée de cible !

> **2 romans tous les 2 mois**
> **aux alentours du 15 de chaque mois.**

Et toujours la reine du roman sentimental :

Barbara
Cartland

Le 1ᵉʳ décembre :
La fausse duchesse
Un amour naissant

9404

Composition
CHESTEROC LTD

Achevé d'imprimer en Italie
par GRAFICA VENETA
le 3 octobre 2010.

Dépôt légal octobre 2010.
EAN 9782290027608

ÉDITIONS J'AI LU
87, quai Panhard-et-Levassor, 75013 Paris
Diffusion France et étranger : Flammarion